因為疫情，相信每一個國家的人在生活上都受到了很大的影響，
這部作品中的人物也不例外，他們在和新冠肺炎奮戰的同時，
也為我們帶來了超精采的故事！

——東野圭吾——

迷宮裡的魔術師

HIGASHINO KEIGO
東野圭吾

王蘊潔——譯

導讀——

化腐朽為神奇

作家 陳曉唯

閱讀東野圭吾的作品時，總想起物理學大師費曼曾寫過的一段與魔術師交手的故事。

二十世紀中期電視開始走進大眾生活時，一位魔術師蓋勒（Uri Geller）以「讀心術」超能力風靡歐美，他經常於電視節目中表演藉各種方式猜透現場觀眾的心思，然而，真正令他聲名大噪的是他能夠施展超能力，輕易地將湯匙彎曲。

當時總能在電視螢幕上看到蓋勒，他向觀眾展示一根金屬製的堅硬湯匙，以手指輕撫並來回摩挲，在觀眾尚未意會過來時，他便將湯匙給彎曲了，接著他將湯匙交給一旁的主持人或現場觀眾，讓他們反覆檢查被弄彎的湯匙。這項魔術表演在現今看來是極為普遍且尋常的，但在當時卻引發眾人的關注。除了讀心術、彎曲湯匙外，蓋勒還能讓馬鈴薯瞬間發芽，遙控距離數千公里外的人，甚至找到消失多年的潛艇等。

蓋勒的表演不僅讓廣大民眾深感崇拜，也引起了科學界的好奇。當時費曼的好友，英國物理學家大衛．波姆（David Bohm）便研究了蓋勒是如何辦到的，甚至與費曼討論過這些事件，費曼也不止一次表示若有機會，他想見見蓋勒本人。一次偶然的機緣，費曼接到了蓋勒的來電，蓋勒表示自己正在好萊塢的飯店裡，費曼可以到飯店見他。

費曼的友人準備了一個測試盒交給他，裡面裝著比湯匙更容易彎曲的金屬物品。費曼帶著這個測試盒與自己熱愛魔術表演的孩子，由兩位友人陪同來到了飯店。在飯店房間裡，蓋勒顯得十分忙碌，不斷地接聽電話，他在兩通電話之間與費曼一群人抽空說明：「我也不明白自己的能力從何而來，可能是來自外太空，也因為如此，這些能力有時候會出現，有時則沒有。」待到空檔時，他才稍稍坐了下來，但他並沒有打開費曼交給他的測試盒，也未立刻表演彎曲湯匙的魔術。蓋勒給了他們紙與筆，要求他們作畫，表示他可以猜中他們畫了什麼。然而，讀心術很快被費曼拆解了：於他們作畫時，蓋勒會看著他們作畫的鉛筆尾端是如何運行的，透過運行的軌跡，他先是試探性地猜測是某某物嗎？若作畫者露出一點興奮的跡象，他就能繼續猜下去，直到答案出現為止。讀心術表演對費曼一群人並不起作用，因為他們打從一開始就決定採取「面無表情」的策略，無法猜中答案的蓋勒只好推諉說：「我的能力暫時還沒到來。」他拿起一旁的鑰匙，表示自己暫時沒有動力（Power），隨後又接了幾通電話，接著像靈光一閃般地說：「啊，我的能力通常在水中比較容易發生，不如讓我們到浴室去試試？」四人隨著蓋勒走進浴室，蓋勒將鑰匙放在水龍頭下並扭開水龍頭，四人圍在蓋勒四周，但魔術並沒有發生，鑰匙並沒有在水下發生彎曲。

這個故事於後來引起雙方支持者不同的看法。支持蓋勒的人認為蓋勒當時狀況不佳，超能力在那一刻沒有到達他的體內，亦有人說魔術師需要萬全的準備，當時蓋勒並沒有做好表演魔術的準備；支持費曼的人則認為，蓋勒不過是個騙子，魔術不過只是一種技法（trick），蓋勒施展的則是騙術，費曼不該相信這世上有魔術。關於這起事件，費曼則如此地寫道：「我明白自己足夠聰明去知道自己是否被愚弄。」

無獨有偶地，被稱為「物理學魔術師」的費曼也曾讓物品在水中發生彎曲。一九八六年時，美國挑戰者號太空梭發生意外性爆炸，總統雷根找來費曼參與事故調查。在聽證會的電視轉播裡，費曼拿出一個O型橡皮圈放入冰水中，隨後再取出，並以手指輕輕扭轉橡皮圈，而橡皮圈無法如往常般迅速恢復原貌，以此證明O型環無法在冰點下立刻復原，他藉此說明太空梭爆炸應該與此有關。費曼最後在官方報告裡加了一段附錄，寫下這句名言：「成功的科技需要依據事實而非公共關係，畢竟大自然是無法愚弄的。」*

曾與從事魔術研究的朋友談及這兩段故事，他認為蓋勒的那場表演準備不足，而且沒有帶給觀眾所渴望的驚喜，並且如此說著：「魔術的演繹來自於兩者：一者是來自於徹底遮蓋讓觀眾知的可能，另一者是將知的全貌顯露給觀眾，魔術最動人的地方就是秘密，有的人擅長徹底掩蓋真相，有的人擅長用顯露來掩蓋真相，觀看表演的人會說這是一種『技巧』，也可能認為這是『謊言』，但無論是哪一種人，他們多多少少都對魔術感到好奇，這就像人都喜歡推理一樣，因為人都喜歡秘密，特別是別人的秘密，而且只要是人都有自己的秘密，人會用自己已知的技巧去猜想魔術的技法，就像人會用自己隱藏秘密的方式去揣測別人是如何隱藏秘密的，魔術其實是秘密的公開展演。」

關於魔術，他又如此談到：「你要破解魔術，不能看魔術師給了什麼，而是要看他不給的部分，就像你要理解一個人，不能聽他說了多少實話，甚至要避免去聽他說多少

*引自科學人雜誌〈科學魔術師——費曼〉，高文芳。

的實話，而是盡可能搜集他說過的謊言，謊言裡面藏著的是他想要躲避的東西，那是人的弱點，是人不敢面對的真正的自己。人都是帶著秘密活著的，秘密才是真相，如果每件事情都有表裡，謊言是秘密的表，秘密是謊言的裡。有一件事情很有趣，雖然多數人都說自己不喜歡謊言，但卻沒有一個人不喜歡秘密，最好的魔術表演運用的是秘密，而不是謊言，精湛的魔術表演裡都還有一層無法公開的未知，就如同秘密裡總藏著一層無法公開的未知。」

「那一層無法公開的未知什麼？」

「人性。」

過後每每讀推理小說時總會想起與朋友的那段談話，推理文學本質上或否亦是一場魔術的演繹？

推理文學的有趣性並不僅是跟隨劇情的進展，逐一推敲擊破劇中的詭計，而是隨著詭計的延展，隨著角色或真或假的辯詞，閱讀者於自己的心中架構出形貌氛圍，當你疑心猜想著某人是兇手的同時，也意味著你採信了某些角色的證詞，或者對其投以憐憫，這些過程都顯示著閱讀者的內在經緯，一張寫作者織就的故事之網，先是網住讀者，讀者又悄然從中掙脫，逐一抽絲，將絲線又一次織就一張獨屬自己的意念之網。

要如何使觀眾陷入「技巧」與「謊言」的爭鬥，並且用自己已知的技巧去猜想魔術的技法？要如何使讀者陷入故事之網，用自己隱藏秘密的方式去揣想角色是如何隱藏秘密，並且從中織出屬於自己的意念之網？

「技巧」與「謊言」的差異是什麼？「秘密」與「真相」何者才是最重要的？

什麼才是精湛的「魔術」表演？

於諾蘭的電影《頂尖對決》裡，第一幕如此訴說著：「你在仔細看嗎？每一場魔術表演都有三個步驟。第一個步驟是以虛代實（The Pledge）：魔術師秀出一樣真實的東西，一副牌、一隻鳥或一個人，讓你看這樣東西，讓你檢視它，看它的確是真的，再正常不過，但其中必定有假；第二步則是偷天換日（The Turn），魔術師利用這再正常不過的東西，做出令人嘆為觀止的表演，此時，你很想找出秘訣，但是絕對找不到，因為你並沒有真正在看，你並不是真正想知道真相，你想要被欺騙，但此刻的你仍不會鼓掌，因為僅僅將東西變不見是不夠的，你還必須將它再變回來。因此所有魔術都必須有第三個步驟，也是最困難的部分，我們稱之為化腐朽為神奇（The Prestige）。」

東野圭吾的作品經常逐一建構這三個步驟：從「以虛代實」開啟，他展現一起事件、一個人或一種物，讓讀者看著他們，檢視他們的過往，而這些人事物往往再正常不過，可你知道當中必定存在虛假，當你仍未有所意會時，他又立刻給你另一個驚喜，悄悄地「偷天換日」，將這再正常不過的人事物於故事裡做出置換，使你陷入故事的迷宮之中，於是你更為好奇或慌張了，想從中找到出口，你四處探尋卻陷入更深的迷途，因為你想要被他欺騙，然而，在故事還不到尾聲之前，你不會給予最完美的驚嘆與掌聲。

但魔術的動人之處不在於前面二者，不是以虛代實，亦不是偷天換日，魔術表演真正重要的不是技法的高超卓絕，而是整場表演的鋪陳，鋪陳不能單靠魔術師，而必須倚賴觀眾，觀眾要對魔術抱持猜疑，接著走進表演的迷宮裡，魔術師所做的是鋪出一條道路，觸發觀眾的內裡，令觀眾走進自己的好奇與疑惑之中，走進人性軌跡之中，將一切「化腐朽為神奇」。

真正令魔術化腐朽為神奇的是觀眾自身，然則，於此之前，必須有精湛的魔術師領你走進這一段道路。

東野圭吾經常建構出這樣的道路，寫下劇情中抽絲剝繭的過程，引領讀者走入其中，然而推理故事所探究的往往不僅是謊言或秘密，亦不純粹談論真相，重要的是讓觀眾走進自我的意識之網。最終的最終，故事所要揭曉的並不只是兇手或真相，而是揭曉閱讀者的內在經緯，揭曉閱讀者於閱讀進程中展現的自我，最重要也最關鍵的，每個人在閱讀過程中於自我心中部分碎片的逐一拼湊，緩緩現形的人性本貌，使故事化腐朽為神奇的是閱讀者自己。

於是，故事總會回到最初，理解謊言與秘密的互為表裡，理解一段故事的曲折，理解一個人，最終所要的理解不是他者，而是自身，東野圭吾總在故事裡寫下此般的光潔鏡面，使閱讀者從中看見自我。

什麼是真正的自我？

東野圭吾於書中給了這樣的答案：「稍安勿躁，表演時間一到，謎底自然就會揭曉。」

序章

尺八的音樂聲中，聚光燈打在伸手不見五指的舞台上。

一個男人出現在聚光燈下，觀眾席上響起「哇噢！」的驚叫聲。

如果在日本，觀眾也許會有不同的反應，但這裡不是日本，而是美國的拉斯維加斯。

男人一身白色浴衣，用紅布條綁住兩側腋下和肩膀固定袖子，綁在腦後的長髮差不多到腰的上方。

男人的手伸向側面，伸出燈光範圍外的手腕彷彿消失不見了。當他的手臂縮回來時，觀眾看到他手上的東西，忍不住倒吸了一口氣。

那是一把至少超過一公尺的劍——日本刀。男人將刀身左右晃動，銳利的刀刃反射出可怕的刀光。

男人將日本刀的刀尖朝下，整個舞台立刻亮了起來。台下的觀眾，尤其是男性觀眾都露出了欣喜的表情。台上站著三個金髮女人，都穿著性感的華麗禮服。

男人猛然抬起刀尖，三個黑衣人從舞台側面出現。即使是外國人，也知道這身打扮代表的意義。是忍者。黑衣人的頭罩遮住了頭部和臉部。

三個忍者腋下都抱著一大捆東西。那是淡棕色的草編地毯。在場的觀眾中，不知道有幾個人知道那叫草蓆。

忍者走到美女身旁，緩緩打開草蓆，然後想要用草蓆裹住她們的身體。美女大驚失色，奮力抵抗，但忍者用蠻力把她們裹進草蓆。身穿白色浴衣的男人手持日本刀，在他們的身邊打轉。尺八的旋律變得更加激情。

不一會兒，三個女人苗條的身體都被裹進草蓆中，完全看不到了，但仍然直挺挺地站在那裡掙扎著。忍者拿出繩子，綁在草蓆外。三個女人終於無法動彈，舞台上豎著三根草蓆柱。

白色浴衣男人停下腳步，高高舉起了拿在右手上的日本刀，在目不轉睛地注視片刻後，銳利的雙眼看向離他最近的草蓆柱。

男人緩緩走過去，雙手握刀，做出了劍道中將刀高舉頭上，刀柄末端位於額頭前方的上段攻擊架式。停頓了一次呼吸的時間後，猛然揮下刀。隨著沉悶的聲音，草蓆柱被斜斜地劈斷，倒在地上。

沒有觀眾發出叫聲，也沒有人尖叫。尺八的音樂聲也不知道什麼時候消失了。

男人又走向第二根草蓆柱，這次毫不猶豫地砍了下去。第二根草蓆柱也被劈成兩半，咚地一聲倒在地上。男人完全沒有看一眼，就直奔第三根草蓆柱。

寂靜中，男人將日本刀橫向一掃，撕裂空氣的聲音和草蓆割斷的聲音交織在一起，響徹整個劇場。

被劈斷的上半部分草蓆柱搖晃了一下，很快就掉落在地上，下半部分仍然留在原地。白色浴衣男人向觀眾席瞥了一眼之後，走向舞台中央，背對著觀眾席。

三個忍者排成一排面對他。

男人高高舉起日本刀，在觀眾的注視下，斜斜地砍了下去。

忍者臉上的面罩掉落在地。

場內響起了驚叫聲。因為當面罩掉落之後，出現在眼前的竟然就是剛才那幾個金髮美女。

驚叫聲很快就變成了歡呼聲，轉眼之間響徹了整個劇場。

三個忍者裝扮的女人撥著豐厚的金髮，露出滿面笑容走向前，觀眾紛紛站了起來，鼓掌歡呼，吹著口哨，也可以聽到跺腳的聲音。

白色浴衣男人緩緩轉向觀眾席，張開雙手，露出無敵的笑容鞠了一躬。

1

看到液晶螢幕上的照片，真世立刻羞得臉頰發燙。那是她讀高中時和另一個同學的合影，記得是在放學回家的路上，站在便利商店前拍下這張照片。

「這張照片……我覺得還是不要用比較好。」真世小聲嘀咕著。

「啊？為什麼？」坐在她旁邊的中條健太有點意外地問，「我覺得這張照片很好啊。」

「因為那是我最胖的時期，而且整條腿都露了出來，你不覺得不太妙嗎？」

照片中的兩個女高中生的裙子都非常短。

「一點都不胖，但裙子真的有點短。」

「那時候穿裙子的時候，都會在腰部折兩、三次，讓裙子變短。在學校的時候會被老師罵，所以就會放下來——妳以前會不會這樣？」

真世問坐在桌子對面的女人。雖然她目前戴著口罩，但之前曾經多次看過她的臉。她的年紀大約三十歲左右，和真世年紀相仿，穿著飯店的制服。

「對，我以前也常這樣。」女人的雙眼笑了起來，「好懷念啊。」

「就是嘛，健太，你們那時候的女生不會這樣嗎？」

健太今年三十七歲，比真世大七歲。

「不太清楚，我不記得了，因為我讀的是男校。」

「你在上下學的路上，都不會看到其他學校的女生嗎？」

健太聽了真世的問題，忍不住露出苦笑。

「只是看一眼而已，怎麼可能看得那麼仔細？總之，我覺得可以用這張照片，拍得很不錯啊。」

「我也覺得不錯。」飯店的女性工作人員說。

「是嗎？那就用這張吧。」

「要配什麼文字？」

「配什麼文字……」真世想了一下說：「高中那些年，捨命拚裙短。」

「哈哈哈，」坐在旁邊的健太拍著手，「太中肯了。」

「很不錯喔。」飯店的女性工作人員瞇起眼睛，在鍵盤上打字。

真世和健太正在東京都內一家飯店的婚宴接待廳。他們將在兩個月後舉行婚禮，今天要討論婚宴上播放的影片，所以他們分別帶了各自的照片來挑選。雖然現在自己也可以簡單製作影片，但她還是希望製作高品質的幻燈片秀，而且也很擔心萬一自己製作的影片在婚宴上發生卡住，或是沒有聲音之類的意外狀況，最後決定交給專門的業者處理。婚宴會場在戶外，但天黑之後婚宴才開始，所以應該不至於發生看不清螢幕上播放的影片這種事，只不過微妙的畫質和色彩這些問題，外行人應該沒辦法搞定。

真世和健太繼續挑照片，不一會兒，沙龍後方的包廂門打開，一對準新人走了出來。真世不經意地看向那個女人，忍不住倒吸了一口氣。雖然那個女人刻意掩飾，但還是可以看到下腹部明顯隆了起來。

飯店的女性工作人員將那對準新人送出沙龍，真世覺得他們的背影散發出幸福的味道。

「怎麼了？」健太問她。

「嗯……只是覺得剛才的女人肚子有點大。」

「啊？有嗎？我沒看到。」

真世轉頭看向飯店的女性工作人員問：「最近也有很多這樣的準新娘嗎？」

女性工作人員輕輕點了點頭說：

「是啊，每年都會有幾對。」

「是不是現在大家都覺得奉子成婚也沒什麼好丟臉的？」

「很難說，應該也不是，新人多少還是會有點在意，所以在挑選婚紗時，我們經常會推薦一些比較能夠修飾體型的款式。」

「果然是這樣。」

「妳為什麼會在意這種事？」健太訝異地皺著眉頭。

「我只是覺得奉子成婚也不壞，」真世注視著未婚夫的臉，「不需要等到結婚之後，再來擔心生不生得出小孩，難道你不覺得嗎？」

「是嗎？」健太偏著頭說：「我從來沒這麼想過。」

「是喔。」

「即使不生孩子也沒問題啊，如果沒有孩子，可以好好享受兩人世界，對不對？」健太說完，徵求飯店女性工作人員的同意。

「是啊，世界上有各式各樣的夫妻，大家的價值觀也各不相同。」婚禮企劃的回答四平八穩。

「也許吧……對不起，我說了這麼奇怪的話。我們繼續挑照片。」真世重新坐好，挺直了身體。

挑選完照片，走出婚宴接待廳時，健太問她：「剛才是怎麼回事？」

「你是指哪件事？」

「就是奉子成婚啊。」

「喔……沒什麼特別的意思，只是有點好奇。」

「妳最近經常聊到小孩子的話題，像是問我會不會想馬上生孩子，要生幾個孩子之類的。」

「我有經常說嗎？」

「有啊，也許妳自己沒有發現。」

「但是，討論這種話題很奇怪嗎？我們快結婚了，討論這種話題不是很正常嗎？」

「也許是這樣，只不過我覺得妳好像太在意了。」

「所以我就是在問你啊，」真世停下腳步，轉身面對健太，「不可以在意這個問題嗎？我反而覺得不考慮這個問題有點不負責任。」

健太皺起眉頭，舉起雙手，將手心對著真世。

「我知道，妳不必這麼生氣。」

「是你在說一些莫名其妙的話……」

這時，真世皮包裡傳來手機收到訊息的聲音。「不好意思。」她打了一下招呼，從皮包裡拿出手機。
一看手機，發現是老家那裡的老同學傳來的。她知道對方為什麼事找自己，看了訊息的主旨，發現自己猜對了。
她嘆了一口氣，微微偏著頭嘀咕：「怎麼辦呢……」
「怎麼了？」
「老同學邀我去參加同學會，就是下個星期天，好像只有我還沒有回答要不要去參加。」
「妳好像興趣缺缺，妳不想見到以前的同學嗎？」
「並不是不想見到他們，只是覺得到時候會很累，因為他們一定也會找我爸爸參加。」
「對喔，同學會通常都會邀當時的恩師一起參加。」
「嗯。」真世回答，「我之前不是和你說過嗎？我在讀中學的時候超低調。」
「妳說妳在班上努力不引起別人的注意，但不都是過去的事嗎？」
「我覺得還是一樣，以前，我曾經去參加過高中的同學會，一看到老同學，就好像回到了高中時代，無論人際關係還是用字遣詞都和以前一樣。更何況中學時的同學會，大家都住得很近，彼此本來就認識，這種情況應該更加嚴重，到時候又會說我是神尾老師的竊聽器。」
「他們當時這麼說妳嗎？」健太意外地挑起了眉毛。
「雖然沒有當面說，只是在背後這麼說。好像有人說，有我在的時候，只要有人做壞事，我就會去向神尾老師告密，所以要提防我，簡直就是把我當成了臥底。」

「那真的太過分了，但妳應該也有好朋友吧？」

「當然也有幾個好朋友，傳訊息給我的也是其中一個，只是現在已經沒什麼來往了。」

「但是，如果妳不去參加，妳爸爸會感到很寂寞吧？」

「我覺得我爸爸並不在意我的事，反正我們每年都會見幾次面，只是如果我不去，爸爸就會問東問西，反而會很煩。算了，我再想一下。」

「等一下，如果你們是下個星期舉辦同學會，搞不好妳想去也去不了。」

真世知道健太想要表達的意思，「你是說新冠病毒，對不對？」

「沒錯。」健太點了點頭，「東京都知事說，目前疫情有擴大的徵兆，所以可能這幾天就會採取因應措施。」

「到時候會要求stay in Tokyo——暫時不要離開東京嗎？」

「很有可能，因為最近大家已經有點疲乏了。」

他們正在討論在二〇一九年爆發的新型冠狀病毒感染症——COVID-19，和許多國家一樣，日本的疫情也很難說受到了控制。

目前已經證實有幾種藥物對該疾病具有治療效果，而且確診病例也得到了控制，所以對日常生活已經不會造成太大影響，但確診病例並沒有歸零，有時候甚至會一下子暴增。如果能夠掌握感染途徑，問題還不算太嚴重，但感染途徑不明時就很棘手。為了防止疫情擴散，就會採取各種防疫措施。防疫措施分成好幾個階段，從基本的「避免進入通風不佳的密閉空間，避免進入人群聚集的密集空間，避免近距離密切接觸，減少不必要、不緊急的外出」等基本防範，到籲請學校停課和特定行業停業等，階段性限制民眾行動的範圍。

一旦政府發布「避免從東京都前往他道府縣」的要求，除非有重要的事，否則就必須遵守。雖然並非強制的措施，但如果不遵守，就會遭到周圍人的白眼，搞不好還會遭到肉搜，在網路上遭到攻擊。

「如果真的這樣，也許反而更好。」真世嘆著氣說，「既然不可以離開東京，我也不需要猶豫了。即使不去參加同學會，大家也不會多想。」

「如果東京的疫情擴大，外縣市的人反而希望住在東京的人不要在這種危險的時候回去。」健太笑著說，最近他們單獨相處時，即使在外面，他也經常不戴口罩，真世的口罩也放在皮包裡。

「嗯，反正就是這樣。」

她把手機放回皮包時確認了時間，發現已經四點多了，叫了一聲「慘了」，把手機螢幕對著健太，「已經這麼晚了。」

「哇，慘了，我們加快腳步。」

他們快步走向電梯廳。因為他們等一下要看電影，電影院目前仍然正常營業，之前必須坐梅花座，現在終於可以坐在一起了。

真世獨住的大廈公寓位在離地鐵森下車站走路一分鐘的地點，四坪大的房間有廚房、浴室和廁所，這樣的小套房租金超過十萬圓。她之前一直想搬去大一點的房子，如今即將藉由結婚實現這個夢想。

她回到家中，坐在床上時，床頭的鬧鐘顯示目前是晚上十點四十分。她和健太看完電影後，去日本橋的居酒屋一起吃完飯後才回家。如果是星期六，他們通常會在其中一個人的租屋處過夜，但今天是星期天。

真世在市之谷一家不動產公司的大廈公寓改建部門任職，她原本很喜歡室內裝潢，大學時讀了設計科，但中途對房屋整體的搭配產生了興趣，於是就以考上建築師為目標。

中條健太是同一家公司的前輩，他負責透天厝，以前彼此並沒有交集，但在兩年前，他的辦公室搬到和真世同一個樓層之後，兩人經常有機會打照面。他們在一年半前開始交往，最初是健太主動約她吃飯，但真世並不感到意外，因為聊過幾次之後，真世可以感受到對方的好感，真世對他的印象也不差，相信他也已經感受到了。

半年前，健太向她求婚。當時新冠病毒的疫情趨緩，真世猜想他差不多會向自己求婚，所以並沒有太驚訝，但內心的確鬆了一口氣。因為她已經三十歲，談感情無法只是玩玩而已。

她當然答應了健太的求婚。雖然健太應該猜到她不會拒絕，但還是露出鬆了一口氣的表情。

真世打電話給父親英一報告了這件事，但並沒有說自己要結婚了，只說想讓他見一個人。英一似乎立刻心領神會。「恭喜妳，太好了，我想你們應該很忙，我去找你們就好。」真世覺得父親說話的語氣中帶著落寞，自從母親在六年前因為蜘蛛膜下腔出血去世之後，英一都一個人生活。

不久之後，他們約在銀座的日本餐廳見了面，真世把健太介紹給英一。健太明顯很緊張，但英一的笑容也很僵硬，幸好他們對彼此的印象很不錯，讓真世鬆了一口氣。英一在事後說健太「談到工作時的表情很生動，嫁給這個人應該沒問題」。真世問他這句話是什麼意思，英一回答說：

「為客戶改建房子，就必須瞭解客戶的家庭狀況，思考怎樣的生活可以讓客戶更舒適。健太在這份工作中找到了人生的意義，既然能夠為別人的家庭考慮，應該不會忽略自己的家庭。」

真世覺得這種思考方式很有父親的作風。英一是國文老師，經常透過說話方式和選擇話題的方式判斷對方的人品。

真世現在又回想起父親當時說的這番話。他們即將在兩個月後結婚，但她內心的不安超過了期待，她也不知道這是否只是所謂的婚前恐懼症。

她伸手拿起手機，看了幾個社群網站，電話鈴聲響了。手機螢幕上顯示了本間桃子這個名字。

「妳好，好久不見。」她接起電話，對著電話說。

「什麼好久不見，為什麼沒有回覆我的訊息？」桃子用和中學時代相同的尖銳聲音問。

「對不起，我還在猶豫。」

真世說的是同學會的事。下午也是桃子傳訊息來問她這件事。

「為什麼？工作很忙嗎？」

「嗯，這也是原因之一。」

「妳說是原因之一，是代表還有其他原因嗎？啊，妳該不會覺得和神尾老師一起參加很尷尬吧？」

「不是說尷尬，是我不希望大家不自在。」

「才不會不自在。」桃子立刻否認，「我們都已經三十歲了，怎麼可能在意這種事？妳來參加嘛，妳不在的話，我也覺得很寂寞，而且還是回老家比較好。」

「我想起來了，妳現在正在老家那裡吧？妳覺得怎麼樣？」

桃子之前在訊息中提過這件事。她原本住在橫濱，但她老公被公司調去關西，她上個月帶著兩歲的兒子回了老家，把橫濱的房子轉租給朋友。

「太舒服了，可以把孩子丟包給我爸媽照顧，我有自己的自由時間，如果妳回來這裡，我隨時可以陪妳。」

「太好了。」

「是不是很棒？所以妳趕快回來，那我就告訴他們，妳會回來參加同學會囉？」

「等一下，因為還有工作上的問題，所以讓我再想一下，這兩、三天內一定會回覆妳。」

「好。」

「但是，有辦法舉辦同學會嗎？疫情好像又有擴大的趨勢。」

「喔。」桃子低聲回答，「我們已經想好了對策，也預訂了有開放空間的餐廳，萬一疫情真的擴大，就去那家餐廳，只要大家保持安全距離就好了，不是嗎？」

「原來是這樣。」隨著一波接著一波的疫情，大家也已經知道如何因應，「但到時候我可能無法離開東京。」

「妳是說避免跨縣市移動的自肅籲請嗎？」

「嗯，我可不想在敏感時回老家，結果被人丟石頭。」

「呵呵呵，」電話中傳來桃子的冷笑聲，「既然這樣，那要不要趁知事宣布一些莫名其妙的措施之前，就先回來這裡？天才杉下那傢伙就已經回來了。」

「天才？妳是說那個杉下嗎？」

「沒錯，就是杉下快斗。他上個星期就帶著老婆和剛生下不久的孩子回來了。他說疫情不樂觀，而且剛好要舉辦同學會，他就決定趁早離開東京，還說他的公司早就實施在家工作了，老闆不需要整天守在東京。他的自命不凡還是老樣子，和以前一點都沒變。」

「聽妳的語氣，你們好像已經見過幾次了。」

「只有在討論同學會的事時見過一次而已，但其實根本沒有人邀他來參加，我猜想他應該只是想來向大家炫耀。」

如果桃子所說的情況屬實，杉下的確還是老樣子。成績優異，運動能力很強，而且父母很有錢，他身上所有的東西都很高級——這就是同學對杉下快斗這個人的印象。他在中學畢業之後，去東京就讀一所大學附屬的私立高中，幾年前聽說他成立了ＩＴ企業，獲得了成功。

「另外還有一個人，我們小鎮的英雄好像也已經回來了。」

「英雄？妳說誰？」

「妳不知道嗎？就是《幻迷》的作者釘宮啊。」

「啊！」真世張大了嘴，「對喔。」

「喂，真世，他不光是在我們這個年級，更是我們母校最成功的人，妳怎麼可以忘記他！」

「我沒有忘記，而是他太了不起了，一下子沒想到他。」

「我能夠理解，因為我也和妳差不多。他說會來參加同學會，大家都超興奮。」

「如果釘宮要來參加，大家會這麼興奮也不意外。」

「大家都很現實，以前讀中學的時候，誰都看不起他，罵他是漫畫阿宅、軟爛釘，雖然我也沒有資格說別人。」真世不難想像桃子吐出舌頭的樣子，「啊，對了，差點忘了重要的事，大家說要在同學會的中途為津久見舉辦追思會。」

「津久見的……是喔，原來是這樣。」真世內心深處有點起伏，但她努力不讓說話的語氣有任何變化。

「所以就希望大家有任何可以悼念津久見的東西，都可以在同學會時帶來。真世，妳以前不是和津久見關係很好嗎？有沒有什麼東西？像是照片之類的。」

「啊？妳突然這麼問我，我也想不起來啊。」

「那妳可不可以找找看？」

「好啊，但妳不要抱太大的希望。」

「妳別說這種話，努力找找看嘛，因為太缺乏題材，大家都很傷腦筋。」

「我知道了，我找找看。」

「拜託了，那我等妳的電話。」

「嗯，我會打電話給妳。」

「對不起，這麼晚打電話給妳。」

「不，沒關係。」

掛上電話之後，她發現內心湧現很多回憶。一方面是因為好久沒有和桃子聊天了，再加上聽到了好幾個記憶中的名字。

津久見……

回想起他那對中學生來說，算是很強壯的身材，和那雖然精悍，但還來不及邁向成熟，仍然帶著稚氣的臉龐，不禁感受到帶著淡淡甜蜜的懷念，和像是舊傷般的心痛。

「妳是神尾老師的女兒又怎麼樣？妳就是妳啊，幹嘛在意那些無聊的傢伙？妳有病嗎？」

這番有力的話激勵了自己，而且他是躺在病床上時說的。雖然他那時候整個人都瘦了下來，氣色也很差，但炯炯有神的雙眼仍然和以前身體好的時候一樣。

他去世至今已經十六年了。

真世忍不住想，如果他還活著，而且也去參加同學會，自己應該會興奮地表示一定會去參加。

她沖了澡，在睡覺前保養了皮膚後上了床。她在關燈之前拿起手機看了一下，健太傳來了「晚安」的訊息。她也回了「晚安」，伸手關了燈。

2

彎下腰，把兩隻手的指尖塞到鐵捲門下。金屬的感覺冰冷，從鐵捲門縫隙鑽進來的空氣也很冷。現在才三月初，這也是理所當然的事。

原口浩平雙腳用力，一口氣把鐵捲門抬了起來。鐵捲門發出嘎啦嘎啦的巨大聲音上升，但上升到一半時，每次都會卡在那裡。畢竟已經用了三十幾年，中柱可能有點歪了。他從下方咚咚咚敲了幾下，總算把鐵捲門推了上去。以前曾經打算裝電動鐵捲門，但很久之前就已經放棄了。

雖然總共有三道鐵捲門，但他只打開中間那一道，就走到門外四處張望。

單側只有一個車道的馬路上，來往的車輛零零星星，過了很久之後，才有一輛小貨車經過。車流量顯然比上個星期少了許多。

人行道上也幾乎沒有人影，只有遠處有幾個學生在走路。他們似乎準備去學校。去年的這個時候，全日本的學校都停課，今年可能會提早放春假。他想起之前聽家中有小孩的朋友氣憤地說，那些政客都不瞭解雙薪家庭的狀況。

原口看了一眼手錶，已經上午八點多了。這個離車站只有幾分鐘的商店街實在太缺乏活力，而且今天是星期一，這種日子還會持續多久？

他聽到旁邊傳來動靜，轉頭一看，隔壁陶藝品店的玻璃門打開了，老闆剛好走出來，手上拿著垃圾袋。

早安。原口向他打招呼。

「喔喔，阿浩啊，早安。」老闆低下理著短髮的腦袋向他打招呼，他比原口大十幾歲，原口讀小學時，他已經在自家店裡幫忙了。

「今天的情況怎麼樣？有人要來上陶藝體驗課嗎？」原口問。

老闆一臉愁容，搖了搖頭。

「怎麼可能？就連昨天和前天週末，總共只有三組，這個星期的情況應該會更差。」

「是嗎？只有東京發生小規模的群聚感染，本縣並沒有確診病例。」

隔壁店的老闆撇著嘴角說：

「不不不，過一陣子之後，這裡也會出現確診病例，只是和東京會有一點時間差。以前也都這樣，而且到時候又會呼籲民眾避免觀光和娛樂活動，又要開始過閉關生活了，在這種情況下，民眾對陶藝品根本不屑一顧。」

「如果是這樣，我們店也很傷腦筋。」

「你的店應該沒問題，即使減少外出，大家也不會減少喝酒，私人的訂單反而會增加吧？」

「未必是這樣，會在家裡喝酒的人，都會上網買整箱的便宜酒，我們店的主力商品是本地特產的日本酒，還是要靠本地的餐廳和居酒屋訂貨。」

「喔，餐廳的生意可能會更慘，旅館也都在苦撐。我昨天去『丸美屋』時聽說，已經有好幾個客人取消了訂房。」

「是喔，果然是這樣啊。」

「雖然不知道這次會持續多久，但未來的兩個星期，不，搞不好一個月都很不樂觀，真傷腦筋。」老闆說完，拎著垃圾袋，轉身走開了。

原口嘆了一口氣。「丸美屋」是這一帶最大的旅館，從那家旅館訂房取消的狀況，可以大致推測營業額衰退的情況。不是自己店裡的營業額衰退而已，而是整個區域都面臨相同的狀況。

原口走去旁邊的停車場，那裡停了一輛老舊的貨車。貨車車身上寫的「原口商店」幾個字已經褪了色，但現在沒有餘裕重寫。

他把貨車開到店門前，把準備送貨的酒搬到貨車上。等一下要去旅館、居酒屋和餐廳送貨，平時都要去超過十個地方送貨，但今天只有三家，而且叫貨量也很少，貨品放在車斗上感覺很冷清。

送完貨之後，他受到了更大的打擊。因為每家店明天之後都暫時不打算再叫貨。

「我們也很無奈，因為沒有客人上門，如果只做本地客人的生意，即使叫了酒，也賣不出去。」即將邁入花甲的居酒屋老闆滿臉歉意地說，「說實話，這家店也不知道能夠開到什麼時候，我那天還在和我老婆說，今年恐怕真的很難撐下去，到時候我們也只能關門了。」

原口只能默默點頭。這一陣子，無論去哪裡都聽到類似的消息，完全聽不到任何好消息。

二〇二〇年冬天，一切都變了樣。不光是這個城鎮而已，整個日本，不，整個世界都完全變了樣。這一切當然是因為受到新型冠狀病毒的影響。

聽說都市的鬧區有多家餐廳紛紛倒閉，一些歷史悠久的知名餐廳，和在銀座經營了數十年的高級酒店也都相繼熄燈，就連實際確診病例並沒有很多的外縣市也一樣，尤其是那些靠觀光產業支撐經濟的地方，都無一倖免地受到了重創。

這些地方原本人口就不多，大部分餐飲店有超過一半的營收來自外縣市的觀光客，但新冠病毒疫情導致這些地方城市斷絕了和其他縣市之間的往來，所有商家的營業額都一落千丈，即使在政府解除緊急事態宣言之後，這種情況仍然沒有改善。

目前已經有不少治療新冠肺炎的藥物上市，聽說也已經研發出有效的疫苗，但所有民眾應該都認為，以往的熱鬧日子已經一去不返了。原口覺得至少這個城鎮的情況是這樣。

雖然曾經短期恢復以前那種日子，比方說，上個月曾經有不少觀光客造訪，週末時，所有旅館飯店都一房難求。原口幾乎每天都去餐廳送酒補貨，餐廳內人聲鼎沸，店員、老闆，以及店裡的客人臉上都充滿歡樂的表情。

但是，人們已經領悟到，這種日子無法持續太久，也已經習慣因應隨時發生的變化。比方說，一旦東京都知事公布「確認東京都內的疫情擴大」，本地公所的宣傳車就會用擴音器在大街小巷播放「若非必要、非緊急狀況，敬請民眾避免往來於首都圈」的廣播。

民眾聽到這種廣播之後，就會作好心理準備，知道「生活又要受到限制了」。不僅從這裡前往首都圈的人數減少，相反地，從首都圈來這裡的訪客人數也會減少，店家的營業額就會大幅受到影響。這幾個月來，已經多次發生這種情況。

一個星期前，東京再度發布了相同的通知，這次使用了「疫情擴大的預兆」的措詞，有點像是天氣預報的「預報」，但如今誰都知道，這種情況隨時可能升溫成「警報」。

聽說有些去東京讀大學的學生，在春假之前就已經回了老家。因為如果繼續留在東京，到時候可能連春假返鄉都有問題。

不光是學生，已經陸續有在東京工作的人帶著家屬回到了老家。這一年來，許多企業都推動了在家工作。既然不需要進公司，當然會想要回到受感染的可能性較低、相關規定也比較不嚴格的故鄉。

原口送完貨，回店裡之前，開著小貨車前往住宅區。一旦偏離主要道路，這裡的每條路都很狹窄。

遇到紅燈停下來時，他看到路旁丟著一塊看板，上面畫著插圖，在「幻迷屋 預定二〇二一年五月開張！」的文字旁破了一個大洞，原口忍不住想，是不是被人踹破的？期待越高，遭到背叛時的失望也越大。

他在一棟透天厝前停下小貨車。原口對這棟房子很熟悉。小時候來這裡時完全沒有任何感覺，現在抬頭打量，發現房子很老舊。

他在走下小貨車前拿出手機，從通訊錄中找出「神尾」的姓氏，撥打了電話，電話中傳來鈴聲，但並沒有接通。

他掛上電話，微微偏著頭，把手機放回口袋的同時，打開了車門，走下小貨車。門前掛著「神尾」的名牌，他按了名牌下方的門鈴。

屋內沒有應答。原口又按了一次，結果還是一樣。

太奇怪了。他忍不住納悶。難道屋主這麼早就出門了嗎？

他猶豫了一下，推開院子門，走進了院子。走到玄關前，伸手轉動了門把，但他猜想門應該鎖住了。

沒想到——

門打開了。原來門沒有鎖。也就是說，屋主應該並沒有出門。

早安。原口大聲打了招呼，但他的聲音只是在昏暗的走廊上空虛地產生了回音，完全沒有聽到任何回答。

「神尾老師，早安，你在家嗎？」

他再度確認沒有人回答，忍不住猶豫起來，不知道該怎麼辦。老師是不是出了事？會不會昏倒了？雖然他這麼想，但仍然不知道該不該進屋。眼前的房門關著，但他知道，那道門內是一個很大的房間。

啊，對了。他想起這棟房子有後院。

原口走出玄關，沿著房子牆壁旁的通道走去後院。他想起以前曾經和住在附近的幾個同學，在這棟房子的後院烤肉。那一次離中學畢業已經超過五年，他帶了店裡的酒來給大家喝，大家開始收錢，說「讓你破費太不好意思」。他不想收大家的錢，神尾對他說：「你別客氣，就收下吧。你家是開酒舖的，無論再好的朋友，也不能讓店裡的生意虧本。」

聽神尾這麼說，他覺得也有道理，於是就把錢收了下來。無論畢業多久，神尾英一永遠都是為原口指引方向的恩師。

走過通道後，來到了後院。和以前一樣，後院的角落有一棵小柿子樹，旁邊放了一些盆栽。

但是，他發現了明顯不太對勁的東西。後院和後方的房子之間有一道圍牆，圍牆前堆著拆開的紙箱，看起來像是遮住了什麼東西，神尾英一老師做事向來一絲不苟，有條不紊，感覺不太像他做事的作風。

原口戰戰兢兢走了過去。他既覺得當作什麼都沒看到，轉身就離開比較好，又覺得必須察看一下，紙箱下面到底藏了什麼東西。後者的想法並不是基於好奇心，更像是使命感。

他拿起最上面的紙箱輕輕一拉，疊在一起的紙箱紛紛滑向一旁，露出了下面隱藏的東西。

3

星期一下午——

真世準備去看一下廚房相關的展示屋，才剛走出公司，手機就響了。液晶螢幕上顯示了一個完全陌生的號碼，但她知道那個區域號碼。那是她出生故鄉的號碼。

她接起電話，電話中一個男人的聲音問：「請問是神尾真世小姐嗎？」

「對……」

對方報上了自己的姓名。他是真世老家轄區分局的警察。

「神尾英一先生是妳的父親吧？」

「對，我爸爸怎麼了……？」

「要通知妳一個不好的消息，今天上午，有人發現他倒在家中，目前確認他已經死亡。」

真世腦筋一片空白，完全聽不到對方的聲音。

從東京車站搭新幹線大約一個小時，然後又換了私鐵的特急列車，坐了將近一個小時左右，才終於抵達離老家最近的車站。走出車站，環顧了車站前的狀況。觀光業是這裡的主要產業之一，停車場很大，也有充足的空間讓公車和計程車候客。車站前也有不少餐廳和禮品店，但只要看外面，就不難想像這些店家目前生意並不好。

雖然這裡是觀光地，其實並沒有很多觀光景點。歷史悠久的寺院成為這裡的地名，也是觀光最大的賣點，除此以外，就只是一個平凡的溫泉地，但往年在接下來的梅花和櫻花盛開季節，就會有許多年長的客人來這裡觀光度假，只不過今年的情況就不得而知了，本地居民應該也為此感到擔心。

聽說去年這裡和日本各地，不，和世界各地的觀光勝地都很慘，受到新冠病毒的影響，春天至初夏的觀光產業都完全停擺。從去年秋天開始，才慢慢開始有觀光客上門，但也不到顛峰時期的三分之一。

車站前停了一輛計程車，一個白髮司機正在車內打瞌睡。真世敲了敲玻璃窗戶，司機一臉還沒睡醒的樣子打開了後車門。

「不好意思，可以請你把行李箱打開嗎？」

真世帶了一個大行李箱。因為不知道什麼時候可以回東京，所以她把衣服和其他想到的東西，全都塞進了箱子。

坐上車之後，她才告訴司機地點。司機聽到她要去警局，露出意外的表情。

「妳從哪裡來？」車子開出去一會兒之後，司機難掩好奇地問。

「東京。」真世故意冷冷地回答。

「喔，所以是回來探親。」

「嗯，是啊。」

「原來是這樣，聽說疫情又擴大了。」

司機似乎瞭解了狀況，但應該仍然很好奇她為什麼要去警局。真世覺得如果他繼續問，就很傷腦筋，但幸好司機沒有多問。

真世從皮包裡拿出平板電腦，打開了備忘錄。第一行寫著今天的日期和接到警察電話的時間。

接到警察的電話，得知有人發現了英一的遺體後，她的腦筋一片混亂，思考幾乎停止，但必須問清楚到底發生了什麼狀況的想法，勉強讓她恢復了理智。她急忙從皮包裡拿出記事本和筆，記下了對方說的話。因為心情太慌亂，無法充分瞭解對方在說什麼，所以問了好幾個問題，那名警察很有耐心地向她說明。

她將原本寫在記事本上的內容輸入了備忘錄。剛才在列車上翻開自己記事本上的內容，發現字跡太亂，可能連自己都會看不懂，於是就重新記在平板電腦的備忘錄中。

備忘錄中記錄了以下項目。

三月八日上午十點左右／有人發現屍體後報案

- ●地點　　神尾英一家中
- ●報案者　　神尾家的訪客（男性　神尾的學生　姓名不詳）
- ●死亡確認　　上午十點二十五分
- ●屍體身分　　神尾英一
- ●死亡時間　　尚未確定
- ●死因　　尚未確定（很可能是他殺）
- ●家屬　　從室內電話機的紀錄推測

也就是說，事情的來龍去脈如下。今天上午，有一名男子去找英一，發現了屍體，於是報了警，但目前無法確定英一的死亡時間和死因，只是根據屍體的外觀和狀況，判斷顯然是他殺，於是展開了偵查。由於死者獨居，於是警方決定和家屬聯絡。死者家中有室內電話，上面有真世的電話號碼——

上門的人似乎是英一的學生。英一已經退休，所以嚴格來說，應該是他以前的學生。雖然目前不知道該學生的姓名，但只是打電話給真世的警察不知道而已，到了警局之後，打聽一下應該就知道了。

真世猜想，可能是自己的同學。英一向來很受學生的歡迎，但學生和畢業生並不會經常去找他。真世猜想可能是老同學為了星期天舉辦的同學會上門去找他。

她把平板電腦放回皮包，看著車窗外已經變暗的風景。周圍是小山，沒有中央分隔線的狹窄道路兩旁有很多民宅。這裡不時可以看到停車場，是因為在這裡，如果沒有汽車就無法生活，甚至有些人家有好幾輛汽車。

雖然是熟悉的地方，她卻有一種好像來到異國的疏離感。明明是故鄉，卻無法感受懷念。也許是因為眼前面對了這種特殊狀況的關係，她完全沒有想到，自己竟然會因為這個原因返鄉。

打電話給她的警察說，雖然已經查明了屍體的身分，但還是希望她前往認屍。真世告訴對方，自己會立刻趕過去，但也同時說明，因為需要做準備，而且也必須向公司報告，所以可能晚上才會趕到。

之後，她立刻回到公司，向上司說明了情況。這個上司平時總是莫名其妙地嘻皮笑臉，聽她說明情況時，終於露出了嚴肅的表情。

她提早離開了公司，從明天開始到星期五都請了假，但目前狀況不明，可能暫時無法回公司上班。她聯絡了客戶和相關各部門，將原本的行程盡可能延後，遇到無法延期的狀況，就找人代替，然後把不需要到公司、可以在家工作的作業全都帶回了家，所以行李箱內也裝了筆電和工作相關的檔案。

健太剛好不在公司，她在搭新幹線之前打電話通知了他。健太聽到她說爸爸死了，可能被人殺害時，一時說不出話。

「我也不太瞭解詳細的情況，等一下要去警察局問清楚，等安定下來之後，我再和你聯絡。」

「我知道了。」未婚夫好不容易擠出這句話，「有什麼需要幫忙的事，隨時告訴我，如果有需要，我也可以請假。」

「謝謝你，如果有需要，我再告訴你。」說完之後，她就掛上了電話。

她回想著和健太的對話，思考著什麼情況下會需要他幫忙。自己還沒有和他結婚，而且如果爸爸真的遭到他殺，自己根本無暇舉辦婚禮。

她剛才不顧一切忙著準備工作，並沒有餘裕仔細思考發生的事，但看著眼前故鄉的風景，漸漸體會到發生了可怕的事。

因為沿途沒什麼十字路口，所以也沒有紅綠燈，計程車很快就到了警局前。

她拖著行李箱走向警局大門。警局是一棟三層樓的舊房子，完全沒有森嚴的感覺，如果不是有好幾輛警車停在很大的停車場，可能會以為那是公民館之類的地方。真世想了一下之後，發現自己是第一次來這個警局。

一名身穿制服的年輕警察站在門口，真世向他說明了情況。原本以為他一定不知情，沒想到那名警察點了點頭。

「我知道，請跟我來。」

更令人驚訝的是，他還為真世帶路。鄉下地方果然比較有人情味，東京的警察應該不會這麼做。

年輕警察走去接待處說了幾句之後，回到真世身旁。

「請妳在這裡稍等一下，負責的人很快就會過來。」

「我知道了。」

真世坐在接待室內老舊的小沙發上，一名中年男子大步走向她。雖然個子不高，但很結實，看起來很有威嚴。

「呃，妳是神尾英一先生的……」

真世站起來說：「我是他的女兒。」

男人胸口起伏，似乎在調整呼吸，然後點了點頭。

「發生這樣的事，真令人難過，請節哀。」

「請問……我爸爸的遺體在哪裡？」

「我馬上就帶妳過去，請跟我來。」

男人邁開步伐，真世跟在他的身後。

他邊走邊自我介紹。他是刑事課的股長柿谷，但並不是他打電話給真世。

停屍間位在地下室。像倉庫一樣冰冷的房間中央放了一張床，英一躺在那張床上，臉上蓋了一塊白布，旁邊放著圓框眼鏡。那是英一在教師時代的標誌。

「請問……我爸爸的臉上有異狀嗎？」

如果有可怕的傷痕，在掀開白布之前，必須作好心理準備。

「臉部嗎？不，並沒有什麼特別異狀，是我用這塊布蓋起來，但並沒有特別的理由，只是覺得這樣比較好。眼鏡當時掉在地上。」

「這樣啊……」

真世緩緩走過去，戰戰兢兢地掀開了白布。

如柿谷所說，用白布蓋起的臉上並沒有異狀，但真世看著眼前這個雙眼緊閉，像沉睡般的老人，一時覺得並不是英一。她想了一下，爸爸是這樣的臉嗎？但立刻想到是因為屍體臉上沒有表情的關係。英一的表情向來很豐富，眼前這張臉就像能劇的面具般平坦，完全沒有任何表情。

「怎麼樣？」柿谷在身後問道。

「他是我爸爸，沒有錯。」真世在回答的同時，內心深處湧現了熱淚。

在自己承認眼前的屍體是英一的同時，她感受到自己失去了重要的家人。她意識到自己臉頰發燙，眼淚情不自禁地流了下來。她想從皮包裡拿手帕，但來不及了，淚水撲簌簌地流下來，滴落在地上。

真世摸著英一的臉頰，又冰又硬的感覺，讓她陷入了更深的絕望。

她閉上眼睛，回想著最後一次見到父親是什麼時候？當時聊了什麼？但在記憶中努力翻找，都只找到很久以前的回憶。

她用力深呼吸了幾次之後，才終於從皮包中拿出手帕擦了擦眼角，然後回頭看著柿谷，問了她最想知道的問題。

「請問我爸爸發生了什麼事？」

「我會向妳說明，而且我們也想請教妳幾個問題，可以占用妳一點時間嗎？」

「沒問題，我就是為此而來。」

「那我們換一個地方說話。」柿谷打開了門。

柿谷帶她來到一個小會議室，對她說了一聲「請稍候」，就走了出去。幾分鐘後，門打開了，柿谷走了進來，但他身後跟著好幾個男人，其中有人身穿制服，看起來像是長官。每個人臉上的表情都很嚴肅。

坐在對面的柿谷手上拿著A4尺寸的資料。

「接下來會向妳說明詳細的經過，但在此之前，可以請妳先回答從前天早上到今天早上為止的行蹤嗎？」

「啊……」真世感到不知所措，無法馬上理解這個問題的意思，「誰的行蹤？我的嗎？」

「對。」

「請問，這、為什麼要回答這個問題？」

「很抱歉。」柿谷雙手放在手上，低下了頭，「接下來會向妳說明這麼做的理由，我們認為這是一起極其重大的事件，恐怕會展開大規模的偵查，要確認所有相關人員是否有涉案的可能性，沒有任何例外。所以雖然知道妳失去了父親，內心還無法平靜，還是必須問這麼失禮的問題，敬請諒解。」

真世看向其他人，所有人都一臉沉痛的表情低著頭。

她再度意識到，這起事件非同小可，他們也都很緊張。

「我瞭解了。」真世對柿谷說，「前天我一整天都在家裡打掃和洗衣服，昨天從上午開始，就去了好幾個地方，和我的未婚夫一起為婚禮做準備工作，開會討論相關的事宜。我有聯絡電話和窗口的姓名，你們可以去確認。之後我們一起去看了電影，看完電影之後吃了飯，晚上十點半左右回到家，今天就像平時一樣去公司上班。我的未婚夫叫中條健太。」

差不多就這樣。她最後這麼說。

「謝謝妳，那可以請妳等一下把那些窗口的聯絡電話告訴我們嗎？」

「沒問題。」

「拜託了。妳說前天都一直在家，請問是一個人嗎？」

「對，我一個人。」

「完全沒有外出嗎？有沒有出去吃飯？」

「我完全沒有出門，但晚上請附近的餐廳送了外送。」

「請問是哪一家餐廳？幾點左右？」

「名叫『南風亭』的西餐廳，我記得大約是七點左右。」

「妳經常叫那家餐廳的外送嗎？」

「我以前常去吃，自從爆發疫情之後，他們開始做外送，我有時候會請他們送。」

「所以外送的店員認識妳嗎？」

「嗯，是啊。」

「我知道了。請妳再說一次餐廳的名字。」

「南風亭。」真世也告訴他漢字怎麼寫。

「好。」柿谷低頭看著手上的資料，「現在向妳說明事件的概要。請問妳認識神尾英一的學生中，有姓原口的男人嗎？」

真世想了一下，才想到柿谷說的「Hara-guchi」是原口這兩個字。她記得原口家開酒舖，以前讀中學時個性很風趣幽默。

「他是我的同學，原口浩介……還是浩平？有叫這個名字的人。」

「是原口浩平。今天上午，就是原口先生去找神尾英一先生。原口先生說，最近要舉辦同學會，他有事要找神尾先生，昨天白天和晚上都打電話給神尾先生，但都沒有接通，今天早上又打了，還是沒有接通，他有點擔心，於是就上門察看。」

柿谷又接著告訴真世。

原口按了門鈴，但沒有人應答，他以為家裡沒有人，但還是試著打開玄關的門，發現門並沒有鎖。他對著門內叫了一聲，沒有人回應。因為他不想擅自進屋，於是就繞去後院，想看一下屋內的情況，結果在後院角落看到有好幾個拆開的紙箱堆在那裡，好像用來蓋住什麼東西。他移開紙箱一看，立刻大驚失色。因為紙箱下面是一個人，而且已經死

了。原口來不及確認是不是神尾英一，就立刻報了警──

「我想妳應該已經聽說了之後的情況，所以我就簡短地說明一下。警方立刻趕到，在確認倒地的人已經死亡的同時，根據原口先生的證詞，以及屍體身上的駕照，判斷死者應該是神尾英一先生。為了聯絡家屬，警方進入屋內搜索，發現室內電話上登錄了妳的名字和號碼，原口先生說，妳是他的女兒。」

柿谷抬起頭問她：「到目前為止，妳有什麼問題嗎？」

「我爸爸，」她一開口，發現聲音沙啞，於是清了清嗓子，再度開了口，「所以我爸爸是被人殺害嗎？」

柿谷看了一眼像是他上司的人之後，將視線移回真世身上。

「我們認為這個可能性相當高。」

「是怎樣……被殺？剛才……看到屍體時，我看不出來。」

「這個問題，」柿谷說到這裡，又瞥了上司一眼之後，搖了搖頭說：「現在還不知道，接下來要進行司法解剖，在此之前，不能妄下定論。」

「是被刀子之類的殺害嗎？」

「對不起，目前無法回答這個問題。」

「還是遭到毆打？」

柿谷沉默不語。不知道代表否認，還是拒絕回答這個問題的意思。

「兇手呢？既然你剛才問我的不在場證明，顯然還沒有抓到兇手吧？」

「對，」柿谷回答，「偵查工作才剛開始。」

「線索呢？目前有線索了嗎？」

「神尾小姐，」柿谷正準備開口，旁邊的人說話了。那個身穿制服，看起來職位最高的男人看著真世說：「這種事交給我們處理就好，我們無論如何，都會逮捕兇手。」

「但向我透露——」

向我透露一點也無妨。真世原本打算這麼說，但最後忍住了。即使把詳細的情況告訴家屬，也對偵查沒有任何幫助——警察一定會這麼認為，而且這也可能是事實。

「我可以請教妳幾個問題嗎？」柿谷問。

「請說。」真世回答。

「雖然這些問題聽起來沒什麼新意，請問妳有沒有什麼線索？妳父親有沒有和誰交惡，或是捲入了什麼紛爭？」

「我完全想不到。」真世當下否認。

「可不可以請妳再仔細想一下？」

真世緩緩搖著頭。

「我從離開家裡，到來這裡的途中，都一直在思考這個問題。雖然我做夢都沒有想到爸爸會遭人殺害，但想到即使爸爸沒有做錯任何事，也可能遭人怨恨，像是好心沒好報，或是遭人嫉妒，所以就努力想了一下，但還是什麼都想不到，唯一想到的可能性，就是無差別殺人，或是隨機殺人的情況。」

真世努力克制著自己的情緒回答後，看著柿谷的臉。刑警眨了眨眼，輕輕點了點頭。

「我充分瞭解了，那我換一種方式發問。請問神尾英一先生的家中，也就是妳的老家有沒有什麼價值連城的東西，或是稀有的東西？或者說是值得被別人覬覦的東西。」

真世睜大了眼睛，「也可能是強盜所為嗎？」

「我們也不排除這種可能性，請問妳家裡有沒有這種東西？」

家裡似乎有被外人闖入的痕跡。柿谷剛才說，在搜索家裡之後，從室內電話機中找到了自己的電話。如果家裡的門鎖著，警方不可能擅自闖入。想到有人在家裡翻箱倒櫃，心情更加鬱悶了。

「我沒有任何頭緒，至少我沒有在家裡看到過。」

「是嗎？那可不可以請妳確認一下，家裡是否有東西遭竊？」

「沒問題，等一下就要去嗎？」

「今天時間已經晚了，明天上午方便嗎？」

「沒問題，我直接去家裡等嗎？」

「不，我們會去接妳。請問妳已經決定晚上的住宿了嗎？」

「對，我訂了名叫『丸美屋』的旅館。」

白天接到警察的電話時，對方希望她配合保護現場，於是她急忙訂了飯店。不管怎麼說，這裡也算是觀光勝地，找住宿並不是問題。

「『丸美屋』嗎？我知道了。」柿谷寫下來之後，抬起了頭，「請問妳知道神尾英一先生上週末的行程嗎？有沒有聽說他要去哪裡，或是和誰見面？」

「沒有聽說，這一陣子我們很少聯絡。」

「這樣啊……」柿谷又瞥了上司一眼，剛才的問題有什麼重大的意義嗎？

之後，柿谷又問她，最後一次和英一見面是什麼時候，當時聊了什麼。真世剛才看到遺體時就在想這個問題，但現在也想不起來。她回答說，最後一次應該是上次回來探親的時候，只是完全不記得父親和自己聊了什麼。

最後，她又辦理了各種手續，同意警方調查英一的手機，以及申請住民票和戶籍謄本。雖然她不願意父親的隱私曝光，但轉念一想，這是為了偵查工作所需，所以也就釋懷了。

真世走出警局時已經超過晚上七點了，柿谷送她到門口。柿谷問她要不要幫忙叫計程車，真世接受了他的好意。

柿谷打電話到計程車行叫車之後，把手機放進內側口袋的同時，一臉歉意地向真世鞠了一躬說：

「妳一定很累吧？不好意思，剛才要面對那麼多人。因為這裡很少發生命案，所以局長他們也都很緊張。」

原來剛才那個看起來高高在上的人是分局的局長。

「沒關係。」真世簡短回答。

「我能夠想像妳內心的不捨。那麼有聲望的老師竟然遭到殺害，簡直就是令人髮指的悲劇，我也發自內心痛恨兇手。」

「那麼有聲望？」真世看著柿谷的臉，「你認識我爸爸嗎？」

「對。」他回答說，「我也在這裡長大，讀中學的時候，神尾老師曾經教過我國文。」

「喔……原來是這樣啊。」

「我們一定會抓到兇手，我向妳保證。」

「謝謝。拜託了。」真世在道謝時，內心稍微得到了救贖。

不一會兒，計程車到了。在離開警局的瞬間，真世想起了和英一最後的對話。真世用電話通知他婚禮當天的行程，爸爸在掛斷電話前對她說了這句話。

真世，妳也要當新娘了，一定要幸福喔——

4

聽到鬧鐘的聲音，真世睜開了眼睛，伸手操作放在枕邊的手機，關掉了鬧鐘。目前是早上七點，強烈的陽光從窗簾的縫隙中照了進來。

終於早上了。

半夜曾經多次醒來。窗外仍然一片漆黑，所以她想繼續睡，但始終無法熟睡。剛才也不是被鬧鐘叫醒，她早就醒來了，只是沒有力氣起床，所以繼續縮在被子中。

她下定決心掀開身上的被子，猛然坐了起來。好久沒有在榻榻米上睡覺了，但這並不是她無法熟睡的理由。

英一的臉，在停屍間看到父親屍體的臉一直烙在她的眼瞼中揮之不去。同時，英一生前的身影、一家人的快樂時光接連浮現在腦海，每次都讓她難過不已。她一直毫無根據地相信，父親會永遠健康。如今她為自己的天真陷入了自我厭惡。

上完廁所後，她去盥洗室洗了臉。不知道是否因為睡眠不足的關係，她覺得腦袋很昏沉。鏡子中的自己雖然沒有黑眼圈，但顯然很沒有精神。她用雙手拍了拍臉頰，為皮膚和心靈加油。

這次的住宿附早餐。雖然她完全沒有食慾，但還是決定去食堂吃早餐。今天應該要處理很多事情，如果不吃東西，身體會撐不下去。

她拿起手機的瞬間，立刻接到了訊息。是健太傳來的。

「早安，昨晚睡得好嗎？我是不是去陪妳比較好？」

她昨晚打電話給健太，向他說明了在警局的情況。他得知真的是殺人事件，似乎很驚訝。他應該很擔心婚禮的事，但並沒有說出口，可能覺得現在不是討論這個問題的時候。

真世想了一下後，回覆說「雖然沒有睡得很熟，但我精神很好，今天要去老家。我一個人沒問題，你不必擔心」。雖然很希望他陪在身邊，但又覺得不能依靠別人。畢竟還沒有結婚，健太有健太該做的事。

走進食堂，發現並沒有其他客人。她想起昨晚就沒有看到人影。一方面是因為非假日的關係，但可能也受到了疫情的影響。

「早安。」身穿長袖圍裙的中年女人親切地向她打招呼。昨晚在辦理入住手續時知道，這個女人似乎是這家旅館的老闆娘。

應該可以隨便坐，於是她坐在窗邊四人坐的桌子旁。

老闆娘把早餐送了上來。是以烤魚為主的日式早餐。看到一旁所附的蘿蔔泥，她稍微有了食慾。開動了。她合起雙手小聲說完，拿起了免洗筷。

喝了一口散發出香氣的味噌湯，感覺全身的細胞都甦醒了。烤魚也很好吃，如果這是一個人出來旅行，不知道有多幸福。

早餐吃到一半時，她看到了牆上貼的海報。海報上畫著一臉精悍的年輕人攀登斷崖峭壁。真世對那個角色很熟悉，那是一部很紅的漫畫主角。

海報上寫著「幻迷屋決定建造！預計明年五月開張！」

真世看到海報後，才想起之前就知道這件事。好像是在網路新聞中看到的。

「妳來這裡出差嗎？」真世怔怔地想著這些事時，聽到旁邊傳來一個聲音。老闆娘走了過來，用茶壺為真世的茶杯倒茶。

「嗯，是啊，算是吧。」真世含糊其辭。因為一旦說自己老家就在這裡，恐怕會被問很多問題。

「是嗎？真辛苦啊，偏偏在這個時候……」

她似乎是說，偏偏在新冠肺炎的疫情有可能擴大的這個時候。

老闆娘又指著海報問：「妳知道這個嗎？」

「我知道，是《幻腦迷宮》吧？」

《幻腦迷宮》俗稱《幻迷》，時下的年輕人只要遇到稍微長一點的名稱就會使用簡稱。

「其實應該把海報拿下來，因為這個計畫已經中止了，但總覺得有點不捨。」老闆娘說。

「上面寫著預計明年五月開張。」

老闆娘露出無力的苦笑。

「這張海報是在去年剛過完年的時候貼的，那時候做夢都不會想到疫情會這麼嚴重。」

「我記得這個計畫是要重現《幻腦迷宮》中的房子。」

「沒錯沒錯，」老闆娘點著頭，「其實那部動畫的作者是本地人。」

「是喔？」

真世當然知道，但假裝第一次聽說。

「動畫中的主角住的城鎮就是以這一帶為模型，所以就有人說要完美重現主角住的房子。這上面不是寫了嗎？叫『幻迷屋』。」
「就是『零文字東真』沉睡的房子吧。」
真世說了主角的名字。
「沒錯沒錯，」老闆娘心滿意足地瞇起眼睛，「妳也喜歡《幻腦迷宮》嗎？」
「以前剛好看過書。」
老闆娘聽了真世的回答，有點驚訝地睜大了眼睛。
「看過書？妳是說漫畫嗎？很少有女生看那套漫畫。」
「只是剛好而已。」
「是嗎？其實出漫畫的時候我完全不知道，但我兒子很愛看那部動畫，我問他為什麼迷那部動畫，他說很好看，而且是以這裡做為模型。於是我有時候也就跟著看，看到自己熟悉的地方出現在影片中真的會很高興，但其實每次只有幾個鏡頭而已。」
「因為主要舞台是『迷宮』。」
「那個迷宮太厲害了，我忍不住佩服，竟然可以想到那種點子，不知道漫畫家的腦袋裡裝的是什麼。」老闆娘嘆著氣，再度看著海報後，突然吐了一口氣說：「如果沒有疫情攪局，現在這裡應該很熱鬧。」
「『幻迷屋』的計畫是什麼時候喊停的？」
「我記得是去年六月左右正式決定，但之前就聽說可能會喊停。因為沒有人能夠預料疫情在一年之後的情況，即使疫情稍微趨緩，也無法預料到底會有多少人來這裡。更何況如果喜愛那部動畫的影迷大批湧入，又會擔心造成群聚感染。無論是哪一種情況，都讓人傷腦筋。」

老闆娘說的情況並不意外。東京奧運延期舉辦，迪士尼樂園也長期休園。動畫紀念館要在一年之後開張，根本就是不現實的夢想。

「太遺憾了，應該有很多人都很期待。」真世這麼回答，但並不是客套，而是她真心這麼認為。

老闆娘點了點頭之後，皺起眉頭。

「如果只是遺憾也就罷了，應該有不少人虧了很多錢。」

「是嗎？」

「那當然啊。原本就不是某家企業推出的計畫，而是做為振興本地經濟的一個項目，所以本地人都紛紛出資，甚至聽說有人賣了祖傳的土地來籌錢。雖然工程已經進展到七成左右，但之前投資的錢都拿不回來了。」

「原來是這樣……」

雖然是自己出生的故鄉，但真世完全不知情。英一應該知道，只是覺得這種事並不需要告訴在東京工作的女兒。

老闆娘抬頭看著牆上的時鐘，慌忙搖著手說：「對不起，讓妳陪我聊這些無聊的話題。」

「別這麼說。」

「妳慢慢享用，要加茶的話，可以隨時叫我。」老闆娘邁著輕盈的步伐離去。

真世再度看向海報，發現了「作者．釘宮克樹」幾個字。記憶的角落有一個又矮又瘦，總是低頭走路的身影。釘宮曾經在二年級時和真世同班，當時那個不起眼的少年竟然創作了風靡整個日本的作品，可見任何人的未來都難以預料。

真世想起因病去世的津久見直也和釘宮克樹是好朋友，他們經常形影不離。津久見直也在病倒之前是意見領袖，所以有人在背後說釘宮是「津久見的跟屁蟲」。

聽桃子說，這次同學會時也要為津久見直也舉辦追悼會，也許是因為這個原因，照理說工作應該忙得分身乏術的釘宮才會出席。

吃完早餐，回到房間化妝時，手機響了。是柿谷打來的，說一個小時後會來接她，問她是否有問題。真世回答說沒問題。

之後，她用房間的電話打去櫃檯，辦理了延長住宿的手續。因為她猜想今天不可能回東京。

當她做好出門的準備時，又接到了柿谷打來的電話，他已經到旅館了。

真世急忙走出旅館，看到路旁停了一輛轎車，有兩個男人站在車子旁。其中一人是柿谷，另一個人是年輕男人。兩個人都穿著西裝。真世原本以為會看到警車，所以有點意外，但想一下就知道，那樣太引人注目了。

她和柿谷一起坐在後車座。那個年輕男人似乎負責開車。

「心情有沒有稍微平靜一點？」車子出發後不久，柿谷問。

「嗯，稍微好點了。」

「雖然我知道妳很痛苦，但為了早日逮捕兇手，還是希望妳協助我們偵查。」

「我知道，我也要拜託你們早日緝兇。」
「那是我們應該做的。請問妳之後有沒有想到什麼可能和事件有關的事？任何枝微末節的事都無妨。」
「嗯，我昨晚也想了很多……」
「但沒有想到任何線索嗎？」
「對不起……」
「妳不需要道歉，這種情況很常見。」
「是。」真世在點頭回答的同時，思考著柿谷這句話的意思。這種情況指的是哪種情況？是有很多人沒有特別理由，就莫名其妙地遭到殺害？還是指雖然死者有遭人殺害的理由，只是家人通常都不知道？
真世隱約覺得柿谷指的是後者的意思。他一定覺得離開老家在東京生活的女兒，不可能知道在故鄉生活的父親所有的一切。
遺憾的是，真世無法否認。她在讀大學時去了東京，畢業後就直接找到了工作，開始了在東京的生活，沒有再回來故鄉。每年最多回來探親一、兩次，而且通常只住一晚而已。爸爸最近的興趣是什麼——她甚至無法回答這種問題。
真世離家之前，他們父女之間的關係就差不多是這樣。她從來不曾關心爸爸在做什麼，不，正確地說，是故意不關心。
她絕對不是討厭爸爸。她喜歡爸爸，也很尊敬他，只是彼此都不會過度干涉對方。
神尾家連續好幾代都是在本地當老師。曾祖父是社會科老師，祖父教英語。之前聽英一說，他從來沒有考慮過教師以外的職業，在讀大學時，唯一的猶豫就是不知道該讀英美文學，還是日本文學，或是中國文學。他認為無論是哪一個國家，古典文學都是人類真理的寶庫，都是教導學生為人之道的指南書。最後他選了日本文學，理由很簡單，「因為無論是教書的人，還是被教的學生都是日本人」。

真世懂事的時候，英一已經是當地的名人。和不少家庭從曾祖父、祖父那一代開始就建立了交情，再加上大家都知道英一向來熱心指導學生。真世曾經多次聽到別人對英一的評價，即使面對有問題的學生，不，正因為學生有問題，他更願意設身處地傾聽學生的苦惱，甚至曾經站在學生的立場向學校抗議。

真世從讀小學時開始，就成為別人口中「神尾老師的女兒」。當時她並不覺得不舒服，因為每次別人這麼叫她，之後就會表達對英一的讚賞。沒有人聽到別人稱讚自己的父親會感到不愉快。

然而，進了中學之後，情況就不一樣了。中學的學生人數很少，只有兩個班級。上課的時候，當爸爸站在講台上時，她就覺得渾身不自在，自始至終低著頭。

她也因此瞭解到，神尾英一並不只是親切熱心，善解人意的老師，他的個性很頑固，對不認真的學生很嚴格，學生違反任何規定，他都不會視而不見。雖然身為老師，這是理所當然的事，但這是真世以前不知道的一面。

有一天放學回家的路上，她看到同學走進電子遊戲場。其中有一個人發現了真世，和其他同學咬耳朵。真世有一種不祥的預感，幾天之後，這種預感果然成真了。那幾個同學被叫去老師辦公室挨了罵，其實是附近的民眾向學校舉報，只不過同學並不相信，認定是真世向英一告密，四處傳播這種臆測。那天之後，有些同學就開始和她保持距離。當然，讀中學時，並不是只有不開心的事。同學中有不少人很喜歡英一，他們就像對待其他同學一樣，帶著輕鬆的態度和真世相處。

但是，如果要說中學生活不壓抑，那就是在說謊。考慮到英一的立場，她當然不可能不遵守校規，也絕對要避免任何會被其他老師指正的行為。成績必須維持在一定水準以上，即使對學校有任何不滿，也絕對不能說出口。最重要的是，要避免引人注意。沉默低調的優等生——這就是真世在中學時代必須扮演的角色。

她當然也和英一保持了距離，即使回到家也一樣。

英一應該也察覺，而且理解真世的這種想法，所以即使回到家裡，也並沒有刻意恢復「父親和女兒」的關係。他從來不對真世說教，把讀中學的女兒視為「大人」對待。

在真世升上高中之後，這種關係仍然持續。英一可能不想突然擺出一副父親的態度，真世也不願意突然向英一撒嬌。

在她讀高中的三年期間，他們父女一直維持這種關係，之後的關係也沒有任何進展，就這樣一直到了今天。

所以真世完全不瞭解英一，即使得知他遭人殺害，也完全無法向警方提出任何建議。

5

車子來到真世熟悉的地方。路旁停了幾輛警車和警方的廂型車，有兩名身穿制服的警察站在神尾家前。

走下車後，真世注視著老家，用力深呼吸。當初是祖父建造了這棟樹籬圍起的老舊日式房子，每隔幾年就會整修外牆和屋頂，所以有些地方有一種日式和西式相結合的感覺。她很久沒有這樣打量自己的家，但身為建築師，她覺得這是一棟有奇妙味道的房子。

停在路旁的警車和廂型車的車門打開，幾個身穿西裝的男人走下車。幾乎所有人都戴著口罩，照理說這個畫面應該會讓人覺得緊張可怕，但隨著新冠疫情的爆發，現在已經見怪不怪了。

其中一個男人走到真世面前。他沒有戴口罩，有一雙像狐狸一樣的小眼睛。他仔細打量真世後問柿谷：「這位就是被害人的……」

「對，她是神尾真世小姐。」柿谷回答，然後轉頭對真世說：「他們是縣警總部前來支援的。」

「喔……好。」

聽了這種方式的介紹，真世不知道該怎麼向對方打招呼。

「妳搬離這裡有多久了？」小眼睛男人沒有自我介紹，就用冷漠的語氣問。真世在心裡為他取了狐狸老頭的綽號。

「十二年前。」
那是她高中畢業的那一年，但她覺得不必特地透露自己的年紀。
「之後多久回來探親一次？中元節和過年而已嗎？」
「差不多就是這樣。」
狐狸老頭露骨地皺了皺眉頭。
「所以妳並不太知道家裡的情況吧？比方說，財產之類的事。」
雖然這個問題很無禮，但真世努力克制，沒有露出不愉快的表情。
「完全不知道，我昨天也已經說了。」她瞥了柿谷一眼。
狐狸老頭發出低吟，用指尖抓著眉尖，嘆了一口氣。
「即使這樣，還是請妳看一下，也許會有什麼發現。」說完，他看向真世的手，然後轉頭對像是他下屬的男人說：「誰把手套借她一下。」
「啊，我有。」柿谷從西裝口袋裡拿出白色手套。
真世接過手套，戴在兩隻手上。光是戴上手套，就有一種走進犯罪現場的感覺。
「我來帶路。」柿谷率先走進了院子的門。
走進自己家裡，卻要別人「帶路」嗎？——真世難以釋懷地跟在柿谷身後，狐狸老頭和其他人走在她後面。
柿谷打開玄關的門，對真世說：「請進。」
真世站在脫鞋處時，立刻聞到了淡淡的樟腦香氣。這是為了保護書籍的驅蟲劑味道，平時都有一種懷念的感覺，但今天徒增了她的難過。

柿谷走過油亮的地板，打開了門。那裡原本是客廳，最近英一做為書房使用。
真世站在入口瞥了室內一眼，立刻感到愕然。各式各樣的東西丟在地上，幾乎沒有站立的地方。資料、紙袋、眼鏡、時鐘、筆、藥、CD、DVD、錄音帶、錄影帶——完全感受不到絲毫的規律性。
好過分。她忍不住小聲嘀咕。
「我想不用問妳也知道，」柿谷在一旁開了口，「目前的狀態和平時不一樣吧？也就是說，平時這個房間並不會像現在這樣亂八七糟。」
「當然啊，絕對不可能。我爸爸很愛乾淨，平時經常整理，而且所有的東西都會放在固定的地方，很少會用完之後不歸位。」
「是啊，這和我記憶中對神尾老師的印象一樣。」
真世小心翼翼地走進去。客廳大約十坪大，茶几、沙發和書桌之間都有適度的間隔，但這個房間最大的特徵，就是牆邊的書架一直到天花板。祖父當年建這棟房子時做了這排書架，最上層主要是英美的書籍，是祖父的收藏。下面那一層大部分是英一的藏書，以日本文學為中心。角落放著學校相關的檔案，英一按照年度排列。
中層以下的書架裝了門，但大部分的門都打開著，仔細一看，有好幾個櫃子都空了。
狐狸老頭雙手插在口袋裡，走向書架。
「散落在地上的東西原本應該放在書架上，是不是？」
他回頭看著真世問。
「應該是，我也不是很清楚。」

英一把書籍以外的東西放在有門的書架上，大量音樂和影像方面的收藏品也是其中一部分。除了文學以外，他也喜歡鑑賞音樂和電影。

「有沒有少了什麼東西？像是特別珍貴的東西，或是對被害人很重要的東西。」狐狸老頭問。

真世看了看書架，又看了看散落在地上的東西，緩緩搖了搖頭。

「老實說，我並不知道，因為我並不知道哪個書架放了什麼，而且我昨天也說了，我從來沒有聽說家裡有什麼特別值錢的東西。」

「雖然妳這麼說，但並不是完全沒有貴重的東西吧。妳以前住在這裡的時候，是不是曾經看過妳爸爸把什麼重要的東西收去哪裡？也就是有沒有哪裡是當作保險箱使用？」

「當作保險箱嗎？如果是這樣……」

真世走到書桌旁。書桌的抽屜全都被拉了出來，裡面的東西都丟在地上，她看到其中有兩本存摺。

「啊，我就知道……重要的東西都放在這個抽屜。」

真世想把存摺撿起來，狐狸老頭立刻尖聲叫了起來：「不要碰。」她嚇了一跳，把手縮了回來。

「抱歉。」狐狸老頭冷冷地說，「請妳不要隨便碰觸現場的東西，我們也已經掌握了這兩本存摺，還有其他貴重的東西嗎？比方說，像是珠寶之類的。」

「珠寶……」

「聽說妳媽媽已經去世了，應該會有首飾或是戒指之類的東西吧。」

「有啊，但都在我那裡。」
「妳那裡？」
「媽媽去世時，爸爸給我的。他說他拿著也沒用，而且媽媽應該也打算留給我，而且，」真世繼續說道，「雖然都充滿回憶，但並沒有很值錢，至少沒有人會特地來偷那些首飾。」
「原來是這樣。」狐狸老頭點了點頭，似乎對這樣的答案感到滿意，但也可能原本就不期待從真世嘴裡聽到什麼有助於破案的回答。
「最貴重的東西，」真世抬頭看著書架，「應該就是這些書。」
「書？」
「因為我爺爺和爸爸都研究文學，所以蒐集了古今東西的書籍，也許其中有什麼貴重的書籍。」
「嗯。」狐狸老頭興趣缺缺地看著書架。
「但看起來並沒有翻動的跡象，兇手似乎對書也沒有太大的興趣。」
「好像是……」
「你是誰？」真世的視線從書架上移開時，房間外傳來聲音，「目前警方正在搜索，請不要擅自闖入。」
「是誰擅自闖入？誰同意你們來這裡的？」有人反問。
真世倒吸了一口氣。因為她聽出了聲音的主人是誰。但是，怎麼可能——？
狐狸老頭皺起眉頭，看向走廊的方向問：「怎麼了？」

「那個、有人說他住在這裡……」狐狸老頭的下屬回答。
「住在這裡？」
「別擋路，我叫你讓開。你們為什麼沒有保持安全距離？你們都有新冠病毒的抗體嗎？」那個人不滿地說著，推開刑警走了進來。
那個人瘦瘦高高，一頭天然鬈髮及肩，臉上還是留著看起來髒兮兮的鬍碴。身上穿了一件軍用夾克，但看起來很舊。
「你是誰？」狐狸老頭問。
「在問別人的名字之前，先報上自己的姓名才是禮尚往來，算了。我剛才已經對那些蠢蛋說了好幾次了，這裡是我家，如果你們覺得我在說謊，可以去公所查。」他說話的速度很快，但舌頭完全不打結，這也和以前一樣。真世不知道他是天生伶牙俐齒，還是訓練的結果。
「啊！」站在真世旁邊的柿谷叫了起來，「你該不會是……」
狐狸老頭露出訝異的表情看著柿谷。
「今天早上，我讓下屬查了這裡的住民票，上面除了被害人以外，的確還有另一個名字。」柿谷從內側口袋拿出記事本後翻了起來，「呃，請問你是神尾英一先生的弟弟，神尾武史先生嗎？」
身穿軍用夾克的人——真世的叔叔神尾武史不滿地撇著嘴角，轉頭看著柿谷說：
「既然你已經調查清楚了，為什麼不交代門口的笨蛋？害我白費了那麼多口舌。」
「但是，沒想到你會今天回來……」

「什麼時候回自己的家是我的自由，而且你們沒有權利擅自闖進我們的家，可以請你們趕快離開嗎？」武史指著門。

狐狸老頭瞪著突然闖進來的人，用左手從西裝內側拿出了手機，用右手俐落操作後放在耳邊。

「是我。幫我查一下，你那裡有神尾家的住民票嗎？……沒錯。我聽說除了被害人以外，還有其他人，這是真的嗎？……叫什麼名字？……是喔，字怎麼寫？……是喔，我知道了。」掛上電話後，他把手機放回了內側口袋。

「你似乎已經確認了。」武史說。

「你有沒有證明身分的證件？像是駕照之類的。」

「你還在懷疑我嗎？」

「謹慎起見。」

「呃，」真世開了口，「沒錯，他是我的——」

真世原本要說「他是我的叔叔」，但武史向真世伸出左手制止了她，然後從工作褲口袋裡拿出皮夾，把駕照抽了出來。

「那你就給我好好看清楚。」說完，他把駕照遞到狐狸老頭面前。

就在狐狸老頭伸手接過駕照的瞬間，武史以迅雷不及掩耳的速度，把左手伸進了他上衣內側，從他懷裡拿出了什麼東西。是黑色的警察證。

「喂，你幹什麼！」狐狸老頭微微瞪大了小眼睛。

「既然要我出示身分證件，如果你不出示，不是不公平嗎？」武史翻開警察證，

「喔，原來是木暮警部啊。真世，真可惜啊，如果是目暮警部就可靠多了。」他把警察證遞到真世面前，狐狸老頭的照片下方，寫著木暮大介的名字。

「還給我！」木暮大叫著。

「不用你說，我也會還給你。我的身分已經確認好了嗎？」

木暮瞥了一眼手上的駕照後，一臉無奈地遞向武史的方向。

武史露出意味深長的笑容走向木暮，把警察證放回他左胸內側口袋後，接過了自己的駕照。

「我再請教一下，你們擅自闖進我家幹什麼？」武史把駕照放回皮夾後，又把皮夾放進口袋時問。

木暮正想開口，但隨即看著真世說：「請妳向妳叔叔說明。」

真世調整呼吸後，對武史說：「爸爸死了。」

但是，武史面無表情。旁人無法瞭解他是因為太驚訝而無法反應，還是無動於衷。

「在後院發現了爸爸的屍體，警方認為有可能是被人殺害……」

武史仍然面無表情，但他邁開大步，走向面對後院的落地窗，一動也不動地看著外面。

「是怎樣遭到殺害？是被刀子刺殺嗎？」武史背對著所有人問。

「不好意思，無法回答這個問題。」木暮立刻回答，「因為偵查不公開，而且就連發現屍體的人也不知道死因，如果除了警方的人以外，有人知道殺害方法，那個人是兇手的嫌疑就很重大。」

難怪昨天也沒有告訴自己。真世在一旁聽了，終於恍然大悟。
「服裝呢？我哥哥被發現時，身上穿了什麼衣服？」
「這也是偵查上的秘密，恕我直言，你問的所有問題，我們應該都無法回答你，而且現在是我們發問，也有很多問題想要問你，比方說，你從上個星期六到昨天為止的行蹤——」
「不必擔心，我會回答你的問題，只是等我一下。也許你看不出來，我正在感受失去親哥哥的悲傷。」
木暮聽到他這麼說，也一時說不出話。他尷尬地皺起眉頭，抓了抓頭。柿谷也有點手足無措。
不一會兒，武史轉過身，回到真世他們這裡。他在木暮面前停下腳步說：「你儘管問吧，你剛才說想知道我從星期六到昨天的行蹤。我星期六從早上就一直在店裡，完全沒有外出。隔天——」
「等一下！」木暮制止了他，「請問是什麼店？」
「我經營的酒吧，地點在惠比壽，店名叫『陷阱手』。」武史說完，再度把手伸進木暮西裝內側，然後從和剛才相反的右側口袋中拿出了手機，「只要上網查一下，就立刻知道那是一家什麼樣的店，但不要相信那些評語，那些都是不懂酒的窮人亂寫一通。」
「不要隨便碰別人的口袋。」木暮從武史手上搶回了手機。
「我是好心，省得你要自己拿。怎麼了，你不查嗎？那我再說一次店名，是『陷阱手』。」

「我晚一點會好好查清楚。」木暮把手機放回內側口袋，「你剛才說完全沒有外出，有辦法證明嗎？」

「這就有點傷腦筋了，我的店晚上才營業，在營業時間之前沒有和任何人見面，即使在營業時間內，店裡也不是隨時都有客人，所以很難證明。」

「員工呢？」

「我向來堅持不雇用員工，除非有哪個瘋子願意幫我做白工。」

「哼。」木暮不屑地哼了一聲，可能察覺八成是地點偏僻的小酒吧。

「所以你平時都住在店裡嗎？」

「對啊，店後面有起居室。」

「星期天呢？」

「中午過後起床，傍晚之前都在房間內看電影，之後就和星期六差不多。」

木暮意外地挑起眉毛問：「星期天也營業嗎？」

「基本上全年無休，因為只要開店營業，就可能會有愛喝酒的客人來撒錢。」

「昨天也一樣嗎？」

「不，昨天休息。」

「咦？」木暮嘟起了嘴，「你剛才不是說全年無休嗎？」

「我有說『基本上』，因為有些事情要辦，所以臨時休息一天。至於我去辦什麼事，就無可奉告了。因為關係到個人隱私。」

木暮抱著手臂瞪著武史。

「綜合你剛才說的話，可以得出這樣的結論，你沒有不在場證明。」
「有什麼辦法？這是事實啊。」武史泰然自若地回答。
「再請教你一個重要的問題，你今天回來這裡的理由是什麼？媒體還沒有報導這起事件，你回來有什麼目的？」
「這個問題也很奇怪。我說了好幾次，這裡是我家，回自己的家哪需要什麼特別的理由，還是說，你沒有理由就不回家嗎？」
「那我問你，你上次回家是什麼時候？」
「什麼時候呢？我不記得了。」
「你回家的頻率呢？一個月一次？還是半年一次？我勸你不要說謊，我們會徹底調查。」
「不需要你提醒，我也不會說謊。我差不多有兩年沒回家了，今天只是不由自主想回家了。」
「不由自主？你以為我會相信這種話嗎？」
「你相不相信和我無關，我就是不由自主想回家。如果你非要我說一個理由，那我只能說是直覺。」
「直覺？」
「我覺得這個家裡好像發生了不好的事，結果回來一看，發現有警車停在家門口，我就知道我的直覺很靈。」
木暮的小眼睛露出懷疑的眼神，顯然並不相信武史的話。

「好吧，今天就先這樣，但如果你改變心意，想要更正的話，隨時都很歡迎，我願意洗耳恭聽。」

武史用鼻子冷笑一聲，「永遠不會有這一天。」

「那就難說了，我倒覺得你改天會臉色大變地來找我，慌張地說一大堆藉口。」

「那要不要來打賭？如果不會有這一天，就給我十萬圓。雖然我想說一百萬，但我想對地方公務員來說，這個金額的壓力好像有點大。」

「我很想和你打賭，可惜警察禁止賭博，你真是太幸運了。那我再問一個問題，你也看到了，這個房間很亂，剛才正在請被害人的女兒確認，是不是有什麼東西遭竊。既然你也住在這裡，那也需要聽一下你的意見。」

武史環顧整個房間後，攤開雙手說：

「很不湊巧，我也不知道。因為這是我哥哥的房間，所以我向來不進來。而且我剛才也說了，我已經有兩年多沒有回家了，即使少了什麼東西，我也不知道是這次被偷走的，還是我哥哥丟掉的。」

「如果是這樣，那不限於這個房間，這個家裡有沒有什麼貴重的東西？像是可以稱為寶物的東西。」

「寶物？你是說代代相傳的花瓶或掛畫嗎？」

「有這種東西嗎？」

「我不太清楚，但應該沒有。因為我爸爸和哥哥都沒有這方面的興趣，他們兩個人都只愛書。」武史指著書架說。

木暮瞥了一眼書架，又轉頭看著武史說：「那你呢？」
「我看起來像會蒐集古董的人嗎？」
「我是問你有沒有值錢的東西，雖然你的住民票在這裡，這裡有你的房間嗎？」
「在二樓南側，你們該不會擅自去了我的房間調查吧？」
「不，那個、這……」柿谷手足無措地向前走了一步，「昨天為了謹慎起見，我們檢查了所有房間，但只是看一下門窗有沒有關好，和室內的狀況而已，並沒有亂碰東西。二樓的房間在乍看之下都沒有任何異狀。」
「所以你們擅自去了我的房間。」
「因為住在這裡的人被發現在後院離奇死亡，而且顯然有人闖入這個房間翻箱倒櫃，兇手可能還躲在屋內，所以第一波搜查做這些事完全沒有任何問題。」木暮用冷酷的語氣說，「雖然乍看之下沒有異狀，但如果不請當事人確認就無法斷定，可不可以請你去看一下？」
「那倒是沒問題，但如果沒有異狀，你們就不可以進我房間，只能在走廊上看著。」
「好，沒問題。」木暮看向真世，「請問二樓還有什麼房間？」
「我的房間也在二樓，我在高中畢業之前都住那個房間，現在回來探親時也會睡在那裡，還有我爸爸的房間，以前是我爸媽的臥室。」
「原來是這樣，可以請妳確認這些房間嗎？」
「好。」
「那可以麻煩妳帶我們去嗎？」

「喔……好，那請跟我來。」

木暮對真世說話時，明顯比剛才客氣多了，和對武史說話時的粗暴態度形成對比。他可能看到棘手人物突然出現，覺得拉攏被害人的女兒是上策。

真世走向二樓時，木暮跟了上來。柿谷跟在他身後，武史走在最後面。

他們先看了英一的房間。當初建造這棟房子時，那是祖父母的房間。祖父在真世懂事的時候去世，祖母就一直睡在一樓的客房，這個房間成為英一和真世的媽媽和美的臥室。因為是和室，所以他們當時都睡榻榻米，但現在窗邊放了一張床，除此以外就只有一個衣櫃而已。一樓的書房很寬敞，對英一來說，這裡只是睡覺的地方。

柿谷說得沒錯，沒有發現任何異狀。真世這麼告訴木暮。

接著去看了真世的房間。三坪大的西式房間，地上鋪了地毯，除了單人床、書桌以外，還有一個和一樓書房內的書架無法相提並論的小書架，這就是房間內所有的家具。真世看到牆上掛著貼了好幾張男性偶像照片的軟木板，羞愧得差點想逃走。為什麼之前都沒有丟掉？

衣櫃裡仍然掛著充滿懷念的衣服。必須趕快丟掉。真世再次想道。

她也檢查了書桌的抽屜，然後對木暮說：「沒有什麼異常。」

「好，接下來輪到你了。」木暮對武史說。

武史默默走在走廊上，他的房間在走廊盡頭。在真世的記憶中，從來沒有和這個叔叔同住在一個屋簷下的經驗。因為他在英一結婚之前就離家了。

真世一直以為這個房間是儲藏室。事實上，在幾年之前，的確都堆放一些用不到的東西。在母親和美去世之後，才終於把那些東西清理掉。

武史站在房間門口，緩緩打開了門。因為拉著遮光窗簾的關係，裡面光線昏暗。武史摸到牆上的開關後，打開了燈，然後走進室內。木暮在門口探出頭向房間內張望，真世也站在他的身後張望。

這個房間比英一的房間更簡單，除了一張圓桌和一張椅子以外，只有一個小櫃子，但真世看到掛在牆上的畫，忍不住嚇了一跳。因為畫中是一個閉著左眼的女人臉，睜開右眼的黑眼珠是漆黑色，看向正前方，好像在注視自己。真世移開了視線。

武史走到窗邊，拉開了窗簾，又接著打開了窗戶的月牙鎖。

「喂，你在幹嘛？不要亂摸。」木暮大聲叫道。

「這是我的房間，讓房間透透氣有什麼問題。」武史說完，打開了窗戶。

「因為視實際情況，可能需要詳細調查這個房間，如果你在這裡留下擾亂辦案的指紋——」真世也知道木暮沒有繼續說下去的原因。因為武史手上戴著白手套。

「竟然在不知不覺中戴上了手套……」柿谷在真世身後嘀咕。

這時，武史的上衣內傳來電子聲。聽起來像是手機的聲音，但他並沒有理會。

「木暮警部，這個房間沒有異狀，所以你滿意了嗎？」

「櫃子呢？」木暮問，「不需要打開檢查一下嗎？」

「沒必要，沒有被偷走任何東西。」

「你根本沒看，憑什麼斷言？」

「你只要問他就知道了。」武史指著柿谷說。

木暮驚訝地轉頭看向身後。

「啊……是啊，沒錯，這個櫃子應該沒問題。」柿谷心慌意亂地說，「因為櫃子上了鎖。」

「上了鎖？」

「就是這個。」武史舉起鑰匙圈，上面掛了一把小鑰匙，「沒有這個就打不開，鑰匙孔沒有遭到破壞的痕跡，所以裡面的東西應該沒問題。」說完，他彎下了腰，握住了櫃子的把手拉了一下，櫃子的門文風不動。

木暮無話可說，不悅地撇著嘴角，摸著下巴。

「既然你已經看到了，那就請離開吧，房間也透好氣了。」

武史關好窗戶鎖住之後，拉起了深灰色的窗簾。

6

因為要保存現場，所以暫時禁止出入這棟房子——木暮交代完這句話，真世終於重獲自由時，已經過了中午。和來的時候一樣，柿谷他們提出開車送她回旅館。武史問她：

「真世，妳住在哪裡？」真世回答說，目前住在丸美屋後，他想了一下，點了點頭。

「雖然那家旅館不怎麼樣，但還可以湊合，那我也去住那裡，讓我搭便車吧。」

「啊，我無所謂……」真世看向柿谷。

「沒問題，那我去坐前面。」柿谷說完，打開了副駕駛座旁的門。

真世打開後車座的門，坐上了車，武史也跟著上了車。

「太好了，柿谷股長，你真是個通情達理的人。」武史在繫安全帶時說。

「不敢當。」

「可以向你要一張名片嗎？如果有什麼狀況時，可以和你聯絡。」

「喔，好啊。」

武史接過柿谷遞給他的名片後仔細打量。

「我確認一下，我們的住宿費可以由偵查費用中支出嗎？」

真世聽到武史這麼問，嚇了一跳，忍不住看著他的臉，但他似乎並不覺得自己說了什麼離譜的話。

「呃，這、這有點……」柿谷含糊其辭。

「為什麼？我們是為了配合你們偵查，才不能住在自己家裡，不是理所當然應該補償我們嗎？」

「我去問總務看看……」

「柿谷股長，那就拜託你了。因為這關係到我晚餐要吃什麼。」武史滿不在乎地說。如果警方願意支付住宿費，他似乎打算吃豪華大餐。

真世暗自納悶，武史在拿到柿谷的名片之前，就已經叫他的名字，而且還知道他的職稱是股長。武史是什麼時候知道的？真世不記得柿谷曾經自我介紹。

車子很快就來到「丸美屋」前，柿谷在他們下車之前說：『之後還請多指教。』

從正門走進旅館，看到老闆娘在櫃檯內，親切地招呼她說：「妳回來了。」她應該做夢也不會想到，真世剛才配合警方去勘驗殺人事件的現場。

真世接過房間的鑰匙後說：「我叔叔說，他今晚開始也要住在這裡，請問還有房間嗎？」

老闆娘的微笑中有一絲遲疑的表情，她看了手邊的電腦後，抬起頭說：

「可以安排。」

「可以的話，為我安排最好的房間，」武史說，「有沒有皇家蜜月套房，或是總統蜜月套房之類的？」

老闆娘收起了臉上的笑容。

「本館有蜜月套房，但只提供給兩位以上的客人。如果只有一位客人，只有一種房型……」

武史大聲咂著嘴。

「東京的疫情擴大，根本沒有其他客人來住吧？我想來花大錢，這家旅館竟然不想做大生意。算了，那就給我那個房間吧。」

「很抱歉，那麻煩你填寫一下。」老闆娘拿出住宿登記單。

雖然辦理了住宿手續，但時間還早，目前還不能入住。武史說他肚子餓了，於是他們去旅館內的日本餐廳吃午餐。真世和早上一樣，沒什麼食慾，但看了菜單後，點了蕎麥麵，覺得自己應該可以吃得下。武史點了串烤定食和生啤酒。

「你竟然可以吃得下這麼油膩的東西。」真世忍不住驚訝地說，「而且你哥哥被人殺了，你還喝啤酒？」

「妳有什麼不滿嗎？」

「不是不滿，而是搞不懂你這個人。通常不是會很震驚，深受打擊，根本吃不下東西嗎？」真世在說話時，看著武史冷漠的臉，猛然想到一件事，「你該不會早就知道爸爸被人殺害了？」

武史默然不語，抱著手臂，閉上了眼睛。他似乎不想回答。

「叔叔！」真世叫了他一聲，拍著桌子，「你有沒有聽我說話？」

「吵死了，我沒睡飽。」武史仍然閉著眼睛。

「回答我的問題！你為什麼突然回來？你以前從來沒有這樣。」

「妳沒有聽到剛才的對話嗎？我不是說了，是我的直覺嗎？」

「我不相信，趕快告訴我實話。」

「妳為什麼想知道？和妳沒有關係。」

「我很好奇，拜託你，趕快告訴我。」真世合掌拜託，但武史沒有反應。

不一會兒，料理送了上來。武史終於睜開眼睛，伸手拿起生啤酒，然後吃著串烤，輕輕點了點頭。

「味道還算及格，至於值不值這個價格，則又另當別論了。」

真世看著豎在桌角的菜單，串烤定食的價格並沒有很貴。

就在這時，她想起一件事。這個叔叔有一個很大的特徵。

「這頓午餐我請客？」

武史停下筷子，露出訝異的眼神看著她。

「然後要我把來這裡的理由告訴妳嗎？難道妳以為我會被這點小錢打動嗎？」

「那今晚的住宿費和晚餐費也由我來付，怎麼樣？」

「一個星期的份？」

「啊？」

「在破案之前，我打算住在這裡，我想至少要花一個星期。」

「什麼嘛？有人這麼敲詐姪女的嗎？」

「如果妳不願意，談判就破裂，我無所謂。」

「……那我再請你吃明天的午餐。」

「妳殺價殺太兇了。如果四天份的話，我可以讓步。」

「那就兩天份，不能再多了。」

「還要再加第三天的午餐。」

真世嘆了一口氣。雖然額外多花了這筆錢，但現在已經沒有退路了。「好吧。」

武史從上衣內拿出了手機。

「妳有沒有發現，我剛才走進自己房間時，它就響了？」

「我記得，但你沒接。」

「因為我知道是什麼訊息。」武史操作著手機，把螢幕對著真世。

螢幕上出現了影片。真世定睛細看，忍不住叫了起來。

影片中的人是武史，地點就是剛才看到的他的房間。武史穿越房間，拉開窗簾後，影片就停止了。

「為什麼會有這種影片？」

「妳記得房間的牆上有一幅女人臉的畫嗎？」

「記得，有一隻眼睛閉起來的女人吧？」

「那幅畫中裝了具有偵測移動物體功能的攝影機，只要有東西移動，就會拍下來，自動傳到這裡。」武史甩著手上的手機。

「你什麼時候裝了那種東西？」

「當然是和美去世之後，整理那個房間的時候。雖然哥哥說我隨時可以自由使用，但我並不打算住在那裡，只不過我不在家的時候，別人隨便去我的房間，也會讓我很不爽，所以我裝了那個做為監視。這兩年期間，那個裝置偶爾會啟動，但都是哥哥去我房間開窗戶透氣而已。沒想到昨天下午，收到了這段影片。」武史再度操作了手機，把螢幕對著真世。

影片中出現的還是武史的房間，但在螢幕中移動的是戴著帽子，身穿深色衣服的男人。在巡視房間時，走到那個櫃子前，把手放在櫃子的門上。「組長，這裡有一個小櫃子——」男人說到這裡，影片就停止了。

「就是這樣。」武史放下了手機，「影片中男人穿著警方鑑識小組的衣服，這意味著家裡發生了什麼事件，所以我就急忙趕了回來。我走到家附近時，門前已經拉起了禁止進入的封鎖線，有警察守在那裡。於是我就向鄰居打聽，得知哥哥的屍體被警察從家裡搬了出來。」

「打聽？怎麼打聽？」

「很簡單啊，就問他們那裡發生了什麼事，如果知道什麼情況，麻煩告訴我。」

「左鄰右舍沒有人認出你嗎？」

「我住在那個家裡已經是三十多年前的事了，而且我也從來沒有和鄰居打交道，沒有人會記得我，而且為了謹慎起見，我還戴上了口罩。大家以為我是刑警，就告訴我很多摻雜了想像的事，這當然是我挖坑給他們跳。」

真世聽了武史輕描淡寫的說明，只能心服口服。對這個叔叔來說，這種事易如反掌。

「好了，我的底牌都亮給妳了。這一餐和三天的住宿費，還有第四天的午餐費就靠妳了。」武史拿起筷子，繼續吃了起來。

一言既出，駟馬難追，只能自認倒楣。真世嘆著氣，也拿起了筷子。她吃著山藥泥蕎麥麵，思考著之後的事。

「啊，對了。」她再度停下筷子，抬起了頭，「喪禮怎麼辦？」
正在喝啤酒的武史停下了手，「喪禮喔……」
「總不能不辦，而且也要通知親戚，大家一定很驚訝。要怎麼向他們說明呢？如果真要舉辦的話，是不是該開始做準備工作了？但遺體還沒有還給我們，該怎麼辦呢？他們說要進行司法解剖，不知道什麼時候才會還給我們。」
「快的話今天晚上，最晚明天就會還給我們。」武史用篤定的語氣說。
「你怎麼知道？」
「因為司法解剖已經完成了，縣立大學的法醫學教室也希望家屬趕快把遺體領走，否則他們也很傷腦筋。」
「已經完成了？你怎麼知道？」
「因為相關報告已經傳到偵查負責人的手機上了。」
「偵查負責人？手機？」
真世的腦海中浮現了木暮那張狐狸臉，她回想著他和武史之間的對話，忍不住「啊！」地叫了起來。
「該不會是那個時候？你那時候從木暮警部的內側口袋偷了警察證，所以你那個時候從他的另一個口袋裡偷了手機嗎？」
「正確地說，是把警察證放回他口袋的時候。我沒有偷，只是借一下。因為我認為那傢伙不可能向家屬公開偵查資料，果然不出所料，他連殺害的方法和哥哥遭到殺害時的服裝都說是秘密，對這種不上道的人，不必理會什麼個人資料的保護問題。」

真世想起武史看著後院時，曾經問了這些問題，原來當時木暮的手機就在他手上。之後，他說到他經營的「陷阱手」的酒吧時，假裝從木暮的口袋裡拿出手機，要木暮上網查。其實手機早就已經在他手上了。

「那個警部的手機沒有鎖嗎？」

「不，需要輸入密碼。」

「那你怎麼打開的？」

「還能怎麼打開？就輸入密碼打開的啊。」

「但是……」

「他不是曾經用手機打電話確認我的身分嗎？我當時記住了他的密碼。」

真世也記得當時的事。

「但是，你應該——」

你應該看不到螢幕。武史不等她說完，就豎起食指，在半空中移動手指說：

「即使不用看螢幕，只要看他操作的手指和眼睛，就連傻瓜也知道密碼。」他若無其事地說完，拿起了串烤。

原來是這樣。真世恍然大悟。如果這番話出自別人口中，自己一定不會相信，但對他來說，這種事真的輕而易舉，就像他能夠冒充刑警向左鄰右舍打聽一樣。

真世突然想到，武史知道柿谷的名字和職稱，也是因為看了木暮的手機吧？真世問了武史，武史回答說：「嗯，差不多就是這樣。上面寫著轄區聯絡人是刑事股的柿谷，木暮是警部，如果兩個人的警階相同，彼此都會很不自在，但如果派職位太低的人，那傢伙一樣會很不爽，所以我猜想柿谷的警階應該是副警部，職稱應該是股長。」

叔叔輕描淡寫地說，真世打量著他的臉，覺得他的分析很有邏輯。

「太厲害了，」真世說，「不愧是武士——」

武史把啤酒杯粗暴地放在桌上，發出了「咚」的聲響，然後瞪著真世說：

「不要說那個名字。」

「為什麼？」

「沒為什麼，死也不要說。」

真世聳了聳肩。

禪武士——這是叔叔以前當魔術師時的藝名。

7

真世讀小學六年級時，得知爸爸英一有一個比他小十二歲的弟弟。當時祖母富子去世，大家在殯儀館為守靈夜做準備。

「雖然他今天晚上來不及趕回來，但明天會來參加喪禮，所以今天先告訴妳。」

英一告訴真世，他的弟弟名叫武史。

「我完全不知道這件事，為什麼以前都沒告訴我？」

爸爸為難地偏著頭。

「最大的理由應該是沒有機會，而且爸爸也已經有十多年沒見到他了，最後一次見到他時，妳還沒有出生。媽媽也只有結婚前見過他一次而已，之前覺得可能以後再也見不到他了，所以我覺得還是不要向妳提起比較好。」

「為什麼你們不見面？你們感情不好嗎？」

「沒這回事。」英一苦笑著，「理由很簡單，因為他在美國工作，而且輾轉各地，不會固定停留在某一個地方，所以很難配合他的行程。」

「原來是這樣。」

「但是，我寫電子郵件給他，通知他奶奶死了，他回覆說，會回來參加喪禮。原本我以為他會說沒辦法回來，所以有點驚訝。」

英一說，武史正從佛羅里達回日本的途中，明天早上就會到成田機場。喪禮從正午開始。

真世沒有問爸爸，他的弟弟在美國做什麼工作。因為她對自己竟然有叔叔這件事太驚訝，一時沒有想到這個問題。

隔天早上，真世在殯儀館的休息室看到了他。他個子很高，身材很好，簡直就像模特兒，五官也很端正，和英一完全不像。

英一把真世介紹給他，他鞠躬向真世打招呼。

「真世妳好，妳的事，我都知道。」武史對她露出笑容，「聽說妳很會畫畫，也很喜歡貓，請多指教，我是武史叔叔。」

說完，向她伸出手，要和她握手。

真世感到不知所措，握住了他的手。很會畫畫、喜歡貓——他說得沒錯。真世猜想是爸爸告訴他的。

武史也和媽媽和美打了招呼，真世聽到他說「十四年沒見了」，而且為沒有來參加他們的婚禮道歉。

祖母富子沒有很多朋友，小型的喪禮以親戚為主。喪禮在肅穆的氣氛中進行，蓋棺之前，每個人送上鮮花向富子永別時，隊伍也沒有很長。

武史在隊伍的最後。真世看到他時，覺得很奇怪。因為他手上沒有花。

武史走到棺木旁，雙手輕輕捧著富子的臉頰，接著，他緩緩抬起雙手，移到富子胸前，合起雙手，然後雙手上下移動起來。

真世應該一輩子都不會忘記接下來看到的景象。

紅色、白色和紫色的花瓣從武史合起的雙手中飄落，花瓣的量越來越多，轉眼之間就淹沒了富子的胸口。周圍的人也都驚叫起來。

當花瓣落盡之後，武史合著雙手默禱，然後他睜開眼睛，放下雙手，對著遺體鞠了一躬。在眾人驚訝的眼神中，離開了棺木。

真世抬頭看著走到自己身旁的武史，他面無表情，好像覺得自己並沒有做什麼特別的事。

在火葬場撿骨之後，家人一起去吃飯。真世對第一次見面的叔叔充滿好奇，很想問他剛才是怎麼回事，他為什麼可以做到，但武史只有和英一、和美聊了幾句，渾身散發出一種讓人難以親近的感覺，真世只能遠遠看著他。

坐在真世旁邊的親戚阿姨開始竊竊私語，談論武史的事。真世聽了她們的聊天，第一次知道武史在美國當魔術師。

變魔術有辦法養活自己嗎？不知道，但聽說他在美國還算小有名氣。是這樣嗎？不知道收入好不好。我沒辦法想像啦。但是剛才的魔術還真精采——

原來剛才的表演就是魔術。真世豎起耳朵聽她們聊天，才終於恍然大悟。

不一會兒，英一致了詞，結束了午餐。真世一直都沒有機會和武史聊天。

那天晚上，一家三口吃晚餐時，真世向英一打聽了武史的事。

「喔，妳已經聽那幾個阿姨說了嗎？沒錯，武史在美國當魔術師。」英一完全沒有隱瞞。

「他為什麼想當魔術師？」

「爸爸也不知道，雖然經常有人問我這個問題。」英一為難地把眉毛皺成了八字，與和美互看了一眼。

他們夫妻之間應該也有過類似的對話，和美可能曾經聽英一聊過這些事，所以只是默默微笑。

「但他從小就是一個怪胎，對超能力很有興趣。」

「超能力？」

「真世，妳有沒有聽過尤里・蓋勒這個名字？」

真世以前沒有聽過，所以搖了搖頭說「沒有」。

「這個尤里・蓋勒說自己有超能力，在一九七〇年代風靡一時，也曾經訪問日本，在日本掀起了一股超能力的旋風。他可以用超能力弄彎湯匙的表演很受歡迎，那時候我和朋友也經常模仿。」

「弄彎湯匙？真的有辦法做到嗎？」

英一露出微笑，搖了搖頭。

「很可惜，不久之後就發現那只是魔術，那股旋風也很快就過去了，武史剛好在那股旋風的幾年前出生。」

英一又繼續說了下去。

在武史讀小學的時候，不知道為什麼，突然對已經過時的超能力熱潮產生了興趣。他不知道去哪裡找來了尤里・蓋勒的影片，用當時剛開始普及的家庭用錄影機反覆觀看。父母問他理由，他只回答說：「因為很好玩。」

他在學校的成績不錯，應該說很優秀，所以父母也就沒有多管他，以為他遲早會覺得膩。

有一天吃晚餐前，發生了這樣的事。那天晚餐吃咖哩飯，武史把湯匙拿到母親富子的面前說：

「媽媽，這樣沒辦法吃。」

英一看向那個湯匙。那是很普通的湯匙，看起來並沒有什麼問題。富子也偏著頭，問他為什麼沒辦法吃？

「因為這樣沒辦法吃啊。」武史說完，微微轉動手腕。

下一剎那，發生了令人難以置信的事。武史手上的湯匙突然彎了。

英一發自內心感到驚訝。因為之前都認為，弄彎湯匙只是魔術，其實是魔術師趁觀眾不注意，在地上把湯匙壓彎，但武史完全沒有做這種事，在空中讓湯匙彎了下來。

父母也親眼目睹了這一幕，因為太震撼，全家人都啞然失色，一下子說不出話，但隨即七嘴八舌地問武史，你剛才做了什麼？你是怎麼做到的？武史什麼也沒說，只是露出淡淡的笑容，去拿了另一把湯匙，若無其事地開始吃咖哩飯。英一和父母輪流拿起湯匙檢查，覺得一定有什麼玄機，但那就是神尾家平時用的湯匙，指尖稍微用力，根本不可能把它弄彎。

武史直到最後都沒有告訴他們到底是怎麼回事，英一笑著說，所以他至今仍然不知道武史當時用了什麼機關。

「那是他第一次，也是最後一次在家人面前做這種事，之後我完全不知道他每天在想什麼。因為我們年齡相差很多歲，所以幾乎不會推心置腹地聊天。」

「但那不是超能力，而是魔術吧？」真世問，「所以叔叔從那個時候開始就想當魔術師嗎？」

「應該是這樣，只是我在幾年之後，才知道這件事。」

英一又再度說起了往事。

武史升上高三後不久，就對家人說，他畢業之後要去美國學魔術。

武史對父親康英說，這是他從小的夢想，他認為自己是為了魔術來到這個世界，如果禁止他走魔術這條路，他就覺得活著失去意義。

令人驚訝的是，武史已經找好了在美國學魔術的學校。那是位在波士頓的一所魔術師培養學校，他已經辦理好申請手續。

武史低頭拜託康英借給他一百萬圓，還說五年之內一定會歸還這筆錢，如果無法還錢，他就會放棄這個夢想回日本。

康英似乎感受到武史的真心，同意了他的要求，而且不只給他一百萬，為他準備了兩百萬。

「但是，」康英叮嚀他，「在成功之前，絕對不要回日本。」

「好。」武史回答，「也許我成功之後也不會回日本。」

康英聽到小兒子的決心，心滿意足地點了點頭說：「沒問題。」

隔年春天，武史高中一畢業，就出發前往美國。英一看到弟弟獨自完成了所有的準備工作，確信他一定可以成功。

不久之後，英一與和美結了婚。武史沒有回來參加他們的婚禮，只有從波士頓發了電報祝福他們。英一在武史出發去美國之前，就曾經安排他與和美見面。

結婚第二年，和美發現自己懷孕了，然後生下了女兒，取名為真世。真世健康長大，但神尾家並非只有幸福的時光。

康英病倒了。檢查結果發現他得了肺癌，而且已經相當嚴重，餘命只剩半年。

康英躺在病床上，命令富子和英一他們，絕對不要通知武史。

「他正為了自己的夢想努力學藝，說好在成功之前不會回日本，所以不要讓他因為這種事分心。」

家人都知道康英平時很溫厚，但個性也很頑固，所以尊重了他的意見。富子應該最痛苦，但她什麼都沒說。

不久之後，康英就離開了人世。在康英去世滿四十九天之後，英一才用國際電話通知武史，同時告訴他，是因為康英的指示，所以之前沒有告訴他。

「我知道了。」武史靜靜地說：「我暫時沒辦法回去掃墓，一切就拜託了。」

「沒問題。」英一回答。

三年之後，英一從朋友那裡得知了一件有趣的事。聽說有一個日本魔術師在美國大紅大紫，那個朋友問英一，是不是你的弟弟？然後交給他一張ＤＶＤ。

英一播放了那張ＤＶＤ後大吃一驚。站在華麗舞台上，藝名叫「禪武士」的魔術師正是武史。

武史一身像在山野中修行的僧侶打扮，讓美女站在舞台中央後，從放在旁邊的箱子裡拿出大量稻草捲在美女身上。他的動作俐落得令人驚嘆，轉眼之間，美女的全身都被稻草遮住。舞台中央站了一個真人一樣大小的稻草人。

接著，武史拿起了日本刀。他從刀鞘中拔出刀後揮動了幾下，似乎想要強調銳利的刀光，緩緩走向稻草人。停下腳步後，雙手將刀高舉頭上，擺出了刀柄末端位於額頭前方的上段攻擊架式，然後從正上方朝向稻草人劈了下去。

稻草人被縱向劈成了兩半，但不知道是否因為切口太銳利，稻草人仍然站在舞台上沒有倒下。武史又橫向把稻草人砍成兩半。稻草四濺，但稻草人的上半身並沒有掉落。武史又從相反的另一側斜向砍下，然後又斜向往上揮刀，以迅雷不及掩耳的速度連續揮動日本刀。被砍斷的大量稻草在舞台上飛舞。

武史在舞台上停了下來，飛舞的稻草掉落，在舞台上堆成了山。武史走向稻草堆，跪在舞台上，好像在唸什麼咒語。

下一剎那，稻草山燒了起來，冒起了火柱。火柱比武史更高，刺眼的火光讓人什麼都看不到了。

火立刻就熄滅了，表演開始時的那個美女就站在舞台上。

短暫的寂靜之後，觀眾席上響起了掌聲和歡呼聲。武史在胸前合掌，對著觀眾席鞠了一躬。

「我當時太驚訝了。雖然我們不時用電子郵件聯絡，但武史向來不提工作上的情況，我以為他一定很辛苦，得知他已經獲得了成功，為他感到高興，所以就立刻給奶奶看。」

「太厲害了，我也想看。」真世說。

「很可惜，那張DVD是向朋友借的，我手上並沒有，雖然事後很懊惱，當時為什麼沒有拷貝下來，但後悔已經來不及了。」

「所以叔叔在美國很有名嗎？我好想看。」

「等妳長大之後，可以去美國看他的表演。當然，如果武史還能紅到那個時候的話。」

「爸爸，你們不去看嗎？」

「我剛才不是說了嗎？很難配合他的行程，而且我覺得武史應該不希望我看他的表演。」

「為什麼？」真世問。

「嗯，」英一低吟了一聲，「我也說不清楚，我總覺得那是屬於武史的世界，爸爸不可能輕易踏入，所以之前也都一直保持距離。」

真世不是很瞭解爸爸的意思，即使他們兄弟相差很多歲，但終究還是兄弟。

「最近我們很少聯絡，他也對我們的狀況一無所知。」

「但你不是把我的情況告訴了叔叔嗎？」

「妳的事？妳為什麼這麼覺得？」

「因為他都知道啊，他知道我很會畫畫，也知道我喜歡貓。」

「太奇怪了，我不記得曾經告訴他。」

英一偏著頭。

「啊？是這樣嗎？」

如果爸爸沒有告訴叔叔，叔叔怎麼會知道呢？雖然很不可思議，但也無法確認。

之後有很長一段時間，家中都不曾再提起武史的事。因為真世進中學後，對她來說，克服身為老師的女兒這種不自在的感覺更重要。英一對弟弟在美國過怎樣的生活也沒有太大的興趣。

八年前，武史突然回到日本。沒有人知道原因，因為他隻字不提。

也許他在美國時手上有點積蓄，所以回到日本之後，在惠比壽開了一家酒吧。武史似乎無意舉辦隆重的開幕派對，但英一說要去為他慶祝一下，所以真世也跟著父母一起去了那家酒吧。

那是除了吧檯以外，只有一張兩人坐桌子的小酒吧，武史看到哥哥一家人造訪，雖然沒有露出為難的表情，但似乎也沒有特別歡迎。

距離真世上次見到武史已經十年，武史看到她的第一句話，就問她：「妳還在畫畫嗎？」

真世回答說，她以後想當建築師，所以畫了很多房子。武史的嘴角露出笑容說，那真是太好了。

之後他們每隔幾年就會見一次面。在和美去世後，英一和武史曾經多次討論要如何處理那棟房子。英一一個人住在那棟房子有點太大了，但又捨不得放手。

也是因為這個原因，所以才會重新清理武史的房間。因為那裡原本已經淪為儲藏室了。

8

「目前警方認為犯案時間是三月六日，也就是星期六晚上八點到十二點期間。」

「是嗎？難怪……」

「怎麼了？」

「昨天警察問我星期六之後的行蹤，尤其詳細問了我星期六的情況。那天我一整天都在家裡，直到我說晚上向附近的西餐廳訂了外送，他們好像才終於放過我。」

武史聽了真世的話，連續點了好幾次頭。

「原來是這樣，他們可能發現終於可以排除被害人獨生女的嫌疑，所以鬆了一口氣，但親生弟弟就沒有不在場證明了。」武史用大拇指指著自己的胸口。

「警察連家屬都會懷疑。」

「刑警就是會懷疑所有的人，反過來說，如果不這麼做，就無法勝任刑警的工作。在木暮眼中，我更是需要特別注意的人物。」

「這就不好說了……」

但真世覺得木暮至少對武史並沒有好印象。

「行兇方式是絞殺。」武史很乾脆地說。

「啊？真的嗎？」真世忍不住皺起眉頭，「這也是從木暮警部的手機上看到的嗎？」

「沒錯。」

「是被繩子勒死的嗎？」

「目前似乎還沒有找到兇器，但並不是細繩子，因為脖子上並沒有留下痕跡，只不過也沒有手指的痕跡，所以也不是扼殺。」武史拿起啤酒杯，把杯底剩下的兩公分左右的啤酒一飲而盡，「鑑識小組認為，應該是毛巾之類質地柔軟，有一定寬度的布。」

「毛巾……」真世用右手摸著自己的脖子。

「毛巾原本並不適合用來絞殺，如果要勒住脖子的氣管，最好使用又細又堅固的繩子，毛巾很難完全勒住氣管，但可以勒住脖子兩側的血管。一旦勒住靜脈和血管，腦部的血液就無法流出來，氧氣也無法進入，結果就會造成死亡。血液無處可去，就會擠破眼珠的毛細血管溢出來。哥哥的屍體似乎就是處於這種狀態，翻開眼瞼，就會以為好像在流帶血的眼淚。」

真世放下了筷子。雖然還剩下一些山藥泥蕎麥麵，但聽了武史的話，她完全不想吃了。

「如果眼球沒有出現異狀，很可能被視為心臟衰竭——」

「別說了，」真世說，「我不想再聽這些。」

「這樣啊。」武史露出心虛的表情之後，伸手拿起茶杯喝著茶。

「那我們改變話題，妳知道哥哥星期五的行程嗎？」

真世搖了搖頭。

「我們又沒有住在一起，我怎麼可能知道。」

「果然是這樣啊，嗯，我想也是。」

「警察也問了我同樣的問題，爸爸週末的行程很重要嗎？」

「目前還不知道，但哥哥星期六應該去了什麼地方，感覺是比較正式的場合，可能和什麼重要的人見面。」

「你怎麼知道這些？」

武史抓著軍用夾克的衣領說：

「衣服。哥哥的屍體被發現時，他穿著西裝，雖然沒有繫領帶，但穿著上衣。我看了照片，所以絕對沒錯。」

「照片……」

「木暮的手機上有從各個角度拍屍體的照片。」

「拜託你，千萬不要給我看。」真世皺著眉頭，把臉轉到一旁，把雙手伸向前方說。

「很可惜，我手邊並沒有。雖然我曾經想偷偷傳到我的手機上，但覺得留下痕跡不太妙，所以就忍住了。」

「原來是這樣，太好了……」

「妳認為呢？哥哥退休已經好幾年了，而且星期六還穿西裝，應該是去什麼特別的地方吧。」

「也許吧，所以警察也問我爸爸週末去了哪裡。」

「我再問妳一次，妳不知道哥哥星期六穿上西裝會去哪裡嗎？」

真世抱著手臂，偏著頭發出低吟。

「他在退休之前，不光是去學校，無論去哪裡都穿西裝。你問了我這個問題之後，我才想起，在他退休之後，好像很少看到他穿西裝出門。雖然我很少見到他。」

「會不會是去見以前的老同事？」

「我想應該不會穿西裝，因為他們見面也只是去車站前的居酒屋喝酒。現在的天氣還很冷，所以應該只穿毛衣和羽絨衣吧。」

「會不會是參加興趣愛好或是研究學問的聚會？如果是文學研究家聚會，總不能穿得太隨便吧？」

文學研究家。真世嘀咕著，但不太有真實感。雖然知道是在說父親，卻從來沒有思考過那是怎樣的人。

「對不起，老實說，我不太瞭解爸爸退休之後過著怎樣的生活。對不起，我完全沒幫上忙。」

武史用鼻子重重地吐了一口氣，似乎感到很無奈。

「會不會是女人呢？」

「女人？」真世忍不住瞪大了眼睛，「什麼意思？」

「就是字面上的意思，和美大嫂去世至今不是已經過了五、六年了嗎？獨生女也離家不歸，他想要結交女朋友也很正常啊。」

「爸爸嗎？怎麼可能？不可能啦。」

「妳憑什麼這麼斷言？我周圍有很多六十二歲還在談戀愛的人。」

「你周圍或許有這種人。」

「妳認定哥哥沒有談戀愛太奇怪了，算了，警方應該會去查這件事。如果真的有這樣的女人，而且在他被殺之前曾經和那個女人見過面，應該會留下某些痕跡。」
「痕跡？」
「身上可能有摩鐵的收據，或是放了治療勃起障礙藥的藥盒。衣服的話，就是內褲，可能會驗出他自己的精液，甚至可能驗出對方也就是那個女人的體液。如果做愛之後沒有洗澡，生殖器上可能——」
「別說了。」真世伸出右手，「到此為止。」
「太刺激了嗎？」
「我不願意去想像爸爸在這方面的事。即使真的有這樣的女人，我希望他們也只是一起吃飯而已。」
武史搖了搖頭說：
「他們沒有一起吃飯。」
「為什麼？」
「六十二歲的男人不會特地穿上西裝，和女朋友一起去拉麵店。」
「拉麵店？」
武史拿出手機，俐落地操作起來。
「在哥哥胃中發現了已經消化的麵條、未消化的叉燒和蔥，目前認為是飯後兩個小時的狀態。」
真世光是聽武史說這些，就覺得不舒服的酸味在嘴裡擴散。
「也就是說，」武史又繼續說了下去，「哥哥在遭到殺害的兩個小時前吃了拉麵，以時間來判斷，應該是晚餐。根據以上這些情況，可以推測出以下的內容。星期六，哥哥穿著西裝出門，可能去和誰見面，也可能是他去的地方必須要穿正式的服裝。總之，他在辦完事情之後去吃了拉麵，然後回到家裡。有人想要趁哥哥出門時潛入家中，那個人打算從後院潛入，但被哥哥發現了。如果那個人逃走，就不會發生這次的悲劇，但是那個人沒有逃走，選擇奪走哥哥的性命。現場留下了激烈打鬥的痕跡，鑑識人員認為，哥哥在雙方激烈扭打之後倒在地上，然後被人從背後用像是毛巾的東西勒住了脖子。屍體有屎尿失禁的現象，而且也在後院發現了相同的痕跡。我剛才也說了，屍體並不是被勒住喉嚨窒息身亡，而是脖子的動脈和靜脈遭到壓迫，導致——妳怎麼了？為什麼把頭轉過去？」武史說到一半時問真世，他似乎終於發現姪女的態度不同尋常。

「因為，」真世調整呼吸後瞪著叔叔說，「你的神經也太大條了，有必要這樣具體說明嗎？你倒是設身處地為我想一想，我不願意想像爸爸是怎樣被人殺害。」真世在說話時，也知道自己紅了眼眶。

「這樣啊，」武史小聲嘀咕，輕輕點了點頭，「對不起，我以為妳和我的想法一樣，但我不該這麼一廂情願。我不會再和妳聊這些了，妳忘了我說的話。」

「什麼想法一樣？」

「我不會把逮捕兇手這件事完全交給警察，如果可以，我希望親手查明真相。即使警方逮捕了兇手，也未必會向我們公開所有的情況，不，應該大部分情況都不會告訴我們。在警方眼中，家屬只是證人和參考資料之一。」

真世注視著叔叔五官端正的臉。

「親手查明真相？有辦法做到嗎？你又不是偵查方面的專家。」

「我當然不是專家，但沒有任何理由認定我做不到。而且有些事警察不能做，我卻可以做。」武史說到這裡站了起來，「那我就先走了。」

「你要去哪裡？」

「已經過了入住的時間，我去櫃檯拿鑰匙回房間。」

「等一下，」真世也站了起來，「既然這樣，我也要幫忙。」

「幫忙？幫什麼忙？」

「幫忙查明真相啊，我也要親手調查爸爸到底是被誰殺害的。」

武史一臉冷漠的表情把頭轉到一旁說：「我勸妳還是打消這個念頭。」

「為什麼？我也想瞭解真相。」

武史好像在趕蒼蠅一樣揮了揮手。

「別說這種天真的話，真相未必是妳喜歡的內容，也許會發現糜爛的愛恨糾葛，也許會看到哥哥那些不為人知的醜陋部分。剛才只是稍微詳細瞭解了妳爸爸遭到殺害的狀況，妳就嚇得臉色鐵青，未來可想而知。我也不希望妳拖累我，所以妳就乖乖等我查明真相。」

「我已經沒事了，之後也不會再發牢騷了。」

「不可能。」

「沒這回事！」

武史再度拿出手機，然後把螢幕對著真世，「這樣也沒問題嗎？」

螢幕上的東西看起來像灰色的黏土，但真世立刻發現那是人臉。眼睛睜開，嘴巴歪斜，嘴裡流出黏液，雙眼通紅，好像流著鮮血的眼淚。雖然和在停屍間看到的遺體完全不一樣，但的確就是英一。原來屍體被發現時的狀態是這樣。

強烈的酸味湧了上來，真世蹲了下來，捂住了嘴，但仍然無法阻止嘔吐。才剛吃下去的食物吐了一地。

一名女店員不知道從哪裡跑了過來。

「妳還好嗎？」

真世拚命點頭，但無法發出聲音說「我沒事」。

9

「你不是說，沒有把照片轉傳到自己的手機嗎？」真世用客房內的毛巾捂著嘴問。

「不輕易亮底牌是表演者的常識。」武史操作著手機回答，「現在感覺怎麼樣？」

「已經沒事了，對不起。」

武史辦理入住手續後進了房間，這裡和真世房間的格局一樣。

「那我再說一次。妳會盡全力查明真相，會隨時以此為優先，絕不猶豫，也絕不逃避——妳可以發誓，對不對？」武史看著真世的眼神銳利強烈，真世覺得自己稍微鬆懈，靈魂好像會被他吸走。

「我發誓。」真世舉起右手，「我不會再逃避。」

「好！」武史用力點頭，「妳說昨天已經去見過警察了，妳把和他們的對話一五一十全都告訴我。他們問了哪方面的問題？問了妳什麼？動員妳所有的腦細胞，不要有絲毫的隱瞞，把妳記得的內容全都告訴我。」

「不要有絲毫的隱瞞……從哪裡開始說起？」

「警察什麼時候和妳接觸？」

「昨天下午，我在公司的時候接到電話……」

「那就從那裡開始說。」武史抱著雙臂，靠在椅背上。

武史全身散發出莫名的氣魄，真世不由得被他震懾，然後開始向他說明昨天以來的情況，直到今天武史出現為止。
武史聽真世說完後，仍然抱著雙臂，緩緩睜開為了讓思考集中而微微閉起的雙眼。
「狀況我已經充分瞭解了，那我們來分析研究一下目前掌握的這些狀況。在此之前，妳要向我提供必要的線索。妳剛才說，現在已經沒問題了，那這種程度應該沒問題吧？」武史又開始操作放在一旁的手機，向真世出示了新的照片。
真世忍不住坐直了身體。因為又是一張屍體的照片，但這次拍的是全身。她激勵自己，絕對不能移開視線。否則叔叔之後就不會再理會自己。她努力讓心情平靜，注視著螢幕。
正如武史剛才所說，英一身穿西裝。那是真世以前也曾經看過的深棕色西裝，屍體旁堆著拆開的紙箱。應該就是用這些紙箱蓋住了屍體。
「妳有沒有發現什麼？」武史問。
「嗯。」真世再度低頭看著螢幕。
「的確看得出雙手曾經扭打，衣服很亂，而且很髒。」
「還有呢？」
「還有……」她從頭到腳仔細打量父親屍體。奇怪的是，她內心已經不再感到恐懼，然後她發現了一件事。「啊……」
「怎麼了？」
「沒有穿鞋子，只穿了襪子。」
「沒錯！」武史打了一個響指，「而且妳仔細看，襪子底是不是也很髒？也就是說，鞋子並不是在扭打時掉的，而是沒有穿鞋子就和兇手扭打了起來。」
「這是怎麼回事？」
「哥哥平時去後院時，都穿什麼鞋子？」
「他都會穿拖鞋，拖鞋應該就放在落地窗前。」
「這是不是代表他來不及穿鞋子？但是和可疑人物扭打時，穿拖鞋可能也很不方便。」
「可疑人物是……？」
「根據我的猜測，情況應該是這樣。」武史豎起了食指，「我剛才也說了，哥哥在星期六，穿著西裝外出，然後吃完拉麵回到家裡。他從玄關進屋，脫了鞋子後走進了書房，但在打開書房的燈之前，發現後院有可疑人物。於是他就打開落地窗質問對方，可疑人物擔心哥哥報警，於是就撲向哥哥。兩人扭打起來，結果哥哥就被殺了。」
雖然武史說的內容很簡潔，但有強烈的說服力。真世好像也看到了他所描述的景象。
「爸爸不擅長和別人打架。」
「這不是重點。」武史搖了搖頭，「關鍵在於多拚命，哥哥在和對方扭打的時候，也沒有要置對方於死地，但對方就不一樣了，既然被人發現，就認為不能留下活口。」
「兇手的目的是什麼？」
「這就是關鍵。既然想要闖空門，通常目的是想要偷東西……」
「是不是偷了什麼東西？我完全不知道，現場被兇手弄得那麼亂，搞不好連爸爸也不知道被偷了什麼。」
「現場凌亂的狀況的確很異常，甚至可以說完全沒必要。如果只是想要找什麼東西，根本不會亂成那樣。很可能就像妳說的，目的是為了讓人分不清到底偷了什麼東西。只不過我認為最有可能的，就是試圖偽裝成小偷所為。」

真世偏著頭問：「什麼意思？」

「兇手的目的就是想要哥哥的命，但如果只是殺了哥哥，警方會從私人恩怨和利害關係等方面調查動機，所以兇手想要偽裝成小偷隨機犯案。因為兇手並沒有真的翻箱倒櫃找值錢的東西，凌亂的方式才會那麼不自然。」

「如果是這樣，兇手闖空門的目的，也是想要殺爸爸嗎？」

「就是這樣。兇手可能打算闖空門後埋伏在家裡，在哥哥回家後襲擊，所以最後在後院行兇殺人並不是兇手原本的計畫，於是想到可以偽裝成小偷犯案，就把房間故意弄亂。」

「這樣啊……」

「只不過如果真的是這樣，行兇方式就說不通了。」

「行兇方式？不是絞殺嗎？為什麼說不通？」

「如果一開始的目的就是想要殺人，可以使用刀子，用刀子可以更確實要哥哥的命。」

武史說得沒錯。

「有道理。」真世也表示同意。

「兇手會不會覺得可以在現場張羅兇器？他覺得只要去廚房，應該可以找到魚刀或是尖刀，也就不必擔心警方藉由調查兇器來源被查到身分。」

「在現場張羅嗎？」武史的嘴角露出笑容，「準備行兇殺人，會這麼毫無計畫，聽天由命嗎？萬一沒有找到適合的魚刀或是尖刀怎麼辦？因為哥哥是一個大男人獨居，完全有這種可能。如果我是兇手，為了以防萬一，一定會自己帶兇器。只要去大型量販店購買，不必擔心會輕易被查到身分。」

「也許有什麼原因，來不及張羅刀子……」

「即使這樣，也不可能事先準備毛巾當兇器吧？」

「嗯，你剛才也這麼說。」

「鑑識人員認為——哥哥是被人從背後用像是毛巾的東西勒住脖子。這也是最大的疑點。既然無法張羅到刀子，想到絞殺做為次善之策並沒有問題，但如果這樣，不是應該準備繩子或是電線等更細、更牢固的繩子嗎？為什麼會用毛巾？毛巾不像是手帕或是擦汗的小毛巾，不可能剛好帶在身上。」

武史凝望遠方，露出努力思考的表情，然後重重吐了一口氣，看著真世說：

「目前只能根據現場和屍體的狀況分析出這些情況，如果要繼續推理，還需要其他線索，妳有沒有什麼線索？」

「你突然這麼問，我也……」

真世慌張起來。她完全想不到任何線索。

「聽說發現屍體的人是妳的同學。」

「對，一個姓原口的同學，因為星期天要舉辦同學會，所以可能為了討論同學會的事去找爸爸。」

「原口的職業是什麼？」

「我記得是經營酒舖。」

「果然是自己做生意啊，所以才能夠在星期一上午去找哥哥。好！」武史打了個響指，「那我們就去向原口瞭解情況，妳馬上安排這件事，我相信他也很想和妳聯絡。」

「啊？會嗎？」

「按照常理來說，如果不是這樣就太奇怪了。妳趕快和他聯絡。」

「好。」真世拿起手機。她不知道原口的電話，於是想到可以問桃子。這才想起忘了打電話給她。

她正想打電話，手機收到了訊息。是健太。

『對不起，一次又一次打擾妳。之後的狀況如何？我在想，妳是不是遇到了什麼困難？』

簡短的內容中，可以感受到健太的不安和幫不上忙的無力感。未婚妻的父親遭到殺害，他會有這種感覺也很正常，但他又不是警察，根本幫不上忙，他自己應該最清楚這件事。

真世想了一下之後回覆了他。

「家裡被翻得很亂，完全沒有真實感。我叔叔已經來這裡，為我壯了不少膽。謝謝你，不用為我擔心。」

把訊息送出去之後抬起頭，和武史對上了眼。

「我聽哥哥說了，妳快結婚了。雖然也許不該在這種時候說……」武史猶豫了一下繼續說了下去，「但還是說一下好了，恭喜妳。」

「謝謝。」真世在回答時努力擠出笑容，但是臉頰肌肉還是很僵硬，「所以你知道剛才的訊息是我未婚夫傳來的嗎？」

「不知道才奇怪。在目前這種狀況下，如果是其他傳來的訊息，妳不可能馬上回覆，甚至根本不會看。」

「那倒是。」

真世覺得無法在叔叔面前說謊。

她再度操作手機，打電話給本間桃子。

電話馬上就接通了。

「我是桃子……」電話中傳來沉痛的聲音。

「我是真世，對不起，現在才打電話給妳。」

「嗯，那個……妳要節哀。」

真世聽到桃子結結巴巴，立刻瞭解了狀況。

「啊……原來妳已經知道了。」

「嗯，昨天聽原口說的，我嚇了一大跳，雖然很擔心妳，但覺得打電話給妳有點那個，想要傳訊息，也不知道該寫什麼……」

「原來是這樣。」

如果換成自己，自己恐怕也一樣，一定覺得打電話安慰或是打聽目前的情況太不近人情而自我克制。

電話中傳來奇怪的聲音。桃子在打嗝。

「桃子，」真世問，「妳怎麼了？」

「嗯，那個，嗯……對不起。妳一定、比我更震驚，我即使在這裡哭，也根本沒用……」桃子嗚咽著說。

真世聽到桃子這麼說，內心突然百感交集。千頭萬緒在內心激烈翻騰，根本無法克制，轉眼之間就沖破了心靈的防線。

當她回過神時，發現自己哭了起來。即使想要克制，也完全無法克制。她放聲大哭，連喉嚨都痛了。她在哭的同時，腦袋深處有另一個冷靜思考的自己在想，原來這就是嚎啕大哭。

10

離「丸美屋旅館」走路十分鐘左右的商店街，是這個城鎮最熱鬧的地方，但眼前的景象離繁榮相去甚遠。一整排禮品店和餐飲店感受不到任何活力，應該都受到了新冠疫情的影響。許多商店都拉下了鐵門，但似乎並不是今天剛好公休。

「原口商店」位在商店街中間的位置。

真世從桃子那裡問到了原口浩平的電話。原口接到真世的電話有點驚訝，但聽到真世希望向他瞭解詳細情況時，並沒有表現出為難的態度。他對真世說，只要去他店裡，他可以隨時向她說明當時的情況，所謂劍及履及，她和武史一起從旅館出發來到這裡。

真世和武史一起走進店裡，正在貨架前寫貨單的男人轉過頭。

「嗨！」男人向真世打招呼，但臉上的笑容很僵硬。

他就是原口浩平。兩道八字眉，眼尾下垂，讓人感到安心的長相和中學時一模一樣，但原本瘦瘦高高的身材變成了結實的成年人體型。

「好久不見。」真世對他說。

原口可能不知道該說什麼，稍微舔了舔嘴唇之後才開了口。

「神尾……妳要節哀。」

「嗯。」真世點了點頭，「給你添了麻煩。」

「我沒問題……」原口看向真世的身後。

「啊，我來為你們介紹。我剛才已經在電話中提過，他是我的叔叔，我爸爸的弟弟。」

「請多指教。」武史在真世身後向原口打招呼。

「請多多指教。」原口回答。

原口把真世和武史帶去位在店面角落的空間，那裡有一張圓桌子，周圍放了幾張鐵管椅。聽原口說，這是為了讓觀光客試喝本地特產的日本酒所設置的空間，從他祖父的時候開始提供這項服務，但最近幾乎都是附近的老主顧坐在這裡喝酒。

「太好了。」武史在鐵管椅上坐了下來，「既然這樣，走過路過絕不可錯過，那就來喝一杯，可以只點一小盅嗎？」

「那倒是沒問題……」原口露出困惑的表情回答，他應該很驚訝，武史在這種時候竟然提出要喝酒。

「要喝什麼酒呢？這裡是『萬年酒藏』的特別代理店吧？」

「對，沒想到你竟然知道。」

「我聽我哥哥說的。我哥哥也愛喝酒，他愛喝的是鏡譽。」武史說著，指著酒櫃中的其中一瓶酒。標籤上寫著「鏡譽」兩個字。

「這樣啊。其實『萬年酒藏』的老闆是我家親戚，本店有他們所有的商品，其中有一些酒只有我們店才有。」

「好像是，我哥哥常誇獎你，說你和『萬年酒藏』有特殊的關係，如果有需要，甚至可以張羅到夢幻的名酒。」

「神尾老師這麼說……」原口意外地眨了眨眼睛，露出了沉痛的表情。他可能想到恩師已經離世，而且是自己發現了恩師的屍體。

但是，真世內心更感到驚訝。「萬年酒藏」的確是這一帶唯一的釀酒廠，只不過英一不可能和武史聊原口的事，而且武史剛才還不知道原口是在經營酒舖。真世想起武史離開旅館之前在看手機，搞不好在上網查「原口商店」的資料。

「既然這樣，要不要喝『鏡譽』？」原口問武史。

「你說了算，如果還有其他值得推薦的，也可以試試。」

「好。神尾，那妳呢？」原口站在那裡問真世。

「我不喝。」

「為什麼？妳為什麼不喝？這裡是酒舖啊。」武史竟然提出質疑。

「我當然知道，但我們不是來喝酒的。」真世在叔叔旁邊坐了下來。

「既然這樣，至少點個軟性飲料。妳似乎沒有搞清楚狀況，對原口來說，這裡是重要的工作場所，雖然只是簡單的桌椅，但也是接待客人的空間。我的酒吧也不會接待什麼都不點，只是進來聊天的人。」

「不，沒關係，不必在意。」原口慌忙搖著手，「也有很多人什麼都不買，只是進來閒聊。那你們稍微等我一下。」原口說完，轉身離開了。

真世目送原口的背影離開後，把臉湊到武史面前小聲地說：「你真的可以隨口說謊話欸。」

「妳在說什麼？」

「不要裝糊塗。我從來沒有看過爸爸喝日本酒，而且還說要買夢幻的名酒？你這樣信口開河，萬一被拆穿怎麼辦？」

「我只是發揮一點小技巧加強溝通，而且哥哥已經死了，不必擔心會被拆穿。即使說錯了什麼，只要說我記錯了就好。」

「你還真不負責任……」

原口雙手端著托盤走了回來，托盤上放著一個不到一升酒的玻璃瓶和杯子。

原口把杯子放在武史面前，把玻璃瓶內的酒倒進了杯子。「請享用。」

武史一臉嚴肅的表情把杯子拿過來，放在鼻子前，做出好像嗅聞香氣的動作，緩緩含了一口酒，然後又緩緩喝了下去，似乎在體會入喉的感覺。「嗯，好喝。」

「太好了。」原口鬆了一口氣，小聲回應。

「不會太甜，口感很鋒利，喝下去之後清爽不黏膩。比起細細品嚐，這種酒似乎更適合一杯接一杯。」

「聽說基本上就是『鏡譽』，但稍微調整了釀造用酒精的比例，這是之後將在本店獨家販售的限定商品。」

「原來是這樣，的確與眾不同。」

「銷售對象基本上以年輕族群為主，商品名字也還沒有正式決定。行銷策略的問題，『萬年酒藏』已經完全授權給我們。」原口看著瓶子上的標籤，白色的紙上印著呆板的「鏡譽　獨創特別本釀造酒」幾個字。

「給我喝這麼特別的商品沒問題嗎？」

「當然沒問題，酒就是要給懂酒的人喝。」

「不敢當。」

真世聽著他們的對話，忍不住感到心浮氣躁。現在根本不是無憂無慮聊酒的時候。

「原口，」真世插著嘴，「我想瞭解一下你發現屍體時的詳細情況。」

「啊……好啊，妳可以隨便問。」

「聽說你前一天也曾經和我爸爸聯絡。」

「對，為了同學會的事，所以和老師聯絡。」

「什麼事？」

「不是什麼重要的事。不久之前，神尾老師打電話給我，他說既然大家相隔這麼多年要聚會，他想帶一瓶酒去慶祝一下。我想了一下之後，星期天和老師聯絡，但連續打了好幾次，電話都沒有打通，所以我就有點在意，星期一上午送完貨之後，就順便去看了一下。」

「原來是這樣。」

真世聽完原口說的情況，覺得很像是爸爸的作風。要和畢業多年的學生見面，他不願意只是被招待，所以也想用自己的方式「款待」這些以前的學生。英一在這方面的確很愛面子。

「我到了老師家門口後也打了電話，但還是沒有人接，按了門鈴也沒有人應答，於是我就鼓起勇氣拉了拉玄關的門，發現門並沒有上鎖。我對著屋內叫了一聲後，突然擔心老師會不會在後院昏倒了，於是就繞去後院。結果，呃……」

「我知道了，不用說下去了。」原口說到發現屍體的部分時，真世慌忙伸手制止了他，「謝謝你。」

「在向警方說明情況之後，我不知道該通知誰，於是就打電話給本間。因為我記得她和妳很熟。」

「對，我聽桃子說了。」

「對不起。」原口向她道歉，「如果星期天我不是打電話，而是直接去老師家裡，或許就不會發生這種事了。」

「你不必這麼自責，而且我爸爸應該星期六晚上就遇害了。」

「星期六，」原口神色緊張起來，「果然是……被人殺害嗎？」

「警方……這麼認為。」

「這樣啊。」原口無力地附和。

武史沒有加入他們的談話，他突然把杯子舉到眼睛的高度說：「這酒果然好喝。」

真世忍不住想要咂嘴。他還要聊酒的話題嗎？

但是，武史沒有察覺她的表情，好像突然想到什麼似地看著原口說：

「我突然想到，哥哥好像和我提過這種酒。」

「啊？」原口發出不知所措的聲音，「是嗎？」

「我記得他好像提過，以前的學生和他討論新推出的酒，會不會就是你？」

「老師和你聊過這件事……」

「我記得他和我說，那個學生和他討論的事有點棘手，嗯，是什麼事呢？」武史放下杯子，手指放在眉間，似乎在努力回想。

真世忍不住感到困惑。這應該又是武史在隨便亂說，武史最近根本沒有和英一見面，他們應該也沒有用電話聯絡，只不過真世無法瞭解武史的意圖，不知道他為什麼要這麼說。

「老師有和你聊到這種酒嗎？」原口摸著酒瓶。

「並不是聊到酒，而是聊到你，說你很辛苦。啊，對了，我想起來了，我哥哥說，那個學生為了新酒的事很辛苦，他很希望能夠幫上一點忙。我在聽他說明情況之後，也覺得事情沒有想像中那麼簡單，因為哥哥只是老師，不見得每個學生都會感激他。」

「啊……原來老師向你說了具體的情況。」

「只是大致而已。新商品的銷售果然很辛苦，很多事都需要花錢。」

「是啊，當然也少不了要花錢……」

「你不必說下去我也知道。雖然很花錢，但還有比錢更重要的事。做生意真的很讓人頭痛。」武史轉身看著真世，「在推出新商品時，比錢更重要的事——妳認為是什麼？」

「啊？問我嗎？」

「妳想一下，是什麼？」

「這……」真世偏著頭，「我不知道。」

「妳要不要稍微動一下腦筋？」

「你這麼說……」

真世甚至不知道為什麼要聊這種事，覺得有點莫名其妙。

「原口，你告訴她。」

「是宣傳。」原口對真世說。

「宣傳？」

武史打了一個響指。

「沒錯，就是宣傳。這是做生意時最重要的事，宣傳對新商品更加重要，但是，我說原口啊，對手不容易對付，不可能輕易點頭。」

「我也這麼覺得，所以才去拜託神尾老師。」

「是啊，但我哥哥也很煩惱，不知道該怎麼辦。因為對方畢竟是那種人，該怎麼說，說白了，就是很難相處，或者說很難接觸……」

「就是很矯情。」原口稍微壓低了聲音。

「對，沒錯，就是矯情，這種說法太貼切了。這個世界上有很多女人自尊心都很強，那個女人更是典型，所以我哥哥說，要怎麼和她談也是一件傷腦筋的事。」

「果然是這樣嗎？所以老師還沒有和對方談嗎？」

「他和我聊這件事時，似乎還沒有，但之後可能有什麼變化。你星期天打電話給我哥哥，是為了確認這件事吧？」

原口聽了武史的問題，尷尬地皺起眉頭，「對不起，的確是這樣。」

「我就知道。」

「但老師也的確問過我，去參加同學會時要帶什麼酒。」

「嗯，這我相信。」

「等一下。」真世打斷了他們。「你們到底在說什麼，我完全聽不懂。」

「就是關於這種酒的宣傳問題。」武史用下巴指著桌上的酒瓶。

「我就是聽不懂你們在說什麼啊，怎麼回事？」

「真是拿妳沒辦法，哥哥叫我不要告訴別人。」武史重重地嘆了一口氣，「原口，你可以向我姪女說明一下嗎？」

原口無奈地點了點頭之後開了口。

「我在想這種酒的名字時，想到不知道能不能借用《幻迷》。」

真世聽到意外的名字，忍不住瞪大了眼睛。

「你想用『幻腦迷宮』？怎麼用？」

「我是希望商品名就是用『零文字東真』。雖然釀造廠的老闆認為名字用『零文字』幾個字就好，但我覺得這樣不夠吸引人，只有使用主角的全名，才有特別的感覺。『獨創特別本釀造酒 零文字東真』，標籤上當然要印上東真穿上戰鬥服的彩色插圖，怎麼樣？妳不覺得很震撼嗎？」

真世看著酒瓶，在腦海中想像。日本酒和人氣科幻動畫的主角結合——這個主意也許很不錯。

「我覺得很厲害，但這不是需要作者同意嗎？」

「問題就在這裡，當然必須獲得作者的授權，而且如果可以，希望釘宮畫一張全新的圖。」

「你覺得他不願點頭嗎？」

「這個嘛……」原口發出低吟，看向武史的方向。

「妳剛才沒有聽到嗎？」武史皺起眉頭，「不是說了嗎？對手很不好對付嗎？不可能輕易點頭答應，因為對方是自尊心很強的女藝術家。」
「女藝術家？你在說誰？」
「就是作者啊。」
「作者是釘宮啊，女人是誰？」
武史停頓了一下，嘴裡發出嘖、嘖、嘖的聲音，左右搖晃著食指。
「現在說的不是釘宮，妳不知道嗎？妳這個人還真遲鈍，當年在你們班上，說到自尊心很強的女生，不是馬上就會想到一個人嗎？」
「啊？是誰啊？」
「就是九重，」原口在一旁插嘴，「中學的時候，大家都叫她九梨香。」
「九梨香？喔，你是說九重梨梨香？」
「嗯。」原口回答。
真世想起了那個綁著馬尾，眼睛像貓一樣的女生。她人如其名，言行都很誇張，而且好勝心很強，當然成為女生中的意見領袖。
「妳終於知道了嗎？妳這個人還真不機靈。」武史無奈地搖著頭。
「她目前在『報通』工作。」原口說了一家總公司在東京的知名廣告代理商的名字，「而且聽說《幻迷》的相關工作都由她負責。她應該在公司內到處宣傳她是釘宮的中學同學，所以自認為是釘宮的經紀人，對外宣傳有關《幻迷》的事都要經由她處理。妳知道釘宮最近回來這裡嗎？」

「我聽桃子說了，而且聽說他會參加同學會。」

「是啊，其實九重也和他一起回來這裡，所以根本沒辦法和釘宮兩個人單獨談話。釘宮對九重言聽計從，無論去哪裡，都會帶著九重。我猜想釘宮可能喜歡九重，真是夠了。」

「原來是這樣啊。」

「真世，妳現在瞭解狀況了嗎？正因為有這些狀況，原口才會請哥哥居中牽線，和他們談這件事——原口，是不是這樣？」

「沒錯。如果只有釘宮一個人，我去拜託他，應該有辦法搞定，但經紀人那裡……」

「你剛才說，她是經紀人，但這個分析並不正確。聽哥哥說，她也是藝術家，自認為是和作者共同創作了作品，所以正確地說，她是自稱藝術家。」

「嗯，也許是這樣，所以你剛才說九重是女藝術家。我剛才聽了就覺得奇怪。」

「對不起，我沒說清楚。」

「沒事。」原口回答後，看了看真世，又看了看武史。

「我要拜託兩位，剛才這些話，暫時不要告訴別人。」

「為什麼？」真世問，「是極機密的銷售策略嗎？」

原口苦笑著說：

「很可惜，不是這麼冠冕堂皇的理由，我只是不希望別人覺得我在偷跑。」

「偷跑？」

「妳應該知道『幻迷屋』的事吧？」

「聽說那個計畫喊停了。」

「就是這件事。」原口點了點頭，「當初提出這個計畫後，這裡的人都歡天喜地，因為可以振興地方的經濟，所以整個城鎮都為《幻迷》動了起來，大家都想搭便車賺一票。沒想到因為疫情的關係，計畫喊停，所有周邊計畫也都泡了湯，只不過很多人還不願意放棄，大部分都是我們這些釘宮的同學，尤其是柏木，更是卯足了全力。他現在是『柏木建設』的副董事長。」

「這樣啊。」

真世聽了之後，並不感到意外，所以也不驚訝。柏木廣大的爸爸是本地很有實力的企業「柏木建設」的董事長。

「因為當初就是『柏木建設』承包了『幻迷屋』的建設工程，他應該也覺得很不甘心，而且柏木以前不是就很喜歡當老大嗎？他覺得要為本地經濟出一把力。」

「但是，聽你剛才說，有關《幻迷》的事，不是也必須經過九梨香的同意嗎？」

「就是這樣，所以柏木也說，雖然很麻煩，但還是會照規矩來。只是我等不了那麼久，如果不趕快搞定新商品的銷售方針，就沒有臉面對『萬年酒藏』。只不過如果柏木知道我透過神尾老師去向釘宮和九重他們打招呼，一定會生氣，質問我為什麼擅自採取行動。」

「也許吧，但如果酒上市之後，不是早晚會知道嗎？」

「只要我爭取到商品名的權利，無論柏木說什麼都無所謂，反正到時候可以有很多藉口，我只是不希望節外生枝，破壞我和釘宮他們之間的合約。」

「原來是這樣。」

原來這些老同學都有各自的算盤，只是真世不知道而已。

「沒問題啊，我們可以保守秘密。」武史轉頭面對原口，「所以你也沒有告訴警察吧？」

「我認為沒必要說……」

「瞭解，那我們也不說。」

「不好意思，謝謝。」原口鞠躬說道。

武史喝完剩下的酒，放下杯子。「謝謝招待，真的很好喝。」

「要不要再來一杯？」

「不，不用了。」武史把手伸進夾克內側，「多少錢？」

「不用了，我請客。」

「這怎麼好意思？」

「不，真的不用了。」

「是嗎……既然你這麼堅持，那我就接受你的好意。」武史一臉很不甘願的表情把手從夾克內側拿了出來。

真世忍不住露出懷疑的眼神看向叔叔。他真的打算付錢嗎？

「對了，神尾，本間應該也問過妳了，大家都在討論，同學會到底該怎麼辦？」原口說，「有人認為，既然老師發生了這種事，是不是應該停辦？」

真世偏著頭說：

「你們決定就好，因為我不方便置喙。但既然機會難得，我覺得大家聚一聚，我爸爸也會感到高興，只不過我就不參加了。因為我不希望大家在意我，而且我相信也有些人會來參加喪禮。」

「啊，我一定會去，時間決定了嗎？」

「現在還沒有決定。」

「決定之後告訴我，也可以由我來通知大家。」

「謝謝，桃子也這麼說——叔叔，那我們走吧？」

武史點了點頭，指著桌上的酒說：「下次一定要讓我付錢。」

「我恭候大駕。」原口笑著說。

走出店外，走了一段路之後，真世質問武史：「剛才是怎麼回事？」

「剛才是指？」

「就是原口為了酒的商品名和爸爸討論的事，你應該並不知道吧？」

「哼，」武史用鼻孔噴氣，「我當然不可能知道，只是我覺得他好像隱瞞了什麼事，我想要查清楚是什麼事而已。」

「你怎麼知道原口隱瞞了什麼事？」

「沒有什麼特別的理由，只是聽他說話之後，覺得有點不太對勁。」

「哪裡不對勁？」

「他剛才說，神尾老師問他參加同學會時要帶什麼酒，他為了這件事和哥哥聯絡，星期天打了好幾次電話，但都沒有打通。」

「是啊，但我並不覺得有什麼奇怪。」

「光聽他這麼說，會覺得是哥哥有事找他，而不是他有事要找哥哥。如果哥哥問了他酒的事，他想好答案之後，可以在答錄機中留言，請哥哥回電話給他，根本不需要一打再打。」

「聽你這麼一說，的確有道理……」

「不光是這樣，他星期一還特地上門，於是我猜想，不是哥哥有事要找他，而是他有事要找哥哥，想趕快和哥哥見面，而且他隱瞞了這件事。男人有事隱瞞時，主要有兩個理由，不是女人就是錢，但他不可能和中學時代的恩師討論感情問題，至於錢的事，應該也不是賭博或是其他不正當的事，於是就必然和工作有關。目前他最關心的工作是什麼？」

真世倒吸了一口氣，「原來是那瓶酒。」

「但是，有人會為新商品的事，去找一個不是有錢人的退休老師討論錢的事嗎？如果有什麼事要拜託他，一定是要他居中牽線。所以我猜想，原口的真正目的並不是要找哥哥，而是哥哥認識的人，也就是以前教過的學生。因為聽說你們快要舉辦同學會了，所以那個人很可能是他的同學，只不過因為原口本身和那個人的關係並沒有很好，所以需要哥哥居中協調。」

真世邊走邊打量著武史的臉。

「你在那麼短的時間內，推理出這些內容嗎？」

「這也稱不上是推理，人的行為模式並沒有太多花樣。」

「但是你一開始並不知道對方是釘宮吧？」

「當然啊，我怎麼可能知道？我還以為有一個很有錢的同學，原口要透過哥哥，找那個有錢的同學投資，所以我就套他的話說，要推出新商品很花錢，沒想到原口在同意的同時說，當然也少不了要花錢。我聽到他這麼說，察覺到不光是錢而已，所以急忙修正了軌道。」

「所以你就突然把問題丟給我。」

真世回想起當時的對話，這才發現武史雖然喋喋不休，但沒有說任何具體的內容，都是原口在武史的引導下說出了真相。

「而且你以為釘宮是女生。」

「因為原口提到關鍵人物時，說那個人很矯情。因為這兩個字很少用來形容男人，所以我猜想是女人，結果就放了心。只是沒想到要哥哥牽線的人居然還有經紀人，太失算了。」

「幸好你最後還是巧妙掩飾過去了，原口完全沒有懷疑。」

「這種程度的事根本是小事一樁。對了，剛才聽了他說的話，我想到該去見兩個人。」

「是不是九梨香——九重梨梨香和釘宮？」

「沒錯，聽說這兩個人已經回來這裡，可能已經和哥哥見過面了。」

「好，我設法安排向他們瞭解情況，也許他們會來參加喪禮。」

「妳去安排一下，但我想問妳一件事。」

「什麼事？」

「『換迷』是什麼？你們剛才還提到迷宮什麼的。」

「啊？」真世停下了腳步，「叔叔，你連《幻迷》也不知道，就和他扯了這麼多嗎？」

「有什麼好驚訝的？」

「正常人都會驚訝吧。」

「這不重要，『換迷』到底是什麼？趕快向我說明一下。」

真世重重地吐了一口氣說：「回旅館後告訴你。」然後再度邁開了步伐。

11

《幻腦迷宮》是釘宮克樹的第一部連載作品，也是他目前的最大代表作。雖然中間曾經數度暫停連載，但前後連載了將近十年，由此可知受歡迎的程度。

故事有科幻冒險，也有推理元素，同時描寫了人際關係。根據網路的百科全書的資料，故事的序章如下。

> 零文字東真是一位探險家，曾經獨自攀登過聖母峰等世界最高峰等級的山，但在獨自橫越南極時，不幸跌落冰隙。雖然被奇蹟似地救了出來，卻不幸失去了雙手雙腿，身為探險家的人生也從此畫上了句點。他引退之後回到故鄉，在妹妹雷娜的照顧下度日如年，失去了人生的意義，內心充滿了絕望。雷娜的男朋友雖然向她求婚，但她放不下哥哥，所以遲遲無法下定決心。東真覺得自己活在世上也沒有意義，所以整天想一死了之。
>
> 但是，世界各地的氣候發生了異常變化。各地頻頻發生原因不明的停電，電力系統無法發揮正常功能。
>
> 有一天，有一個名叫萬波的政府人員來找東真，並對東真說：「人類正在走向毀滅，只有你能夠拯救人類。」
>
> 時間回溯到兩個月前，世界知名的理論物理學家失蹤了。在展開搜索之後，發現學者在一個極機密的研究設施內沉睡，而且他的大腦透過電腦，連結了巨大的網路。

之後又發現，世界上有好幾名天才科學家都在沉睡的狀態下和這個網路連結。他們都自稱自己是「迷途之羊」。在網路世界中，創造了一個名為迷宮的幻想空間，學者的分身就在那裡生活。

不久之後，發現了那些迷途之羊有一個驚人的計畫。他們為了阻止人類繼續破壞地球，寄信給主要先進國家的首腦，提出了幾個要求。這些要求包括全面廢止核能發電，減少二氧化碳的排放，以及徹底淨化水質。每一個要求都設定了各個不同階段的日期，如果無法在期限內完成目標，就會依次停止全世界的電力供應。事實上，幻想空間迷宮已經掌握了全世界的電力系統。

由於他們的要求太激烈，無法輕易執行，各國首腦也反對聽從他們的要求。想要中止這個計畫，就必須派人進入迷宮，說服這些迷途之羊。

之前曾經有幾名談判者登入了網路，但都以失敗而告終。迷宮是比想像中更大、更複雜的世界。雖然很像現實世界，但也有完全不同的部分。最棘手的是完全見不到談判對象。迷宮內雖然住了很多人，但幾乎都是電腦創造出來的虛擬人物，首先必須找出迷途之羊，和他們進行接觸。

之前那些談判者費盡了千辛萬苦，終於掌握了迷途之羊所在的地方，但有一個巨大的難關。因為必須攀越名為「巨世界」的巨大山脈才能抵達迷途之羊所在的地方，那是一片數千公尺級的山脈，必須使用飛行器才能越過，但如果未經許可飛行，會被監視攝影器發現，遭到擊落。

迷宮對策委員會得出了結論，只能委請有能力單獨攀越聖母峰的人擔任談判者。在調查世界各地的登山家之後，挑中了住在日本的零文字東真。雖然他已經失去了雙手和雙腿，但只要大腦還具備活動手腳的功能，就可以在幻想空間內四肢健全地活動。

東真的使命就是前往迷宮，和迷途之羊談判，說服他們停止執行計畫，或者找到支配電力系統的中樞程式加以破壞。

這個任務當然很危險。雖然那裡是幻想空間，但一旦受到重大傷害，可能會危及生命。受到衝擊時會感到疼痛，當大量出血時，會陷入腦貧血。雖然只是大腦產生這樣的錯覺，但這種錯覺會對真實的肉體功能產生影響，最糟糕時可能會導致死亡。

萬波對東真說，只有你能夠完成這麼高難度的任務。

東真陷入了煩惱，自己真的有辦法完成這麼困難的任務嗎？但是，和每天為自己無法動彈陷入痛苦的日子相比，挑戰這項任務更有意義。雖然是在幻想空間，只要想到可以再度挑戰搏命的登山，就渾身熱血沸騰。東真終於決定接受這個任務。

於是，就在他家中設置了巨大的登入裝置，在盡可能避免移動東真身體的情況下，讓他的大腦登入網路。

在對策委員會的人和雷娜的守護下，東真的大腦連結了無數電極，終於開始登入。

東真潛入了幻想空間迷宮，在陌生的地方遇見了各種不明身分的角色，雖然這些角色大部分都是電腦創造的虛擬人物，但每個人物都有自我，而且每個人物都很獨立。雖然有很多敵人，但也認識了不少願意提供協助的朋友。然而，即使認為對方可以相信，也千萬不能大意。因為經常在重要關頭被意想不到的人背叛，也經常在千鈞一髮的危急局面獲得意外的角色相助。

東真定期回到現實世界，向迷宮對策委員會報告情況。幻想空間的時間流逝是現實世界的百分之一，在迷宮中的一天，相當於現實世界的十四分鐘半，東真每次都醒來，報告結束後，再度挑戰假想世界。

不久之後，東真來到了「巨世界」，終於要挑戰翻越山脈。但是，真正的苦難才剛拉開序幕。

原本低頭看著手機的武史抬起頭，用指尖揉著雙眼。

「看完了嗎？」真世問他。

「只看完序章部分。」武史把手機放在真世面前，「這個故事還真長，他應該三兩下就越過了那座名叫『巨世界』的山吧。」

「當然啊，但之後才是故事真正的開始。」真世按回手機待機螢幕，「因為總共有三十五卷。」

「妳全都看了？」

「怎麼可能？只看了前面五、六卷而已，而且還跳著看，所以記不太清楚了。」

「故事的舞台是以這裡為模型嗎？」

「對，雖然故事有一大半是『東真』在迷宮探險，但他會定期回到現實世界，所以也會同時描寫現實世界陷入了怎樣的混亂，這時候，就會出現和這個城鎮很像的場景，還有『東真』和『雷娜』住的日式房子。這張海報上的計畫，就是要重現他們住的那棟房子。」真世指著牆上的海報說。

他們在「丸美屋」旅館的食堂內，雖然距離晚餐還有一段時間，但他們臨時決定和葬儀社的人見面。因為剛才接到柿谷的電話，說司法解剖已經結束，他們可以去領取遺體了。

和美去世時，真世也曾經協助辦理守靈夜和葬儀的準備工作，所以知道要找哪一家葬儀社。她立刻撥打了電話，向葬儀社的人說明了情況，也坦承告訴對方，有可能是殺人事件。

電話中的男人似乎很驚訝，但還是用平靜的語氣說：「我會向警方確認後去拜訪妳。」因為職業的關係，他們似乎也知道如何處理不是正常死亡的屍體。

真世決定在等待葬儀社的人上門的這段時間，向武史說明《幻腦迷宮》的故事，但因為故事並不簡單，於是就上網搜尋，讓他看了網路百科全書的內容。

「重現『幻迷屋』嗎？沒落的觀光地想要靠漫畫翻身，重新走向繁榮，簡直就是溺水者攀草求生。」武史聳了聳肩說。

「並不是你想的那麼天真，《幻迷》真的很紅，但其實是在改編成動畫之後，才開始狂賣。」

當時漫畫已經連載完畢，但在動畫播出之後，原著也再度走紅。

真世看著手機上的時間，猜想葬儀社的人差不多快到了。

「叔叔，親戚那裡怎麼辦？」

「親戚？什麼怎麼辦？」

「要什麼時候通知親戚爸爸的死訊？」

「我已經通知了神尾家的親戚。」

「啊？什麼時候？」

「妳剛才打電話給葬儀社的時候，我聯絡了住在埼玉的叔叔。」

真世想起他剛才也在打電話，但通話的時間很短。

「你怎麼說？」

「什麼怎麼說？」

「你有說爸爸遭到殺害嗎？」

「我怎麼可能這麼說？我說是心臟衰竭。」

「心臟衰竭？」真世忍不住提高了音量。

「因為心臟停止跳動，所以就是心臟衰竭，我並沒有說謊。」

「這樣沒問題嗎？」

「有什麼問題？任何人聽到心臟衰竭，都不可能再多問，因為沒什麼好問的。真世，我告訴妳一個秘密。」武史環顧周圍後，把臉湊了過來，「如果媒體報導名人的死因是心臟衰竭，真正的死因不是自殺就是捲入了命案，如果既不是自殺，也不是命案，那就是馬上風，絕對錯不了。心臟衰竭是兩個充滿魔法的字詞。」雖然不知道他說這句話有多少根據，但他說得自信滿滿。

「守靈夜和喪禮的事呢？你剛才是怎麼說的？」

「因為只有家人參加，所以請見諒。我用這句話婉拒了，這樣就搞定了。」

「啊？所以爸爸的親戚都不會來嗎？」

「妳希望他們來嗎？」

「不是希望他們來，而是我以為他們會來。」
「平時並沒有來往的親戚，即使來參加喪禮，也只會造成困擾，他們也一定覺得很困擾，所以這樣就好。」
「那芝垣家那裡該怎麼辦呢？」
芝垣是死去的和美結婚前的姓氏，真世和媽媽娘家的親戚還有來往。
「妳想怎麼做就怎麼做啊，如果覺得麻煩，就用和我相同的方式說明就好。」
「也說是心臟衰竭嗎？然後叫他們不必來參加守靈夜和喪禮。」
「沒錯。」
「不會被拆穿嗎？既然是殺人事件，新聞早晚會報導吧。」
「這倒不必擔心，看木暮今天的態度，警方並不想公布死因，要等到抓到兇手之後，才有可能上新聞。」武史再度用斷定的語氣說，但真世不知道到底可以相信幾分。
「但是，幹子阿姨可能會說想來參加守靈夜和喪禮。」
幹子是和美的姊姊，她向來很熱心。
「那妳就說這裡的新冠疫情好像發生了群聚感染，不太歡迎其他縣市的人。」
「啊，新冠肺炎。對喔，還可以用這一招。」
「妳可以嚇唬她說，現在外縣市的人來這裡會遭到歧視。」武史用指尖指著太陽穴說，「要多動動腦筋。」
真世很生氣，但無法反駁。
「好，那我等一下來打電話。」

「就這麼辦，我不希望閒雜人等來搗亂。」
「閒雜人等？」
「明顯與事件無關的人都是閒雜人等。」
武史簡短地說，真世嚇了一跳。確認周圍沒有旅館的員工後問：「你覺得殺害爸爸的兇手會來參加守靈夜或是喪禮嗎？」
「不這麼想才有問題。」武史立刻回答，「如果不是闖空門所為，兇手就是哥哥的熟人，雖然不知道他們是怎樣的關係，但只要不是秘密的關係，來參加守靈夜和喪禮的可能性很高。」
真世用力吞著口水。
「會來參加自己殺害的人的守靈夜和喪禮嗎？」
「妳可以想像一下兇手的心理，即使這一刻，也在膽戰心驚，很擔心不知道什麼時候會曝光。通常會覺得來參加守靈夜和喪禮可能會遭到懷疑，但也很想知道，警方目前的偵辦進度。」
「也許吧，但要怎麼找到兇手？」
「問題就在這裡。不可能馬上就發現，但可以藉由守靈夜和喪禮，掌握哥哥的人際關係。芳名簿就是寶貴的嫌犯清單。」
真世被武史銳利的眼神震懾了。叔叔似乎有好幾張不同的臉。
不一會兒，葬儀社的人就到了。那個身材矮小的男人姓野木，真世看過那張令人聯想到蠶豆的臉。之前和美的喪禮就由他負責，真世提起這件事，野木用力點了點頭。

「沒錯，所以這次也由我來為你們安排。令尊的事太令人遺憾了，謹在此表達哀悼。」野木說，葬儀社已經去向警局確認，警局的人說，希望明天上午八點之前將屍體領回。

「我們會直接送去殯儀館，你們要一起前往嗎？如果是在醫院或是養老院去世，有些家屬會一同前往，但如果是從警局領回，就會有很多規定。」

「我們不需要一同前往。」武史在一旁說，「解剖完的屍體沒什麼好看的，反正一定會亂縫一通，還是等入殮師整理好之後，再見最後一面。」

真世對武史說話口無遮攔感到無奈，看著野木。這個矮小的男人鞠了一躬說：

「我也認為這樣比較好，我會負起責任將妳父親整理妥當。」

解剖完的屍體似乎真的慘不忍睹，但武史為什麼知道這種事？

「那就拜託了。」真世對野木鞠躬說道。

「沒問題。那在我們討論實際內容之前先請教一下，有沒有什麼絕對不可缺少的要求？比方說，如果親戚人數不多，最近有些客人會省略守靈夜，採取一日葬的方式，費用當然也會比較便宜。」

「啊？所以這樣的話，一天就可以完成嗎？」

「不，不行。」武史插嘴說，「守靈夜和喪禮要分開進行，這樣的話，就會有各種不同的人參加，但要求任何人都不能同時參加兩場，只能選擇守靈夜或喪禮，這麼一來，每天的人數就可以減少，這也算是疫情的因應對策。」

真世猜到了叔叔的目的，他希望嫌犯清單上的名字越多越好。

「我知道了。」野木回答說，「本公司也很重視疫情對策，尤其這次往生的是學校的老師，來參加的人數可能不會只有十人或二十人，所以我想推薦線上喪禮。」

最近經常聽到這個名詞。真世問野木：「線上喪禮到底怎麼進行？」

「本公司推薦的是……」野木說明的內容如下。

設置祭壇，請住持來唸經這個部分和普通的喪禮相同，但只有家人在現場，其他弔唁者會在其他房間。那裡空間很大，空氣也很流通，椅子之間的間隔也都保持了安全距離。守靈夜和喪禮的情況會用攝影機拍攝，然後同時在線上直播。

「住在遠方或是因為高齡而不方便親臨現場的人，也可以在網路上觀看喪禮的情況，其他弔唁者可以在另一個房間看電視直播，有手機的人也可以在戶外觀看。這樣就可以避免一起擠在密閉的空間裡。在接待時，會交給每一位弔唁者一個號碼牌，在會場旁會設置一個數位顯示板，在顯示板上顯示上香者的號碼，叫到號碼的人依次進入會場。上香結束後，再從另一個門出去，就可以讓參加的人彼此保持安全距離。」

真世聽了野木的說明，對竟然可以用這種方式舉辦喪禮感到驚訝。新冠疫情對日常生活造成了各種不同的影響，也對婚喪喜慶造成了影響。

「在疫情嚴重時，還曾經採用了得來速上香的方式，弔唁者可以坐在車上上香，但現在應該不需要採用這種方式。」

「不錯啊，」武史說，「那就採用他們公司推薦的方式，妳覺得呢？」

「我也覺得很不錯。」真世也表示同意。

「那就由我來安排一切。」野木開始填寫資料。

「我有一個要求。」武史說。

「什麼要求？」

「能不能將上香台設置在棺木旁，讓弔唁者在上香時瞻仰遺容，然後再離開會場？棺木的蓋子要打開。」

「喔喔，瞻仰遺容……」野木露出有點困惑的表情。

「以前不是都在儀式結束之後，親近的人圍在棺木周圍嗎？但這樣無法保持安全距離，既然上香用這種很系統化的方式進行，最後的道別也採取這種方式，不是更安全、合理嗎？」

野木點了點頭。

「你說得沒錯，我瞭解了，所以守靈夜和喪禮都用這種方式進行嗎？」

「沒錯，然後要用攝影機拍下所有弔唁者見到遺體和上香時的情況，這些影片不用直播，由我們保管這些紀錄就好。」

「我瞭解了。」野木快速寫了起來。

真世看著武史的側臉，完全猜不透他為什麼提出這個要求。

之後和野木討論了守靈夜和喪禮的細節，但其實只是真世同意野木的提議而已，武史幾乎沒有再插嘴，他似乎已經失去了興趣。

然後從真世手機儲存的照片中挑選出一張做為遺照。那是三年前去參加親戚婚禮時拍的照片，雖然並沒有拍得特別好，但找不到其他適合的照片。

結果花了一個小時左右討論喪禮相關的事，如果野木不知道神尾家的宗派、供奉祖先牌位的菩提寺和墓地，恐怕還會花更長時間。

時間已經過了晚上七點，於是他們決定吃晚餐。老闆娘親自為他們把料理送了上來，語帶同情地對他們說：「請節哀。」真世回答說：「沒事。」因為剛才向老闆娘打了招呼，說要在食堂角落討論喪禮相關的事。

「如果需要什麼，請隨時告訴我，我會盡可能幫忙。」

「謝謝。」

「這場疫情真的讓大家變得要顧慮很多事。」老闆娘轉身離開前說。雖然沒有告訴她父親的死因，但她似乎認為是生病死亡。

「你剛才提出的要求有什麼目的？」真世小聲問武史。

「哪個要求？」

「就是在上香前瞻仰遺容的要求，你是不是有什麼想法？」

「是啊。」武史說著，把瓶裝啤酒倒進杯子。

「殺了人的兇手在行兇之後看到對方屍體時都很難假裝出平靜，一定會出現某些變化。」

「你的意思是，要看清楚這些變化嗎？」

「對，要張大眼睛，不要錯過任何細微的變化。雖然會用攝影機拍下來，但在現場親眼看到的感覺最重要。」

「好。」

雖然這個叔叔有很多地方都很離譜，但真世覺得他做事細心，很值得依靠。

吃完飯時，手機響了。是柿谷打來的，問她和葬儀社是否已經討論結束。真世告訴他，三十分鐘前已經討論完畢，明天是守靈夜，後天舉辦喪禮。

「這樣啊，有一件事想要拜託，我現在可以去找妳嗎？」

「喔……沒問題。」

「謝謝，那我馬上出發，請多指教。」說完，他立刻掛上了電話，似乎擔心真世改變主意。

真世告訴武史，武史揚起左側嘴角。

「警方和我們的想法一樣。」

「什麼一樣？」

「他來了之後就知道。他來得剛好，我剛好也有要求。」

「什麼要求？」

「很多要求。」武史把剩下的啤酒全都喝完了，露出了無敵的笑容。

幾分鐘後，柿谷就來了，比真世想像中更早。他似乎急忙趕過來。

真世坐去武史旁邊，一起面對桌子對面的柿谷。

「白天太感謝了，衷心感謝你們協助警方辦案。」柿谷鞠躬道謝後才坐下。

「聽說你有事要拜託我們？」武史問，似乎表示這種感謝並不重要。

「是。因為我聽說你們已經安排好喪禮了，所以想來拜託一下……」

「是什麼事？」

「我想先請教一下，請問喪禮會有多大的規模？是只有家屬出席，還是只有親戚而已？」

「不，親戚不會來參加，除了我們以外，主要都是哥哥的朋友，我猜想大部分應該都是他之前任職中學的同事。我打算明天去向町內會打聲招呼，但不知道有多少鄰居會來參加。」
「所以總共大約會有多少人？」
「不太清楚，學校方面由我姪女的老同學負責通知，但現在還不知道誰會來，誰不會來。」
「但應該不會只有五、六個人而已吧？」
「那就不知道了，要看我哥哥生前的為人了。」
柿谷轉頭看向真世問：「妳認為呢？」
「我有不少老同學應該會來參加，但最多不會超過二十人，至於會有多少其他屆的畢業生，還有爸爸的老同事來參加，我就完全無法預測了。」
「這樣啊，這樣啊。」柿谷似乎充分瞭解了狀況，重複說了兩次。
「所以你要拜託我們的是什麼事？我從剛才就一直在等。」
「啊，不好意思，其實是想請問你們，在守靈夜和喪禮時，是否可以讓我們安排偵查員在現場。」柿谷輪流看著他們，像生意人一樣搓著手，「當然不會穿警察的制服，會混在弔唁者和葬儀社的工作人員中。」
「喔喔，」武史發出聲音，「所以是臥底調查嗎？」
「沒有這麼誇張，」柿谷伸出雙手手掌，對著真世和武史，「我們認為，兇手或是和事件相關的人很可能會來參加，所以警方希望盡可能掌握到底有哪些人來參加，以及在會場時有哪些舉動。可以嗎？」
真世終於瞭解了武史剛才說「警方和我們的想法一樣」這句話的意思。
「妳覺得呢？」武史問真世。
「叔叔，你決定就好。」
「嗯。」武史點了點頭，然後看著柿谷說：「我瞭解了，既然這樣，那就同意刑警混在葬儀社的工作人員中，但不要混在前來弔唁的人之中。」
「有什麼理由嗎？」
「因為我們要用特殊的方法舉辦守靈夜和喪禮。」
武史向柿谷說明了要用直播的方式舉辦喪禮，也要按照號碼牌的順序上香。
「我相信你聽了我剛才的說明就知道了，弔唁者會從另一個房間一個接一個去上香，如果刑警假扮成弔唁者，最後會變成只有刑警留在房間內，如果被其他弔唁者看到，就會很傷腦筋。」
「你說的也許有道理，但也可以讓偵查員完全扮成弔唁者，讓他們也去上香……」
「我拒絕，完全不認識的人來上香，哥哥也不會高興。」
「我也有同感。」真世舉起右手，「我也不希望這樣。」
「我非常瞭解你們的心情，那我會和葬儀社交涉，讓偵查員扮演成工作人員。除此以外，還有其他條件嗎？」
「我們同意你們臥底調查，但我們也有要求。我們希望在守靈夜之前，可以回家裡一趟。聽我姪女說，家裡有一些我哥哥很珍惜的物品，生前曾經交代我姪女，在他死的時候要幫他放進棺材，所以想回家去拿——對不對？」

武史突然徵求真世的同意，真世手足無措，但還是「嗯」了一聲。武史事前並沒有和她討論過這件事。

「喔，原來是這樣……我瞭解了，你們明天幾點會去？」

「那就上午十點吧，不需要來接我們。」

「我瞭解了，那我會交代站崗的人，但可以請你們盡可能不要碰書房內的東西嗎？因為那裡有兇手留下的痕跡，希望可以盡量維持原狀。」

「喂喂喂，這太強人所難了，我們要去拿哥哥的東西，怎麼可能不碰書房裡的東西呢？」

「所以我只是希望你們盡可能不要碰，書房本身就是重要的證據，敬請理解。」柿谷雙手放在桌上，向他們鞠躬。

武史重重地吐了一口氣，聳了聳肩說：「那也只能這樣了，我們盡量配合。」

「謝謝，雖然不能說是條件交換，但其他房間可以自由進入。」

「當然啊，那是我們的家。」

「除此以外，還有什麼要求嗎？」

「目前暫時沒有了。」

「是嗎？」柿谷露出鬆了一口氣的表情，他原本可能擔心武史會提出什麼為難的要求，他從椅子上站起來說：「那就先這樣。」

「臥底的事搞定真是太好了，這樣也可以對木暮警部有個交代。」

「呃，是啊……」柿谷露出苦笑。

「偵查的情況怎麼樣？有沒有什麼新發現？」

「目前才剛展開調查，還很……我們會努力。」

「那就拜託了。」

「好，那我就告辭了。」柿谷轉身離開了。

目送柿谷離開後，真世問武史：「要去家裡幹嘛？」

「就像我剛才說的，去拿準備放在棺材裡的東西。妳應該記得一、兩樣這種東西吧？」

「是啊，但這只是冠冕堂皇的理由，真正的目的是什麼？」

「當然是為了好好觀察現場，今天白天警察都在那裡，根本沒辦法看清楚。」

「那倒是。」

他們一起走出食堂。武史挽起袖子，看著手錶。

「已經這麼晚了，真是漫長的一天，明天還會更忙。因為是守靈夜，我勸妳作好心理準備。」說完，他走向旅館的玄關。

「你要去哪裡？」

「去便利商店買內褲和襪子。」他轉身快步離去。

他沒帶換洗衣服嗎——？

真世想起他白天出現時，手上也沒有任何東西。但他不是說，昨天就在住家附近打聽嗎？那他昨天晚上住在哪裡？還是回東京一趟之後，又再來這裡？不，他不可能這樣折騰自己。

真世忍不住偏著頭。她覺得武史太神秘了，千萬不能大意。

回到房間之後，她傳訊息告訴本間桃子守靈夜和喪禮的詳細安排，立刻收到桃子的回覆，說她瞭解了，還說她有一個朋友的喪禮也是用線上直播的方式舉行。最近這種方式似乎很常見。

雖然提不起勁，但真世還是決定和幹子阿姨聯絡。和美去世時，幹子阿姨曾經幫了很大的忙，真世的手機上也有她的手機號碼。

「真世，好久沒聯絡了！」電話一接通，就聽到幹子阿姨無憂無慮的開朗聲音。

「阿姨好……好久沒聯絡了。」真世刻意用沉痛的語氣說話，希望她瞭解發生了不好的事。

但是，對方並沒有察覺。

「我聽說了，妳要嫁給妳的同事。恭喜妳，婚禮是在五月吧，現在疫情不明朗，聽說婚宴會在戶外舉行，但五月的天氣應該很舒服，我會欣然參加。希望當天是好天氣。」阿姨一口氣說道，真世完全插不上嘴。這個阿姨向來是親戚中能言善道的人。

「不，阿姨，今天打電話給妳不是為了這件事。」

「啊？那是為了什麼事？妳該不會有了？真世，妳這麼快已經有了嗎？」

「不是不是，」真世把手機放在耳邊，用力搖著另一隻手，「沒這回事，阿姨，妳不要激動，聽我說。不瞞妳說，不是好消息。」

「啊？什麼？毀婚嗎？」

真世很想做出昏倒的動作，但現在無暇做這種事。

「不是，那個……」她吞了口水後，繼續說了下去，「爸爸去世了。」

她的話剛說完，就什麼都聽不到了，她還以為電話被掛斷了。

「喂？」真世對著電話叫著。

「啊……對不起，真世，妳剛才說什麼？」

「我說，爸爸去世了。因為事出突然，我想妳可能會被嚇到。」

電話中傳來用力吸氣的聲音。「……怎麼會？車禍嗎？」

「呃，那個，」她吞了口水之後說：「是心臟衰竭。」

「喔……這樣啊，他看起來身體很不錯……」

幹子的語氣一下子變得沉重起來，之後也沒有繼續追問。武史說得沒錯，「心臟衰竭」這幾個字的確有魔力。

真世告訴幹子，因為新冠疫情的關係，所以守靈夜和喪禮都會用線上直播的方式。當她說現在這裡的人不歡迎外縣市的人，幹子也接受了她的說法。「雖然很遺憾，既然這樣，那也沒辦法。」

掛上電話後，她確認了手機，發現健太傳了訊息。

「我想妳正忙著處理很多事，所以就沒有一直問情況如何，之後的情況怎麼樣？等妳有空時，希望告訴我一下。」

從健太委婉的文字中可以感受到他的關心。他應該很想知道後續的情況，但猜想真世一定忙著處理各種事，所以甚至沒有傳訊息打擾。回想起今天一整天的情況，的確沒有時間回訊息。

她撥打了電話，電話馬上就接通了。也許健太把手機放在旁邊，一直在等她的電話。

「我是真世，現在方便講電話嗎？」

「沒問題，我在家裡。情況怎麼樣？」

「嗯，真的很忙。」

「我想也是，有沒有遇到什麼困難？」

「嗯，這個嘛……」真世當然不可能說，正在為不知道誰是殺害英一的兇手傷腦筋，「現在滿腦子只想著可以順利辦完守靈夜和喪禮。」

「喔，已經決定了。什麼時候？」

「明天是守靈夜，從傍晚六點開始。」

「明天喔……」電話中可以感受到健太的不知所措，「傍晚要和客戶見面，因為要請客戶確認地板的實際材料，所以必須當面談。」

「喔，你不必勉強，有更方便的方法。」

健太得知線上直播喪禮的事並沒有很驚訝。他似乎之前就知道有這種方式。

「這樣就可以看到守靈夜的情況了，但是我晚一點可以去妳那裡，可以把詳細的地點告訴我嗎？」

「嗯，等一下傳給你，但你真的不必勉強，而且也有疫情的關係。」

「再勉強也當然要去啊，未婚妻的爸爸去世了，怎麼可能守靈夜和喪禮都不出席。」

「謝謝……」

「那就明天晚上見。」

「嗯，好。」

「晚安。」

「晚安。」

真世掛上電話後，嘆了一口氣。健太說的「未婚妻」這三個字仍然留在耳邊，同時勾起了她的安心和不安。

有健太在自己身邊。雖然不幸失去了父親，但很快將要建立新的家庭——自己的確為此感到安心，但又同時對他還不是自己的家人感到不安，她無法消除自己今後的命運還可能再次發生巨變的不安。

真世輕輕搖了搖頭。現在思考這些也無濟於事，只要做好目前該做的事。

她把守靈夜的地點和電話通知了健太，順便打開了電子郵件信箱，發現收到了不少郵件。她猜想應該都是一些沒有意義的電子郵件，但還是迅速瀏覽了一下。

她的手指猛然停了下來。因為她看到有一封郵件的主旨是「神尾真世小姐敬啟」。寄件人的名字也不陌生。

她猶豫了一下，還是打開了郵件。郵件內容並沒有很長。

「不好意思，一次又一次寄郵件給妳。妳已經問過他了嗎？如果問過了，他怎麼回答妳？妳聽了他的回答之後，心意仍然沒有改變嗎？」

真世刪了那封郵件，把手機丟了出去。

12

遠處有人在哭泣。是女孩的聲音。

真世走在長長的走廊上。那是鋪著木板的舊走廊，聲音從走廊深處傳來。

她沿著走廊往裡面走，那裡有一間和室。和室內鋪著被子，媽媽和美坐在被子上。和美穿著日式睡衣，手上抱著嬰兒。

和美抬起頭，一臉為難的表情垂著眉毛說：「我想睡覺，這孩子就哭了。」但嘴角露出微笑。

「對不起。」真世道歉，雖然她並不是想讓媽媽為難。

嬰兒明明在哭，卻閉著眼睛。但是不知道哪裡傳來哭聲。嚶嚶哭聲漸漸變成了嗶嗶嗶的電子聲。

真世睜開了眼睛，在昏暗中看到了壁龕。從窗簾縫隙鑽進來的陽光照在掛畫上。掛畫上畫著梅樹。這裡有很多賞梅的名勝，原本這個季節正是觀光旺季。

她茫然地想著這些事，伸手按掉了鬧鐘的開關。人腦真是太不可思議了，竟然把鬧鐘的聲音聽成了嬰兒的哭聲。

她坐了起來，轉動著脖子。昨晚睡得不太舒服。因為剛才那個夢的關係。不，應該說，她隱約知道為什麼會做那樣的夢。無論如何，她希望趕快忘記。這只是夢而已。

她洗完臉，去了食堂，食堂內還是沒有其他客人，連武史也沒有看到。

「早安。」老闆娘向她打招呼。

「我叔叔還沒來吃早餐嗎？」

真世問，老闆娘有點意外地眨了眨眼睛。

「他剛才已經吃完早餐出門了，妳不知道嗎？」

「喔，這樣啊，我們並沒有約好要一起吃早餐。」

在等待早餐送上來時，她打電話給武史。鈴聲響了幾次之後，電話接通了。

「幹嘛？」電話中突然傳來聲音。

「你在哪裡？」

「在外面。」

「我當然知道，我是問你地點。」

「很多地方，一言難盡。」

「比方說什麼地方？」

「妳還真愛問東問西，我有我要做的事。對了，妳打電話來剛好，我有事要拜託妳。妳打電話給柿谷，問他什麼時候可以歸還哥哥的手機。我猜想他會說，這是重要證據，暫時無法歸還。」

「所以是不抱希望地問一下嗎？」

「沒錯，但關鍵是在之後。如果他這麼說，妳就說至少讓妳看一下社群網站的訊息和通話紀錄，妳是家屬，有權利知道這些。」

「我去說當然沒問題，但我覺得很難。」真世抓著頭，「而且由你去談判不是比較好嗎？」

「我不行，因為我沒有不在場證明。」

「不在場證明？」

「他們一定會說，有關偵查的線索，不能向有可能是嫌犯的人透露。這是他們慣用的說詞，因為我知道他們會這麼說，所以昨天晚上才沒有提出這個要求。」

「我有不在場證明，所以沒有問題嗎？」

「至少他們無法對妳用我剛才說的藉口，他們可能會說，如果妳給別人看，會很傷腦筋，到時候妳就堅持，絕對不會給別人看。」

「我知道了，那我來試試。」

「拜託了，有沒有這些資訊差很多，那就上午十點在家門口集合。妳可別遲到了。」武史一口氣說完後，就掛上了電話。

唉，真麻煩——真世看著手機嘀咕時，早餐送了上來。

吃完早餐，回到房間化妝時，收到了桃子傳來的訊息。她說已經通知了所有能夠想到的人。雖然不知道有多少畢業生會參加，但許多同學都會參加今晚的守靈夜。

化完妝之後，她傳了訊息感謝桃子。然後又深呼吸了一次，撥打了柿谷的電話。電話馬上就接通了，柿谷緊張地問：「怎麼了嗎？」

真世問了手機的事，柿谷說話的聲調立刻變低了，「原來是這件事。」

「很抱歉，原本打算案情有眉目之後再和妳討論。」柿谷說話的語氣很柔和，但武史沒有猜錯，他果然拒絕了。

「好吧，但我希望可以看一下電子郵件和訊息，還有電話的通話紀錄。」
「喔，這樣啊……」
「拜託了。」
「嗯……」柿谷發出低吟，「這個嘛……妳稍微等我一下。」
他可能在和別人——八成是木暮討論。雖然可以隱約聽到柿谷的聲音，但聽不到談話的內容。
「讓妳久等了。」電話中傳來柿谷的聲音，「對不起，現在還是不行。」
「為什麼？我有不在場證明啊，我不可能是兇手，而且我是家屬，應該有權利可以看。我絕對不會給別人看，也不會給我叔叔看。」她用武史教她的說詞表達了自己的主張。
「我瞭解，我非常瞭解妳的心情，但即使妳不給別人看，也可能會在聊天時不小心提到。」
「我不會說，請你相信我。」
「不，這不是相不相信的問題，而是在偵查時，我們必須避免這樣的風險，希望妳能夠諒解。不好意思，我要去開偵查會議了，那就先這樣。對不起，再聯絡。」
「啊，但是……」真世還來不及把「我是家屬」幾個字說出口，電話就掛斷了。
她嘆了一口氣，打電話給武史，把和柿谷的對話告訴了他。
「果然不行嗎？柿谷看起來很和善，原本還期待他會通融。」
「他請示了別人的意見。」

「應該是木暮，」電話中傳來咂嘴的聲音，「那也沒辦法，那條線就先放棄吧。」
「那條線是指？」
「等一下再向妳說明，那就先這樣。」
真世掛上電話確認時間，發現已經上午九點多了。她站了起來，從衣櫃裡拿出喪服。昨天晚上睡覺之前從行李箱裡拿了出來，掛在衣架上。這套喪服是在媽媽和美去世時買的，之後就沒再穿過。
手機響起收到訊息的通知。這次是健太。「喪主，早安，加油，我們晚上見」，她回了訊息「謝謝，我現在正要出門」。
她拿出塞在行李箱裡的大托特包，把黑色手提包放進去後揹在肩上，走出了房間。她根據和美去世時的經驗知道，守靈夜和喪禮時會有奠儀袋、唁電和合約等很多零碎的東西，所以這次特地帶了托特包過來。
她請老闆娘幫忙叫了計程車，在等計程車時，確認了網路新聞，看到東京的疫情擴大徵兆降低的新聞，鬆了一口氣。這樣的話，健太離開東京也不會有太大問題。
計程車到了之後，她搭車去了老家。坐在車上看著沿途風景，發現路上的行人似乎比昨天稍微增加了。東京的疫情狀況這麼快就對這裡產生了影響嗎？管制措施隨著疫情的變化時鬆時緊，民眾也有了隨機應變的應對能力。
她在離十點還有五分鐘時抵達老家，身穿制服的警察站在門口，她走過去向他說明了情況。
「我聽說了，妳可以進去。」

「啊，但是我和叔叔約在這裡見面。」
「他已經進去了。」
「呃，是這樣嗎？」
「他在十分鐘前進去。」
「呃？」
真世急忙走進大門，打開了玄關的門，看到戴著口罩的警察站在書房前，一看到她，立刻挺直了身體。
真世看著脫鞋處，發現有兩雙鞋子。其中那雙舊鞋子應該是警察的，另一雙男用皮鞋比較新。
真世向警察點頭打招呼後，向書房內張望，但沒有看到武史的身影。
「被害人的弟弟去了二樓。」那名警察委婉地說。
「喔，原來是這樣。」
真世沿著走廊走向樓梯，武史剛好走下樓。沒想到他竟然穿著喪服。
「叔叔，不是說好要在門口集合嗎？」
「我太早過來了，等在門口也是浪費時間，我先進來也沒問題吧。」
「是沒問題啦……你這身喪服是怎麼回事？」
「很奇怪嗎？因為我是家屬，守靈夜當然要穿喪服。」
「我不是這個意思，是問你這身衣服哪裡來的。租來的嗎？」
「是我自己的，我當然會有喪服。」

「你原本放在哪裡？」

武史不耐煩地撇著嘴角說：「這種事不重要吧？」

「我很好奇，原本放在哪裡嘛？」

「車站的投幣式置物櫃，因為帶在身上很累贅，所以放在那裡。」

「那這個呢？」真世指著武史的右手。他手上拿了一個手拿包。

「妳這個人問題還真多，妳未來的老公會討厭妳。」

武史不耐煩地嘆了一口氣，打開了手拿包的拉鍊。真世看到他從包裡拿出來的東西，忍不住倒吸了一口氣。那是奠儀袋。

「現在給妳比較好嗎？我原本想等妳在整理弔唁者的奠儀時再交給妳。」

「現在給我就好，謝謝。」

真世把武史給她的奠儀袋放進皮包，緩緩深呼吸。想到現在由自己收奠儀，不由得悲從中來。

他們回到書房前，站崗的警察把手套遞給他們。目前似乎仍然要避免留下指紋。

打開門，走進書房，巡視了室內。書房內和昨天一樣凌亂。正如武史所說，看起來並不是為了找什麼東西而翻箱倒櫃，而是為了偽裝成闖空門犯案，故意把室內弄亂。

「幹！」武史不滿地罵了一句。

「怎麼了？」

武史指著書桌上說：

「警方把電話傳真機帶走了，哥哥在家打電話時，通常都用家裡的電話。」

「你這麼一說，我想起來了，他曾經說用手機擔心訊號不好。」

「他還活在以前手機收訊不良的年代，我原本還在想，如果拿不到他的手機，可以查電話傳真機的通話紀錄……」武史皺起眉頭，咬著嘴脣。

真世走到書桌旁。抽屜都被拉了出來，裡面的東西仍然丟在地上。她看到其中有一支萬寶龍的鋼筆，撿了起來。英一在寫重要的信時，都會使用這支鋼筆。這是結婚十週年時，和美送他的禮物。英一送給太太一串珍珠項鍊。真世記得那天他們一家三口一起去一家夜景很美的餐廳吃飯，炸蝦很大，很好吃，一家人都很開心。

接著，她又撿起了英一的老花眼鏡。英一有散光，平時都戴一副圓框眼鏡，但在看書時會戴老花眼鏡。真世第一次看到爸爸戴著夾在鼻子上的老花眼鏡時，英一還不到五十歲，那一次覺得爸爸老了。

她抬頭看向武史，發現他雙手扠腰，背對著後院，正在打量室內。

「你在幹什麼？」

武史緩緩抱起雙臂。

「我正在思考兇手的心理，思考兇手為什麼把房間弄得這麼亂……」

「喔。」真世皺起眉頭，「你還在想這些嗎？這不是為了偽裝成闖空門犯案嗎？這句話是你自己說的，現在又在說什麼？」真世小聲嘀咕著，看向門口。站崗的警察雖然沒有走進來，但不時看向他們。

「嗯，」武史發出低吟，「太拙劣了。」

「拙劣？」

「如果是偽裝，手法未免太拙劣了，而且也太粗糙。如果想要偽裝成在找值錢的東西，只要把櫃子和抽屜裡的東西稍微弄亂就好，沒必要做到這種程度。」

「而且沒有把存摺拿走也很奇怪。」

「存摺？」

真世把昨天在這裡準備撿起掉在地上的存摺時，被木暮阻止的事告訴了武史。存摺現在不見了，可能被警方拿走了。

「這的確很奇怪，現在即使有存摺和印章，只要不是本人，也無法領錢，所以現在小偷都不偷這種東西了，但我相信兇手不是想到這些問題才沒有拿走存摺。如果想要偽裝成闖空門偷值錢的東西，應該把存摺拿走。兇手事先沒有準備兇器也匪夷所思，完全搞不懂兇手的目的，闖進家裡真的只是為了殺哥哥嗎……？」武史在思考的同時走向真世，「決定要把什麼放進棺材了嗎？」

「嗯，我覺得這兩樣好像不錯，爸爸在那個世界，應該也會用到眼鏡和筆吧？」真世從托特包中拿出鋼筆和眼鏡。

武史搖了搖頭說：「這種東西不行。」

「為什麼？」

「無論玻璃還是塑膠，火燒了之後就會熔化，會黏在骨灰上，撿骨時會後悔。如果妳想一起埋葬，就等到火葬之後放在骨灰罈裡。」

「那要放什麼東西？」

「那些都沒問題。」武史用大拇指指著背後的書架。

「書嗎？」真世站了起來，走向書架，「的確很適合。」

她看著書架上那些書的書脊思考著。爸爸最愛哪一部作品？

不一會兒，她的視線停在其中一本書上。那是《跑吧！美樂斯》的文庫本。

她猛然發現武史站在她身後。「妳似乎已經決定了。」

「就決定這一本。」真世向武史出示了文庫本。

「熱情和友情的故事嗎？嗯，不錯啊。」

真世將視線移回書架上。

「以前家裡有很多這種類型的書，現在好像只剩下這一本了。」

「這種類型的書是指？」

「就是中學生看的書？像是福爾摩斯或是亞森．羅蘋。聽爸爸說，以前經常帶學生回家，當時推薦他們看那些書。」

「把中學生帶回家嗎？我難以想像，那些學生不是把家裡弄髒，就是損壞什麼東西，搞不好還會偷東西。」

「我想起來了，」真世看著《跑吧！美樂斯》的封面，微微偏著頭，「我記得在我讀小學的時候，曾經看過一個像是中學生的男生在這裡看書，我問了媽媽，媽媽說是爸爸的學生。」

那時候真世還是小學低年級，所以是二十多年前的模糊記憶，之前也從來沒有想起過。

武史似乎對真世的回憶沒有興趣，打量著其他書架。那裡放著學校相關的檔案。

「真世，妳是中學第幾屆的學生？」
「我嗎？四十二屆。」
武史從書架上抽出一份檔案，上面用簽字筆寫了「第四十二屆畢業生　畢業文集」。
「你想幹什麼？」
「我只是看看而已。」
「不要看我的。」
「妳在說什麼啊，看不認識的人寫的作文，有什麼好玩的？」武史轉過身，翻開了檔案，翻著裝訂在一起的稿紙。
「你不要看啦。」
「喔，找到了。三年二班，神尾真世。妳的字寫得不錯。」
「住手！不要看啦。」
真世想要搶走檔案，但高大的武史把雙手舉到斜上方，她根本抓不到。
「喔，這樣啊，原來妳中學的時候想當插畫家。」
「不行嗎？可以了吧？」
武史放下手臂，闔起檔案。真世搶了過來，放回了書架。
「嗯？」武史正在看其他檔案，納悶地皺起了眉頭。
「怎麼了？」
「這裡的順序顛倒了。」武史指著三十七屆畢業生的檔案，的確和旁邊三十八屆畢業生的檔案換了位置。

「對欸。」真世說完，把檔案放在正確的位置。
「沒想到哥哥還特地保留這些資料。」武史看著一整排檔案說。
「如果問爸爸，想要帶什麼去那個世界，他會不會說是所有這些檔案？」
「搞不好喔。」武史雙手扠在腰上，嘆著氣，「雖然放進棺材有點太多了。」

13

殯儀館位在城鎮角落的小山丘上，白牆和玻璃門的三層樓房子看起來很乾淨。殯儀館旁邊就是火葬場，中間有屋頂的通道連結。和美喪禮的那一天下著雨，真世想起因為通道有屋頂，所以當時不用撐傘。

野木等在入口大廳，身後站了幾個看起來像是工作人員的男人，全都戴著口罩。野木說，這幾個人都是刑警。

「除了我以外，只有三個同事，那幾個同事正在會場做準備工作。」

真世聽了恍然大悟。這幾個冒牌員工現在無所事事，在弔唁者出現之前，他們應該都沒事可做。

武史用冷漠的眼神看了刑警之後，轉頭對著野木說：

「我還有新的要求，現在還來得及嗎？」

「請問是什麼要求？」

「我想增加一個地方拍影片，地點就是接待處。我希望在結束之後瞭解接待的情況，這也只是我們家屬用來記錄而已，不需要在線上直播。」

「喔。」野木從內側口袋拿出手機，「我知道了，應該可以，我馬上來安排。」

「拜託了，至於要在哪一個位置拍攝，詳細情況會在晚一點告訴你。」

「我知道了。」

野木在電話聯絡時，真世問武史：「多增加攝影點的目的是什麼？」武史回答說：「必要時就會告訴妳。」

野木走回來說，可以增加攝影點。武史滿意地點了點頭。

走去會場，發現工作人員正在布置祭壇。真世看到白色的棺材，立刻停下了腳步。棺蓋沒有蓋起來，就放在旁邊。

真世緩緩走了過去，很快就看到了英一的遺容。英一閉著眼睛，一臉平靜的表情，和之前在警局停屍間看到時完全不一樣，好像隨時會醒過來坐起身。真世覺得入殮師的技術太了不起了。

她突然想到，從皮包裡拿出《跑吧！美樂斯》，放在遺體旁。因為這次不會像平時一樣有出殯儀式，所以她擔心會忘記。

「有死亡證明嗎？」武史問野木。

「有。」野木從夾在腋下的資料夾中拿出一份文件。

武史接過文件，稍微遠離了野木。真世走到他身旁，聽到他小聲地說「原來是這樣」。

「怎麼了？」

「因為我想知道屍體檢驗報告上寫的死因是什麼。」

「是什麼？」

「壓迫頸部血管導致心臟停止。果然不是單純的窒息死亡。」

「所以兇器並不是細繩子嗎？」真世小聲地問，擔心被野木聽到。

「沒錯。」武史說完，走向野木，把文件交還給他，然後走向祭壇，抬頭看著已經掛好的英一遺照。英一正對著鏡頭露出笑容，雖然是在婚宴上拍的照片，但背景都清得很乾淨。

「神尾小姐，」野木對真世說，「有一件事想要向妳說明，請問現在方便嗎？」

「沒問題。」

「那我們去休息室。」

「好——叔叔，要一起去嗎？」

「不用，雜務交給妳處理就好。」武史抬頭看著遺照，冷冷地說。

走去休息室後，野木向她說明了之後的流程。真世發現與和美的時候相比，這一次的流程簡化了許多。由於受到疫情影響，所以盡可能避免弔唁者近距離接觸。

聽完野木的說明，真世又回到會場。會場已經大致布置完了，不見葬儀社員工的身影。會場內放了兩張給家屬坐的鐵管椅，武史坐在右側的鐵管椅上。

「叔叔，要吃飯糰嗎？」真世從托特包內拿出便利商店的袋子問。她來這裡的路上去了便利商店，買了午餐吃的飯糰和裝在寶特瓶裡的日本茶。

「喔，好啊。」武史轉頭看著她回答。

真世在他旁邊坐了下來，從塑膠袋裡拿出鮭魚和鮭魚卵的飯糰，連同寶特瓶的茶一起交給了武史。真世吃的是美乃滋鮪魚飯糰。

「在棺材旁吃飯糰的感覺真奇怪。」真世拆開飯糰外的保鮮膜，看著棺材說。

「很好啊，通常都是守靈夜結束之後，大家簡單吃頓飯，我們搶先一步先吃而已。」

因為疫情的關係，這次在守靈夜之後不會安排大家一起吃飯。

兩個人默默吃著飯糰，真世突然想到一件事，注視著武史的側臉。

「怎麼了？我的臉上沾到了什麼嗎？」

「我是在奶奶的喪禮上第一次見到你。」

「是啊。」

「在喪禮的前一天晚上，在為守靈夜做準備時，爸爸第一次告訴我，他有一個弟弟，因為以前從來沒有聽說過，所以我當時嚇了一大跳。」

「是嗎？」

「我一直想問你一件事。」

「什麼事？」

「第一次見到你的時候，你說很瞭解我，問我是不是很會畫畫，而且喜歡貓，你還記得嗎？」

武史喝著寶特瓶裡的茶，微微偏著頭。

「是這樣嗎？我不記得了，但可能說過。」

「我聽你這麼說之後，以為是爸爸告訴你的，但之後問了爸爸，爸爸說沒有告訴過你關於我的詳細情況，既然這樣，你為什麼知道我很會畫畫，也很喜歡貓？」

「為什麼呢？」武史微微偏著頭，「我忘了。」

「不可能，你絕對在說謊。」

武史露出意外的表情，「妳為什麼這麼斷定？」

「其中一定有什麼玄機，你不可能忘記。」

「呵呵，」武史用鼻尖笑了笑，「妳越來越敏銳了。」
「告訴我。」
武史注視著她問：「妳這麼想知道？」
「因為想知道，所以才問你。」
「那妳願意出多少錢？」
聽到武史這麼問，她差一點嗆到。她用手掩著嘴，瞪著武史說：「又談錢？」
「不行嗎？世界上哪有魔術師會免費公開魔術的玄機？」
「難以相信，我簡直懷疑你不正常。」
武史嘆了一口氣，吃完飯糰，把保鮮膜揉成一團，丟進塑膠袋。
「真拿妳沒辦法，今天是特別公開，就當作是奠儀吧。首先，我為什麼知道妳喜歡貓。答案很簡單，我活了這麼多年，從來沒有遇過討厭貓的女生，至少沒有女生聽到別人說她喜歡貓，會感到不高興──就是這樣。」
「啊？」真世瞪大了眼睛，「就這樣而已？」
「對。」
「搞什麼嘛，所以你根本是亂猜而已？」
「妳要說是建立在統計學基礎上的推測。」
真世感到很失望，沒想到將近二十年來的疑問，最後竟然是這樣的答案。這哪裡是什麼魔術？
「那畫畫呢？很少有女生不喜歡貓，但有不少女生不會畫畫啊。」

「是啊。」
「這個問題的答案呢？」
「下次再告訴妳。」
「啊？為什麼？」
真世噘起嘴抗議時，聽到背後有動靜。回頭一看，身穿喪服的桃子正探頭進來。
「桃子！」她叫了一聲，站了起來。
「好久不見。」桃子邊說邊跑了過來，兩個人握著手。
「沒想到妳這麼早就來了。」
今天拜託桃子負責接待。
「因為我想可能有什麼事需要幫忙，但可能真的太早了。」
「也不會啊，因為疫情的關係，很多事都需要說明。」
「那就太好了。真世，妳不要太操勞了，可以交給別人做的事，就讓別人去做。如果不找機會休息，身體會撐不住。」
「嗯，我會小心。」
武史從後方走過來問：「這位是桃子小姐嗎？」
「對──桃子，我為妳介紹，這是我爸爸的弟弟武史叔叔。」
桃子露出緊張的表情說：「初次見面。」
「我聽真世提過妳的事，聽說妳廚藝很好。」
「啊？不，沒這回事。」桃子同時搖著頭和手。

「是嗎？但真世說，以前吃了妳做的菜，覺得很好吃。嗯，我忘了是什麼菜？」武史看著真世，真世完全不知道他在說什麼。叔叔為什麼總是突然說一些莫名其妙的話？

「啊！」桃子好像突然想到了什麼，「該不會是餃子？」

「對！」武史指著桃子，看著真世說，「妳不是說，以前從來沒吃過那麼好吃的餃子，對不對？」

真世完全不記得曾經和武史聊過這種事，但隱約想起讀中學時，曾經去桃子家玩，桃子曾經請自己吃餃子。

「嗯。」真世不置可否地點了點頭。

「啊喲，妳竟然還記得那種陳年往事？」桃子用手捂著嘴，「又不是什麼了不起的餃子，說得我都不好意思了。」

「妳太謙虛了，太羨慕妳先生了，可以娶到這麼會做菜的太太。聽說妳今天要幫忙接待客人，拜託了，那就一會兒見。」

武史走向出口，但在走出去之前轉過頭，對她們笑了笑。真世看到他的臉，猛然發現了一件事。武史對少女時代的真世說，聽說妳很會畫畫的情況，用的是和剛才相同的招數。即使真世不會畫畫，小學生都會在美勞課畫畫，只要說有人——比方說，可以說是爸爸稱讚她畫得很好。任何人聽了這樣的話，都不可能感到不高興。

「你叔叔好棒喔。」桃子小聲嘀咕。

真世在朋友的臉前搖著食指說：「他這個人超離譜，妳千萬不能相信他。」

新方式的守靈夜和喪禮在接待時也和平時不一樣。芳名簿採用卡片的方式，卡片上有填寫姓名、聯絡電話，與故人關係的欄位，弔唁者在事先準備的幾張桌子前填寫完畢後，在接待處將奠儀袋和卡片一起交給接待人員。填寫卡片時，要從「未使用」的盒子中拿筆，使用之後，再放進「使用後」的盒子裡。總共有好幾支筆，會定期消毒、補充。負責接待的桃子除了戴上口罩和防護面罩以外，還戴了手套。奠儀袋和芳名卡都放在托盤內，只要達到一定數量之後，就會把托盤收進盒子，盒子內有只要按下按鈕，就可以消毒的裝置。

「對不起，好像很大費周章。」真世向桃子道歉。

「沒關係，妳不必在意。」桃子很快填好了芳名卡，和奠儀袋一起放進了托盤。奠儀袋上的「池永良輔」旁寫了「桃子」的名字。真世看到之後，才想到她現在姓池永這件事。因為平時向來都叫她桃子，所以很容易忘記。

「我老公晚一點也會來。」桃子說。

「啊？是嗎？他不是在關西嗎？」

「是啊，但我告訴他，神尾老師去世了，他說一定要來參加。」

「啊！妳老公也是我們中學的嗎？」

「對，他說神尾老師是他一年級和三年級時的班導師。我之前沒告訴過妳嗎？他說老師之前很照顧他。」

「妳可能說過，對不起，我不記得了。原來是這樣。」

這幾年來，真世和桃子每年都只有互通幾封電子郵件而已，很少有機會好好聊天。得知她結婚時，也只是寄了一封祝福的電子郵件，也從來沒有見過她的丈夫良輔。

「妳老公暫時還會一個人在那裡嗎？」

「不知道，應該吧。」

「關西喔，妳沒想過要和他一起去嗎？」

「因為啊……」桃子偏著頭，「疫情還沒有得到控制，老實說，去陌生的環境覺得很可怕，所以我覺得與其這樣，還不如在熟悉的老家等他比較好，更何況又有小孩。」

真世聽了她說的話，覺得也有道理。如果疫情擴大，相關部門就會籲請民眾避免跨縣市移動。如果在陌生的地方遇到這種情況，可能會不知所措。

真世忍不住思考，如果自己遇到相同的情況會怎麼辦。雖然目前任職的不動產公司沒有調職的問題，但如果健太因為調職去遠方，自己也必須一同前往嗎？如果要一起去，就必須辭職。

「桃子，妳現在沒有上班吧？」

「嗯，但是……」桃子猶豫了一下說，「說句心裡話，我還想工作。我之前沒告訴妳，我是因為公司倒閉，所以才沒有工作。」

「啊？是這樣啊？」真世第一次聽說，「我記得妳在旅行社上班。」

「對，去年秋天倒閉了。疫情讓觀光業受到很大的打擊，很多小旅行社都倒光光了，真的讓人欲哭無淚。」她聳了聳肩苦笑著。

她也吃了不少苦。真世看著朋友的圓臉想道。雖然桃子表現得很開朗，但家家有本難唸的經。話說回來，對三十歲的人來說，這也是理所當然的事。
剛才不知道去了哪裡的武史和野木又不知道從哪裡冒了出來，在接待處旁討論著，似乎正在指示要從哪個位置拍攝弔唁者在接待處的狀況。雖然真世不知道他在打什麼主意，但他向野木咬耳朵的表情一看就覺得很可疑。
不一會兒，身穿喪服的人零零星星出現了。最初是一個陌生的老人來向真世致意，一問之下才知道，那是英一退休前那所學校的校長。校長用聽不太清楚的聲音對真世說，真是痛失英才，希望早日抓到兇手。他似乎知道英一是被人殺害。雖然媒體並沒有報導，但在這個小地方，消息很快就傳開了。
酒舖的原口和三個男人一起出現。應該都是真世的同學，但因為很久沒有見面，而且所有人都戴著口罩，所以根本不知道誰是誰。
一個肩膀很寬的男人站在真世面前。
「神尾，妳要節哀。我是柏木啦。」說著，他把口罩拿了下來，但又很快戴上了。柏木廣大目前是「柏木建設」的副董事長。
「啊……好久不見。」
「我聽原口說了，太驚訝了，竟然有人這麼心狠手辣，如果有什麼我可以幫忙的事儘管說。」他說話的語氣讓人感到安心，渾身散發的氣勢也很符合他的頭銜。
「謝謝。」真世向他道謝。
其他兩個男人也說了類似的話。身材有點發福的沼川在開餐廳，戴著眼鏡、臉尖尖的牧原在本地的銀行上班。

真世想起原口之前告訴她的事。「幻迷屋」計畫中止之後，以柏木為中心的老同學打算共同振興本地經濟。沼川和牧原可能也一起加入了。

四個人走向接待處，但牧原似乎想起了什麼，又折返回來，走到真世面前。

「神尾，最近老師有沒有和妳說什麼關於老同學的事？」

真世搖了搖頭。

「這陣子沒什麼機會和爸爸聊天，你為什麼問這個問題？」

「不，因為要開同學會，所以我以為老師會和妳聊起我們。」

「比方說是哪方面的事？」

「就是牧原最近怎麼樣，沼川的餐廳最近因為疫情的關係很辛苦……我只是想知道，老師有多關心我們。」

「你在意這種事？」

「有點在意，原本打算在同學會上問老師，但現在問不到了。既然妳什麼都沒有聽說，那就沒關係，對不起，占用了妳的時間。」說完，他快步離開了。

這傢伙真奇怪——真世目送著他乾瘦的背影想道。

弔唁者不斷前來，但真世被野木帶去向住持打招呼，不一會兒，就到了守靈夜的時間，必須進入會場。走進會場時，發現武史已經蹺腳坐在那裡。

真世一坐下來，武史就問她：「嫌犯的造訪情況如何？」因為葬儀社的員工拿著攝影機在附近拍攝，所以他說話時壓低了聲音。

「不要叫他們嫌犯。有不少我的老同學都來了。」

「他們就是嫌犯啊。」

武史說完這句話，負責主持的葬儀社員工就宣布守靈夜開始。和普通的守靈夜一樣，住持走進來開始誦經。不同的是，除了葬儀社員工以外，只有兩個人。現場的狀況都會透過網路直播。

上香的時間到了。真世先上了香，接著武史也站在一起。之後是弔唁者的上香時間。最先走進來的是那位前校長的老人。他顫顫巍巍地走到棺材旁，向棺材內探頭張望後，一臉悲傷的表情合起雙手。然後緩緩上了香，沿著地上貼的箭頭，走向前方的出口。葬儀社員工按照武史的要求，蹲在那裡拍下了整個過程。

其他弔唁者也保持安全距離，排成一列，在瞻仰遺容後上了香，走過真世和武史面前。真世想起武史之前對她說的話，不經意地仔細觀察他們瞻仰躺在棺材內的英一時有什麼反應。

輪到老同學上香了。柏木一臉嚴肅的表情注視著棺材內，合起了雙手。因為戴著口罩，所以看不到，但可以想像他用力抿緊了雙唇。

沼川和牧原也都完成了相同的儀式，並沒有什麼特別令人在意的地方。

最後是一男一女。桃子和一個身材高大的男人，應該是她的丈夫。真世想起奠儀袋上寫著「池永良輔」的名字，不知道英一對他做了什麼，讓他如此感恩，特地從關西趕來參加喪禮。

他們緊張地走到棺材前，探頭向內張望。桃子痛苦地皺起眉頭，池永良輔也露出了相同的表情，但似乎愣了一下，瞪大了雙眼。

但是，他之後的態度並沒有任何不自然。他上完香，向真世和武史鞠了躬之後離開了。

不一會兒，住持誦完經後離開，葬儀社員工宣布守靈夜結束。

走出會場時，看到桃子夫婦的身影，真世立刻跑了過去。

「謝謝妳幫忙接待。會不會很麻煩？」

「別擔心，完全沒問題。我已經掌握了訣竅，明天也交給我吧。」

「嗯，太謝謝了。呃……」她抬頭看向桃子身旁的男人，「謝謝你今天特地趕過來，而且還請你太太幫忙，真的很不好意思。」

「不，別這麼說。」池永良輔搖著手說：「神尾老師以前真的很照顧我，這是我們應該做的。要怎麼說……太令人難過了……不，這句話無法表達我的心情，真是太遺憾了。太遺憾，太令人不甘心了。對不起，我有點語無倫次。」即使他戴著口罩，仍然可以看出他皺著整張臉，也可以感受到他為無法順利表達心情感到焦急。

「這樣就足夠了，我相信爸爸也會感到欣慰。」

「希望是這樣。」

「良輔，」桃子指了指手錶，「時間是不是差不多了？」

「喔，是啊。神尾小姐，那我就先告辭了。」

「你今晚住在桃子的老家嗎？」

「不，我要回去。」

「回去？回關西嗎？現在回去？」

「對，他當天來回。」桃子在一旁說道，「工作抽不開身。」

真世再次抬頭看著池永，眨了眨眼睛說：

「你這麼忙，還特地趕來……真的太感謝了。」

「沒事，妳不必在意，我已經習慣了——桃子，那我先走了。」

「路上小心。」

池永點了點頭，對真世說了聲「告辭了」，就走向大門。

「真辛苦。」真世對桃子說。

「他這個人就是工作的奴隸。」桃子嘆著氣說。

真世環顧周圍，發現其他弔唁者都已經離開了。

她和桃子一起回到接待處，和野木討論了明天的情況。奠儀袋都放進了消毒過的盒子內。真世把盒子放進了托特包。

「咦？芳名卡呢？」

「剛才交給妳叔叔了。」野木說著，看向真世的後方。真世回頭一看，發現武史正在和兩個男人說話，而且氣氛似乎有點緊張。那兩個人是冒牌葬儀社員工，也就是刑警。

「他們在幹嘛？」

「不知道。」野木偏著頭回答，「神尾小姐，那明天就拜託了。」

「彼此彼此，明天也要拜託你們。」

野木恭敬地鞠躬後，瞥了武史一眼，快步離開了。他似乎不想惹上麻煩。

「那我也先走了。」桃子說，「明天見。」

「嗯，拜託了。」
真世送桃子離開後，走向武史他們。
「怎麼了？發生什麼事了？」
「沒事，只是他們提出了無理的要求，我表示拒絕，說無法配合。」
「怎麼會是無理的要求呢？剛才不是說了，這是為了辦案嗎？」兩名刑警中，年紀稍長的刑警用為難的語氣說。
「到底是什麼要求？」真世問。
刑警重重地嘆了一口氣後，轉頭看著她：
「我們想要借用芳名簿，如果不行的話，希望可以讓我們影印或是拍攝。」
「那些……」真世看向武史，他手上拎了一個紙袋。芳名卡似乎裝在那個紙袋中。
「這是弔唁者重要的個人資料，怎麼可以輕易洩露？」
「我剛才也說了，我們絕對不會洩露，我向你們保證。」
「誰會相信這種保證？竊聽、非法安裝GPS追蹤器，警察的違法偵查不是經常鬧出問題嗎？」
「請你相信我們。真傷腦筋，要怎麼說你才能瞭解呢？你也希望早日抓到殺害你哥哥的兇手吧？既然這樣，我們就要攜手合作啊。」刑警幾乎用懇求的語氣說道。
「哼，」武史用鼻孔噴氣，「攜手合作？既然你這麼說，那你們也會接受我提出來的要求嗎？」
「什麼要求？」

「就是我哥哥的手機，希望可以馬上還給我們。如果不行的話，至少讓我們看一下手機裡的資訊。」

刑警聽了武史的話，眼神立刻變了。

「不，這有點……」

「不行嗎？那我也拒絕。」

「請你不要強人所難，這是重要事項，我無法擅自決定。」

「要徵求上司的同意嗎？你是哪一個部門？是轄區警局嗎？」

「不，我們是縣警總部派來的。」

「所以，木暮警部是你的直屬上司——好。」武史將視線移向一旁，指著另一個聽著他們說話的刑警問：「你叫什麼名字？」

「我嗎？」那名刑警突然被問，有點不知所措。

「沒錯，你叫什麼名字？」

「我姓前田。」

「前田，你打電話給木暮警部。電話接通後，再讓我來聽，我直接和木暮警部談。」

「啊？現在嗎？」

「就是現在。」

前田看著另一名刑警，似乎在徵求他的指示。另一名刑警似乎比較資深，資深刑警默默點了點頭。

前田打了電話。

武史看著真世，把手上的紙袋遞給她，似乎在說「看我的」。

「……呃，我是前田……是，關於芳名簿，家屬不願意借給我們……不，既不給我們看，也不願意讓我們影印……如果我們想看，他們要求看被害人的手機……手機。被害人的……沒錯，就是交換條件，而且說要和股長直接談。」

武史走向前田，立刻把手機從他手上搶了過來，放在耳朵旁，然後轉身背對著兩名刑警。

不知道為什麼，他停頓了片刻，才用粗暴的語氣對著電話「喂？」了一聲。

「這麼快就忘記了嗎？我是神尾英一的弟弟……什麼為什麼？當然因為我覺得直接和你談比較簡單。我聽你的下屬說了，你們不給我們看我哥哥的手機，卻要我們提供資訊，臉皮也不能厚到這種程度吧？你以為你是誰啊！」

和之前勘驗現場時一樣，武史即使面對縣警總部的警部也毫不膽怯，說話很粗魯。他這份無所畏懼的自信到底是從哪裡來的？

真世想著這些事，看著武史，忍不住倒吸了一口氣。因為他把手機放在左耳上說話，但右手拿了另一個手機，而且正在操作。雖然他把手藏在上衣內側，但真世站在他面前，所以看得一清二楚。

而且，武史正在用自己的手機講電話，右手操作的似乎是那個姓前田刑警的手機。所以，他從前田手上搶過手機後，立刻掛上了電話，然後用自己的手機撥給木暮，難怪剛才在開口說話之前停頓了一下。他的動作未免太快了，而且即使近在眼前，真世也完全沒有察覺到他掉了包。那兩名刑警應該也沒有察覺。

武史繼續對著電話說話。

「——真是拗不過你，既然你都這麼說了，那就給你一個面子。我就不再堅持看手機上的資料了，但你要告訴我一件事，那就是我哥哥星期六去了哪裡。只要你告訴我，我就讓你們影印芳名簿……你別給我裝蒜，只要調查手機的定位資料，馬上就知道了……你問我為什麼要知道？這和你沒有關係。怎麼樣？我都無所謂。」

真世放在皮包裡的手機震動起來。她拿出來一看，有一封電子郵件。她看了寄件人的姓名，倒吸了一口氣。竟然是「前田」寄來的，顯然是武史擅自用前田的手機傳了給她。

「——『東京王國飯店』？沒錯吧……那時間呢？……之後呢？……我知道了……別小看我，我這個人言而有信，別以為我和你一樣。」武史掛上了電話，轉身面前刑警說：「我和你們的老大談妥了，真世，把芳名簿交給他們。前田先生，謝謝你。」他把左手放在耳邊的手機交還給年輕的刑警。

真世完全不知道他什麼時候把右手上的手機換到了左手，也不知道他什麼時候把自己的手機放回了口袋。

14

平板電腦上顯示的是今天接待處的情況。保持安全距離的弔唁者依次走向接待處，向桃子打招呼後，把芳名卡和奠儀袋放進托盤。有幾個身穿喪服、戴著臂章的男人站在旁邊，聽武史說，這幾個人都不是葬儀社的員工，而是刑警。

「妳注意這個男人的舉動，妳不覺得有點不自然嗎？」武史用免洗筷指著站在桃子身旁的男人。

真世注視著那個男人，但他只是站在那裡，並沒有什麼特別可疑的舉動。

「沒什麼可疑啊……我覺得很正常。」

武史不服氣地撇著嘴。

「妳真是太缺乏觀察力了。妳仔細看清楚，每次弔唁者走上前時，他就和桃子一起鞠躬，然後就用左手摸領帶。妳看，他又摸了。」

真世把臉湊到螢幕前。

「聽你這麼一說，好像是這樣。他在幹什麼？」

「在拍照。」

「啊？」真世瞪大了眼睛。

「刑警為什麼要和桃子一起站在接待處？理由就有一個，就是要從正面拍下每一個弔唁者的臉。我猜想他的領帶上應該有偽裝成領帶夾的隱藏式相機，右手拿著遙控操作的快門，當弔唁者站在面前時，就立刻按下快門。他左手摸領帶是為了讓相機穩定。因為如果相機晃動，照片就會糊掉。」

「太過分了。」真世忍不住感到憤怒，「不僅沒有告知當事人，而且也沒有向我們打招呼。這根本是偷拍，是犯罪行為。」

「這就是偷拍，但他們根本沒有犯罪意識，他們認為只要是辦案，無論做什麼都可以。哼，可惜因為疫情的關係，幾乎每個人都戴著口罩，這樣根本沒辦法把握正確的相貌。喔，差不多了，妳注意看清楚。」

「什麼差不多了？」

「妳看了就知道。」武史注視著螢幕，把用筷子夾起的煎蛋送進嘴裡。

他們正在會場旁邊的休息室內。刑警離開後，他們吃著外送便當，討論接下來的作戰計畫。目前正在看武史要求野木拍的接待處情況。

螢幕中，柏木站在櫃檯前。他和其他人一樣，向桃子他們打了招呼，然後把芳名卡和奠儀袋放了下來，轉身離去。站在桃子身旁的那個男人仍然頻繁地摸著領帶，但其他人並沒有明顯的動作。

接著，原口停下腳步，向桃子他們鞠了一躬。他把芳名卡放在托盤上，接著又想把奠儀袋放進去。

「就是現在！」武史按了暫停，用食指指著螢幕。

他指著站在托盤旁的男人。那個男人雖然戴著口罩，但真世知道他是誰。他就是武史叫他打電話給木暮的年輕刑警前田。

「妳注意他的左手。」武史再度按下播放鍵。

武史說得沒錯，前田的左手舉了起來，摸了摸耳後，好像在調整口罩，然後把手放了下來。

「妳看清楚前田的動作。」武史說完，按了快轉鍵。

真世瞪大眼睛，注視著螢幕中的前田。發現他的左手又拿了起來。武史按了暫停鍵。站在櫃檯前的也是真世認識的人。

「是牧原……」

「他也是妳的同學嗎？」

「對，在本地的銀行上班。」

「本地銀行。」武史嘀咕著，又按了快轉鍵。

在之後的影片中，前田做了好幾次相同的動作。

「前田的左手有問題。」

「是不是？這個動作當然有意義。好，我要轉回去囉。」武史把影片倒轉到原口把芳名卡放下之前，然後按了暫停，「妳再看前田的右手，妳能夠看到他手上拿了東西嗎？」

真世凝視著螢幕，前田的右手放在腰前。

「好像是手機，他在看手機螢幕？」

「沒錯。」

「他在看什麼？」

「妳覺得他在看什麼？」

「我不知道，你告訴我。」

武史皺起眉頭，「妳要不要自己動一下腦筋？」

「因為問你比較快啊，你不要賣關子了，趕快告訴我。」

武史咂著嘴。

「如果妳整天這樣偷懶，很快就會失智。妳聽好了，前田看手機，是因為上面有一份名單。」

「名單？什麼名單？」

「當然是嫌犯名單。弔唁者放下芳名卡之後，前田立刻比對，如果卡片上的名字出現在名單上，他就會用左手摸耳朵，也就是打暗號。周圍的其他刑警看到暗號之後，就會採取行動。」

「什麼行動？」

「妳認為他們為什麼要混在守靈夜和喪禮的會場？當然不是拍下弔唁者的臉部照片，而是當鎖定的人物出現時，監視那個人的行動。前田在左手打暗號的同時，用右手拿著的手機傳訊息指出是名單上的哪一個人，所以混在會場的所有刑警，就會監視原口的所有行動。」

「等一下。」真世舉起了右手，「這份嫌犯清單是怎麼回事？是根據什麼資料製作的？我相信偵查工作並沒有太大的進展。」

「妳難得問出這麼有質感的問題。妳說對了，沒錯，警方目前也沒有太多線索，但是，他們可以根據最近曾經和哥哥聯絡的人製作這份名單。」

「什麼意思？我完全聽不懂是什麼意思。」

「為什麼聽不懂？」武史的語氣中帶著不耐煩，「這就是我從今天早上一直想要張羅的東西，妳不是也問了嗎？剛才問了木暮，只是被他拒絕了。」

聽武史這麼說，真世終於想到了。

「你該不會說是爸爸的手機？」

「妳終於想到了嗎？沒錯，手機是代表人際關係的資料寶庫。電子郵件、社群網站、通話紀錄──上面記錄了最近曾經和誰聯絡過。這起命案的兇手是熟人，手機上很可能留下了兇手的名字。家裡電話的通話紀錄也一樣，警方一定會製作名單。我一直設法拿到這份名單，所以我想到可以在接待處攝影。」

「什麼意思？」

「警方在之後的偵辦過程中，不是會清查名單上的每一個人嗎？但是，在此之前，應該會想要盡可能多蒐集有關當事人的各種資訊，守靈夜和喪禮當然是獲得這些資訊的絕佳機會，所以我猜想在臥底刑警中，一定有人會在接待處負責確認參加喪禮的人。除了確認名單以外，在可疑人物出現時，向其他刑警發出暗號。所以守靈夜一結束，我馬上就看了這些影片，調查是哪一個刑警負責這個工作，看起來是這個基層的年輕刑警。」武史指著出現在螢幕上的前田，「也發現他右手的手機上應該顯示了那份名單。」

「所以你才偷了那個刑警的手機，你之所以假裝不願把芳名卡交給他們，就是為了這個目的精心策劃的把戲。」

「我猜想其他刑警的手機上應該也有相同的名單，但他的手機上絕對有，更何況我並不是偷，妳當時不是也看到了嗎？我可是有借也有還。」
「你未經當事人同意，就操作了他的手機。」
「都什麼時候了，說話不要這麼死腦筋。真世，我剛才傳了電子郵件給妳，妳看了沒？」
「啊，對了。」
真世拿出自己的手機，打開寄件人是「前田」的電子郵件，發現的確有一整排名單。總共有二十人左右，「原口浩平」的名字排在第一個。她把這件事告訴了武史。
「因為他曾經多次打電話給哥哥，所以在來電顯示中，他的名字在第一個。除了他以外，還有其他妳知道的名字嗎？」
「嗯，有啊，果然有牧原的名字，還有桃子的名字。可能是為了同學會的事聯絡爸爸，也有杉下的名字，應該也是這個原因。」
「我第一次聽說杉下這個名字，他也是妳的同學嗎？」
「對，他在東京開了一家ＩＴ公司。」
真世告訴武史，杉下為了躲避疫情，最近回來這裡，以及他的綽號叫天才杉下。
「聽桃子說，他也去參加了同學會的討論會，然後大肆吹噓自己有多成功，所以我猜想他可能也直接打電話給爸爸，洋洋得意地向爸爸打招呼。」
「原來是這樣，每個班上都會有一、兩個這種自以為是的優等生。」
「對啊，天才杉下今天沒有來，不知道明天會不會來。真討厭──啊，也有九梨香的名字。」

「我記得九梨香是……」

「九重梨梨香，雖然在廣告代理商上班，但上次原口不是說，她實質上是釘宮的經紀人嗎？釘宮的名字也出現在九梨香旁，可能是爸爸受了原口的委託，主動聯絡了他們。」

就是為了原口希望新推出的日本酒名字，可以用《幻腦迷宮》中的主角「零文字東真」的名字一事。

「其他人我就不認識了。」真世看了電子郵件中的那份名單後說。

武史把一份名單和一支原子筆交給真世。

「如果這裡面有妳認識的名字，把那些名字圈出來。」

武史遞給她的資料是芳名卡影本，按照接待處收到的先後順序排列。芳名卡被警察帶走了。武史說，警方應該想要蒐集卡片上的指紋。

有二十張卡片，其中有三對夫妻，所以總共有二十三人前來弔唁。真世不知道對一個退休中學老師的守靈夜來說，這樣的人數算是多還是少。

真世看著名單，比對著資料。發現有總共六個人，除了原口、牧原和桃子以外，其他都是她不認識的人。

武史看著比對的資料，又從頭播放影片。確認了前田的動作之後，發現當鎖定的人物放下芳名卡之後，前田舉起了左手。除了真世的同學以外，另外三個人在卡片上「和故人的關係」那一欄中，分別填寫了「以前的學校同事」、「町內會長」和「理髮店老闆」。

「這個填寫『以前的學校同事』的叔叔，我好像從爸爸口中聽過他的名字。我記得是爸爸以前在學校上班時最好的同事。另外，理髮店的老闆也來了，我記得爸爸去他的店理髮差不多有三十年了。」

這是個小地方，真世再度體會到，爸爸靠著這些年來建立的人際關係，開始享受優閒的老後生活。

「今天的收穫差不多就這樣。如果剛才的時間更充裕，就可以多看一下那個姓前田的刑警手機裡的資料，可惜傳這份名單已經盡了最大的努力。嗯，這樣也沒關係。」武史關掉了平板電腦上的影片，開始吃剩下的便當。

真世夾起了炸蝦，在放進嘴裡之前停下了手。

「我想起來了，你那時候問了木暮警部爸爸星期六去了哪裡。」

武史喝著罐裝啤酒，點了點頭。

「根據手機的定位資料，知道他在傍晚六點整去了『東京王國飯店』。我查了一下，飯店走路到東京車站大約十分鐘左右。他在飯店停留到八點左右，之後在東京車站附近停留了將近三十分鐘，搭新幹線回了家。他在東京車站停留的那三十分鐘，應該是在吃晚餐。」武史露出意味深長的眼神看著真世問：「妳還記得哥哥那天晚餐吃了什麼嗎？」

「拉麵。這點事我還記得，你可以不要這麼小看我嗎？不是在他的胃裡發現了拉麵嗎？」

「消化狀態是飯後約兩個小時，根據手機的定位資料，哥哥是在星期六晚上十一點左右回到家裡，所以時間上相符。根據我的推理，哥哥在回到家之後，馬上就被殺了。」

「所以爸爸是在星期六晚上十一點左右遭到殺害……嗎？」真世放下了筷子夾著的炸蝦。因為她忍不住想起犯案當時的情況，一下子沒了食慾。

「服裝的疑問解決了。既然要去東京一流飯店，無論是和誰見面，哥哥當然會穿西裝。」

「不知道他和誰見面。」

「星期六晚上六點，在東京都內的觀光飯店停留兩個小時——如果是某個當紅的男藝人，就只能想到一件事。」

「和女人約會嗎？我覺得不太可能。」

「凡事都不要太武斷，不過在這個問題上，我也同意妳的意見。『東京王國飯店』的傍晚六點到八點的時段，無法享受短時間使用的優惠，最便宜的房間，一晚的住宿費也要三萬圓。勤儉持家的哥哥不可能為了和情人約會這麼大手筆花錢。」

真世鼓著鼻翼，看著武史問：「你是基於這個理由同意我的意見？」

「沒有任何證據可以顯示哥哥沒有遠距離戀愛，但基於我剛才說的理由，可以排除約會的可能性。據我猜想，哥哥應該只是去了飯店的咖啡廳，去和住在東京的人見面。」

「為了偵破這起案子，必須查明爸爸和誰見面。」

武史聽了真世的話，並沒有太大的反應，只是微微偏著頭，夾起了生魚片。

「叔叔，」真世叫了一聲，「你有沒有在聽我說話？」

「我在聽，只是不太同意。」

「為什麼？」

武史放下了筷子，看著真世說：

「哥哥為了和某人見面，所以在星期六去了東京，雖然我不會說不是什麼重要的事，但也並不是非要搞清楚不可的事。因為他見面的那個人並不是兇手，或許有可能以某種方式涉案，但並不是直接動手行兇的人。」

「是嗎？但爸爸離開飯店之後，未必就和對方分手了，搞不好一起吃了拉麵，一起搭上了新幹線。」

「然後又一起回到家裡嗎？」

「對。」

「不可能。」

「為什麼？」

「即使在這個小地方，也到處都有監視器。車站也有，警方不可能到現在仍然沒有確認車站的監視器影像。如果哥哥和別人在一起，監視器一定會拍到，警方一定會讓妳看影像，問妳認不認識那個人。警方之所以沒有那麼做，就是因為並沒有拍到那些影像，哥哥是一個人回到這裡。」

武史說完之後，露出冷漠的視線看著真世，似乎在問她是否接受他的說明。

「既然這樣，」真世的聲音有點低沉，「既然和誰在東京見面不太重要，那你認為什麼才重要？」

「我說了好幾次。根據我的推理，兇手應該在家中無人時偷溜進家裡，然後在那裡等哥哥。也就是說，兇手知道哥哥星期六晚上不在家。」

「啊！」真世輕輕叫了一聲，「原來是這樣……」

「誰知道哥哥要去東京？這件事是破案的重大關鍵。我相信警方也這麼認為，但是妳不要到處問人，因為萬一傳入兇手耳中，兇手可能會心生警惕，所以要不經意地打聽。」

「我知道了。」

雖然武史在很多方面很過分，但他的推理能力的確令人刮目相看。

誰知道英一要去東京呢？真世在思考這個問題時，想到了另一個問題，忍不住嘀咕「太奇怪了」。

「怎麼了？」

「爸爸為什麼沒有聯絡我？既然女兒在東京，他去東京的話，通常不是會聯絡嗎？那天是星期六，搞不好我們可以在白天見面，而且晚上也可以住在我家。」

「有道理。」武史緩緩點了點頭。

「這個著眼點很不錯，所以妳偶爾也可以說一些有幫助的話。」

「哪有偶爾而已！」

「這已經是我最大的稱讚了，總之，這個問題的確需要注意。」

聽到武史說是稱讚，真世有點得意。看來自己的意見並沒有偏離重點。

真世覺得稍微恢復了食慾，所以又繼續開始吃飯。炸蝦已經冷掉了，但沒想到還是很好吃。這是她最愛的食物。

武史吃完便當後，盤腿坐在那裡看平板電腦。他似乎之前也把平板電腦寄放在車站的投幣式置物櫃內。

「叔叔，你覺得我的婚禮該怎麼辦？因為不知道警方接下來偵辦的情況，所以不知道該不該按照原計畫舉行婚禮。」

武史抬起頭，但立刻將視線從真世的臉上移開，看著其他方向片刻之後，才轉頭看她。

「那就延期啊。」

真世聽了武史直截了當的回答愣了一下。

「你是不是隨便回答？」

「我只是說，沒必要急著結婚。」

「果然是這樣比較好嗎？」

「妳未婚夫的意見呢？他會等妳嗎？」

「不知道，我打算今天晚上和他討論，但目前這種狀況，我相信他應該能夠諒解。」

「是喔。」武史再度低頭看平板電腦。

手機響了。是健太打來的。真世立刻接起電話，他說剛到車站，要搭計程車過來。真世要他路上小心，然後就掛上了電話。

「妳的未婚夫似乎已經到了。」

「對，他搭計程車過來，叔叔，你要不要搭那輛計程車回『丸美屋』？」

「那你們呢？」

「我就拿出喪主的樣子住在這裡，有他陪我，我也不會害怕。」

這也是這個房間原本的作用，所以是和室，壁櫥內有被子，還附有淋浴室和廁所，門也可以鎖住。

「他要參加明天的喪禮嗎？」

「不知道，但應該會吧。」

喪禮從上午十點開始，聽野木說，雖然會受到參加人數的影響，但包括火葬在內，差不多兩個多小時就結束了。

「既然這樣，那我就先走了，明天還要忙。」武史說完，開始收拾東西。

「啊，對了，叔叔，雖然有點難以啟齒……」真世把手提包拿了過來，從裡面拿出了奠儀袋。這是武史今天早上給她的，「你好像忘了放裡面的東西。」

「裡面的東西？」武史發出不滿的聲音，「妳是說錢嗎？」

「對，奠儀。」真世打開了奠儀袋，「你看，裡面是空的。」

真世剛才悄悄確認，發現袋子裡是空的。

「那當然啊，」沒想到武史若無其事地說，「因為我已經給妳了啊。」

「給我了？什麼時候？」

「白天啊，我告訴妳，為什麼知道妳喜歡貓、擅長畫畫的玄機了，那時候不是對妳說，就當作是奠儀嗎？妳這麼快就忘記了嗎？」

「啊？那是奠儀？」

「還是說，妳想拿雙份？妳也想得太美了。」

真世看了看奠儀袋，又看了看武史的臉。她不記得這個手提包曾經離開自己。

「你什麼時候拿走的？」

「妳說呢？是什麼時候呢？如果妳付錢給我，我就告訴妳。」

真世感到愕然，她第一次知道什麼叫啞口無言。他到底是怎樣的人格？姑且不論他的推理能力，人品應該差到極點，簡直就是詐欺犯。
武史不理會真世，收拾好自己的東西，穿上鞋子問：「妳怎麼了？未婚夫不是快到了嗎？不用去門口接他嗎？」然後匆匆走了出去。
真世和武史來到大門，計程車剛好停下，真世看到健太正在付錢。武史就站在真世旁邊，但他死也不會叫健太不用付錢，自己下車時再一起付就好。
健太雙手分別拿著旅行袋和西裝收納袋，一臉沉痛的表情走下車。
「嗨，會不會很累？」
「嗯，還好。」
真世看向武史，他正在和計程車司機說話。真世慌忙叫了一聲「叔叔」，然後轉頭看向健太。
「健太，他是我爸爸的弟弟武史叔叔——叔叔，他是我的未婚夫中條健太。」
「喔，是你啊。」武史走到健太面前，「真世一直向我吹噓你的事，說你很善解人意，為人誠懇，工作也很熱心。」
「不，也沒有……」健太不知所措地露出靦腆的笑容。
「你不必謙虛，啊，對了，她還說你雖然看起來很細膩，但在關鍵時刻行為很大膽。最具代表性的大膽行為……嗯，我忘了是哪一件事。我記得好像和工作有關。」武史用指尖摸著太陽穴，皺著眉頭，好像在努力回想。
真世目瞪口呆。因為她從來沒有和武史聊過這些事。

健太可能剛好想到了什麼，回答說：「如果是和工作有關的事，會不會是那件事？」
「八成就是，」武史指著健太說，「你說來聽聽。」
「健太，」真世慌忙擠進他們兩個人中間說：「你不必回答。」
「但是……」
「叔叔！」真世轉頭看向武史，「今天辛苦了，明天就麻煩你了，晚安。」她一口氣說完，深深鞠了一躬。
武史無趣地板著臉，但嘴角立刻露出了笑容。
「晚安——健太，我姪女就交給你了。」
「放心吧，叔叔晚安。」
他們一起目送武史坐上計程車遠去。
「妳叔叔真有意思。」健太說。聽起來不像在嘲諷，所以應該是發自內心這麼認為。
「我有言在先，你最好不要和他有太多牽扯。」
「為什麼？他看起來很有趣啊。」健太露出納悶的眼神。
完了。真世感到渾身無力，為什麼每個人都這麼容易上那個騙子的當？
「總之，你要和他保持距離。」
「是嗎？喔……」
健太說他想先去上香，於是真世帶他去會場。他看到躺在棺材中的英一，深深嘆了一口氣之後，合起雙手。
「我做夢也沒有想到竟然會發生這種事，原本還想多和他聊一聊以後的事。」健太遺憾地小聲嘀咕。

健太上完香之後，兩人一起走去休息室。真世換上了原本放在托特包內的運動服，當渾身的緊張放鬆後，她發現自己很疲累，躺在榻榻米上。

健太溫柔地抱住了她。淡淡的體味刺激著她的鼻孔，她並不討厭這種味道。

「辛苦妳了。」健太吻著她。真世很自然地回應著。

「我爸媽要我表達衷心的哀悼，他們很遺憾還來不及和妳爸爸見上一面，而且要我全力支持妳。」

「嗯，代我向他們問好。」

健太是栃木人，真世曾經見過他的父母兩次。健太的父親是公務員，他的母親是家庭主婦。他們看起來都很忠厚老實，可以想像他們過著務實的人生。當他們得知兒子的未婚妻被捲入了殺人命案，不知道有何感想。

「我問你，婚禮的事……要怎麼處理？」

健太聽了真世的問題，露出了困惑的表情。

「這個喔……嗯，我也正在思考這個問題，但還是妳決定吧。妳認為怎麼做比較好？」

「嗯，」真世輕嘆了一聲後繼續說了下去，「如果是因為生病或是意外身亡，兩個月後，可能不需要太在意，但既然是遭人殺害，情況就有點不太一樣。如果在舉行婚禮時，開始審判兇手的話該怎麼辦？」

健太皺著眉頭，偏著頭說：

「這……的確有點傷腦筋。」

「對不對？相反地，如果到時候還沒有抓到兇手，可能也沒心情舉辦婚禮，而且我也很不希望到時候看到有人在社群網站上發文，說什麼這個做女兒的真過分，爸爸的命案還沒偵破，竟然還有心情結婚。」

「是啊，那就延期？」

「我覺得這樣比較好。」

「好，但我們就以延期為前提，繼續觀察一陣子。」

「對不起。」

「妳為什麼要道歉？」健太緊緊抱著她。

真世把臉埋在情人的胸前，閉上了眼睛，各種思緒在腦海中翻騰。她還不知道這些混沌的思緒會走向何方，但至少希望現在可以這樣埋在他的懷裡。

15

隔天早晨，他們叫了計程車，一起來到城鎮上。他們發現一家傳統的咖啡店，於是走了進去，吃了早餐套餐。真世覺得好像很久沒有喝到咖啡了。

放在旁邊椅子上的手提包內傳來了來電鈴聲。她拿出手機，發現是武史打來的。她接起電話，說了聲「早安」。

「妳和未婚夫在一起嗎？」武史劈頭問道。

「是啊。」

「你們在幹什麼？」

「在咖啡店吃完早餐，正準備回殯儀館，怎麼了嗎？」

「我有事要向妳確認，妳會找健太一起幫忙嗎？」

「幫忙？你是說找他幫忙喪禮的事嗎？」真世看著坐在對面的健太，他微微偏頭看著她。

「不是這個意思，我是問妳會找他一起查明真相嗎？昨天晚上，妳沒有和他聊命案的事嗎？」

「喔，原來是這個……」真世將視線從健太身上移到窗外，「沒有聊很多，因為太累了，很快就睡覺了。」

「這樣啊，所以妳有什麼打算？因為妳的決定會影響今天的行動，所以我希望妳給我明確的答覆。我都無所謂。」
「我不希望他涉入……」
「瞭解了，那我也會作好這種心理準備。他現在和妳在一起吧？」
「嗯……」
「他聽了我們剛才的對話，應該發現我們在談論他。等妳掛上電話，他會問妳是什麼事。如果妳的回答漏洞百出，反而會引起他的懷疑，所以妳等一下就按照我教妳的方式回答。」武史說完這句話，教她要怎麼回答健太。真世聽了感到很意外，但覺得很簡潔，而且很有說服力，於是回答說「我知道了」之後，就掛上了電話。
「妳叔叔打來的？」健太問。
「對。」
「好像聊到了我，妳說沒有聊很多，又說不希望我涉入，讓我聽了很在意。」
健太的反應完全符合武史的預料。
「不是在聊你的事，而是問我會不會和你討論某件事。」
「什麼事？」
真世停頓了一下之後回答：「關於繼承遺產的事，要怎麼處理爸爸的遺產。」
「喔……」健太有點意外，微微張著嘴。
「雖然爸爸並沒有很多財產，但還是留下了一些，因為牽涉到親戚，所以有點麻煩。我問叔叔該怎麼辦，他問我有沒有和你討論。因為我們還沒有結婚，所以我說不希望你涉入有關錢的事。」

「原來是這件事，的確很微妙。」健太露出不自然的笑容，「我干涉妳家的財產太奇怪了。」

「對不對？所以沒關係，我們不必再討論這個問題了。」真世看著手錶，「差不多該走了。」

「好。」健太拿起帳單站了起來，完全沒有起任何疑心。這代表武史的建議很有用。雖然武史的人品很差，但真世不由得佩服他隨機應變的機智。

回到殯儀館，葬儀社的員工已經到了，正在準備會場。野木看到真世和健太，立刻跑過來打招呼，確認了今天的流程，但幾乎和昨天守靈夜相同。唯一的不同，就是喪禮之後要火葬，但只有真世、武史和健太會參與。

「剛才妳叔叔打電話來，說今天不需要拍攝了，沒問題嗎？」

「對，沒問題，那今天就拜託了。」

武史從刑警前田的手機中偷了名單，已經達到了目的。

不一會兒，桃子來了。真世把健太介紹給她，她立刻露出興奮的表情說：

「我聽真世說了，恭——」桃子說到這裡，倒吸了一口氣，摀住了嘴。她可能原本想說恭喜。

「沒關係，」真世在一旁笑著說，「妳可以恭喜我們啊。」

桃子尷尬地皺了皺鼻子，轉頭看著健太說：「祝你們白頭偕老，永浴愛河。」

「謝謝。」健太回答。

「桃子，對不起，今天也找妳幫忙接待。」

「別放在心上，我只能幫這點小忙。」

「不知道今天會不會有老同學來，聽說釘宮他們已經回來這裡了。」

「我已經通知了九梨香，她說如果克樹有空就會來。」

「克樹？是指釘宮嗎？她這樣叫他？」

「好像是，好像想要藉此表示她和釘宮的關係與眾不同，但對其他人很嚴格。」桃子立刻巡視周圍，把臉湊了過來，「妳有沒有聽說柏木他們想靠《幻迷》重振這個城鎮的經濟？」

「我聽原口說了，還說要和釘宮談事情，都必須透過九梨香。」

「沒錯，她還要求柏木他們要叫釘宮『老師』。」

「啊？真的假的？」

「他說既然是談工作的事，就要照規矩來。」

「哇，好麻煩，大家也都照做嗎？」

「在九梨香面前好像照做，柏木說，只要能夠振興本地的經濟，這種事根本不足掛齒。當老闆的人果然不一樣。」

「這樣啊。」

老同學的生活方式令真世感到驚訝，同時深刻體會到，他們都在這個小城鎮努力生活。

三個人一起走去接待處，野木遞給她一疊唁電說：「收到了這些。」大約有二十封左右，真世大致翻了一下，發現有超過一半是親戚發來的，其他的都是陌生的名字，但看到內容中有「老師」，猜想應該是以前的學生。
「看來爸爸很受人尊敬，即使我聽說中學或高中時的老師去世，我應該也不會想要發唁電。」健太深有感慨地說。
「神尾老師不一樣。」桃子很用力地說，「雖然一方面是因為即將舉辦同學會，但如果是其他老師去世，我們班也不會有這麼多同學來參加守靈夜和喪禮。」
「原來是這樣，果然也差不多。」健太語帶欽佩地說。
「桃子的老公昨天也來了，他以前也是爸爸的學生。」
健太聽了真世的話，驚訝地看著桃子問：「喔，是這樣啊？」
「我也不太瞭解詳細的情況，但好像神尾老師以前很照顧他。」桃子靦腆地聳了聳肩膀。
「原來是這樣。」
健太恍然大悟地點了點頭，突然露出嚴肅的表情，從喪服內側拿出手機，打了聲招呼說「失陪一下」，然後轉身走開了。似乎有人打電話給他。
「他很棒啊。」桃子小聲地說，「你們住在一起嗎？」
「我們兩個人的房子都很小。」
「是喔，東京都這樣。」
「是啊。」
說到東京，真世想起了昨天晚上和武史聊天的內容。
「對了，桃子，妳最近有沒有和我爸爸聊天？或是打電話？」

「有啊。」桃子很乾脆地回答，「有打電話，也去家裡找過他。因為要開同學會，所以有些事要先告訴他。」

「原來是這樣，什麼時候？」

「我記得……是上上個星期三。」桃子說到這裡，重重地嘆了一口氣，「他看起來很有精神，說很期待在同學會上見到大家。尤其他得知要為津久見舉辦追悼會，很高興地說這是好主意，還說既然這樣，就要和大家分享一個珍藏多年的秘密。」

「珍藏多年的秘密？什麼意思？」

桃子一臉遺憾地搖了搖頭。

「我問了他，但他不肯告訴我，說是當天的驚喜。他笑得像調皮的小孩，誰會想到竟然會出這種事……」桃子從皮包裡拿出手帕，按著眼角。

「除此以外，還聊了什麼？」

「啊？」桃子拿下手帕，「還聊了什麼？」

「爸爸有沒有和妳聊到今後有什麼打算之類的。」

「今後的打算？」桃子狐疑地皺起眉頭，「什麼意思？」

「比方說，最近有沒有打算去東京之類的。」

「東京。」桃子困惑地嘀咕著，偏著頭思考，「我有點忘了，但我記得他沒有提這件事。妳為什麼這麼問？」

真世也知道這個問題很奇怪，如果是武史，不知道會用怎樣的方式發問。

「不，沒事，不是什麼重要的事，妳不必放在心上。」

「是喔……」桃子一臉難以釋懷的表情點了點頭。

健太一臉愁容走了回來。

「真世，對不起，我今晚不能住在這裡，晚上之前要回東京。」

「這樣啊，出問題了嗎？」

「也沒這麼嚴重，訂貨時出了差錯，所以最好要去向客戶說明和道歉。」

「哇，好慘。」

即使遠距上班漸漸成為常態，遇到這種事，還是無法用視訊的方式向客戶道歉。

「如果需要馬上離開也沒有關係，這裡沒問題。」

「不不不。」健太苦笑著搖頭說：「晚上八點去客戶那裡，我會等到喪禮結束。」

「是嗎？」

「你工作真忙。」桃子在一旁說。

「只是被公司虐待而已。」

「桃子的老公也很辛苦，目前在關西工作，還特地來參加守靈夜，結束之後又馬上回去了。」

「從關西趕來這裡？太有誠意了。」健太瞪大眼睛看著桃子，「真的很有誠意。」

「也沒有啦。真世，關於妳剛才問的事。」

「我剛才問的事？」

「就是老師有沒有說要去東京的事。」

「妳有沒有想到什麼？」

「並不是我直接聽到老師親口說，我記得杉下那天有提到。」
「杉下？」真世對聽到這個名字感到有點意外，「什麼時候？他怎麼說？」
「上個星期一，在討論同學會的時候。對不起，詳細的情況我有點忘記了。」桃子舉起一隻手道歉。
「別這麼說，所以杉下知道。我瞭解了，謝謝妳。那天討論同學會時，還有誰出席？」
「嗯，我和天才杉下，還有牧原和沼川。女生通常家裡都走不開，而且很多人都已經不住在這裡了。」
「而且還要照顧小孩。」
「是啊是啊。」桃子點了點頭。
原來天才杉下掌握了關鍵——
也許是重要的線索。真世心想。
「妳們在說什麼？」健太問。
「沒事，你不必在意。」
「妳這麼說，我反而——」健太說到這裡，視線看向真世的背後，「啊，早安。」
「準備工作都已經完成了嗎？」真世聽到聲音轉過頭，武史和昨天一樣，身穿喪服站在那裡。
「早安，準備工作大致都已經完成了。」
武史環顧四周。
「弔唁的人都還沒有來。」

「因為離喪禮開始還有三十分鐘。」

「這樣啊。」武史看了一眼手錶，「那健太借我一下。」

「啊？你想幹嘛？」真世不由得緊張起來。

「我又不會吃了他，只是找他聊天而已，機會難得嘛。」

「要聊什麼？」

「當然是關於你們的將來啊。哥哥死了之後，妳就沒有父母了，所以我當然要代替妳的父母，向妳的結婚對象瞭解一下他的心理準備或是信念啊。」

雖然這些話很有道理，但從武史口中說出來，聽起來就很可疑。

「健太，沒問題吧？」

「是，當然沒問題。」健太很緊張地回答。

「那我們走吧——真世就留在這裡接待客人，要好好向客人打招呼。」

真世聽了武史這句話，終於瞭解了他的用意。他們已經討論決定，不告訴健太他們打算自己調查事件真相的事，但有些事必須向前來弔唁的人確認，所以武史故意帶健太離開這裡。

「好，那你們慢慢聊。」

真世目送他們的背影離去，有點納悶不知道武史要和健太聊什麼。武史這個人，一定會用各種離譜的謊言套健太的話。不知道健太會如何回答，真世既想知道，又不太想知道，心情很複雜。

有幾個男人從大門走了進來。真世倒吸了一口氣，但他們身上都散發出可怕的感覺，顯然不是前來弔唁的人。這幾個人都是臥底警察。果然不出所料，他們無視地上的箭頭，直直走向野木的方向。

第一個前來弔唁的是一個上了年紀的女人。年紀大約五十出頭，個子高䠷，一頭短髮很好看。她的臉看起來很小，應該不光是因為戴了口罩的關係。

女人沿著箭頭的方向移動，填寫芳名卡之後走向接待處，向已經在那裡的桃子鞠了一躬，然後把芳名卡和奠儀袋放進托盤。前田和昨天一樣，右手拿著手機站在旁邊，但他的左手沒有動。這個女人的名字似乎並不在名單上。

女人對桃子說了什麼，桃子用左手指向真世。女人點了點頭，緩緩走了過來。

「妳是神尾老師的千金吧？我記得妳叫真世。」

「對。」

女人拿下口罩，鞠了一躬。

「我是神尾老師以前的學生津久見直也的媽媽。」

真世用力吸了一口氣，「津久見的……」

「妳還記得直也嗎？我記得妳當時去醫院看過他好幾次。」

「我當然記得。啊，聽妳這麼說，我們好像見過……」真世隱約想起之前在病房見到她時的情景。

「妳想起來了嗎？我已經變成老太婆了。」女人瞇起眼睛，重新戴上了口罩。

「好久不見，今天謝謝妳特地趕來。」真世鞠了一躬。

女人難過地皺起眉頭。

「發生這種事，真是太突然了……我得知神尾老師去世很驚訝。而且……那個、聽說並不是因為生病或是意外身亡。」

「對，目前警方正在調查。」真世壓低了聲音。

女人輕輕搖了搖頭說：

「真是難以相信，那麼優秀的老師竟然遇到這種事……神尾老師真的很照顧直也，直到最後，都持續鼓勵他。」

「爸爸也經常和我聊津久見的事，不光是他生前，在他去世之後，也經常和我聊起他。」

「是嗎？雖然直也來不及畢業，但他有幸遇到了好老師和好同學，真的很感恩，我發自內心表示感謝。」

「我爸爸聽到，一定會感到很高興。今天聽說釘宮可能也會來。」

「釘宮嗎？」女人瞇起眼睛，「那等一下可以和他打聲招呼，他現在仍然會寄賀年卡給我。」

「是嗎？他們當年是好朋友。」

「是啊。」津久見直也的媽媽點了點頭之後，小聲地說：「希望能夠早日破案。」

「謝謝。」真世再度向她鞠躬道謝。

真世目送她離去的背影時心想，對她來說，十幾年前應該並不是遙遠的過去。

津久見直也從入學時開始，就在全年級七十名左右的學生中很引人注目。不，也許可以說，他在入學之前就很引人注意。他功課很好，在運動會上總是英雄，而且也是意見領袖，讀小學時，就沒有人不認識他。即使班上有霸凌的跡象，只要遭到霸凌的學生躲在直也背後，事情就搞定了。

上了中學之後，他仍然是眾所矚目的對象。雖然同年級中，有具備老大作風的柏木和杉下這種靠實力具有號召力的優等生，但直也和他們屬於不同的類型。他討厭不合理的事，任何時候都追求人人平等，有時候甚至會主動承擔一些別人不願意做的事，他是真正的意見領袖。

英一當時擔任學年主任，也很仰賴直也的協助。他經常說，多虧津久見發揮了難得一見的統率力，班上才能夠無風無浪，每個學生都平安無事。

正因為這樣，得知他病倒時，真世難以置信。聽說他得了白血病。之前他在上體育課時看起來很疲累，真世還曾經和同學說，他人高馬大，上一節體育課就累成這樣，沒想到他病得這麼嚴重。

班上的同學一起寫信給他集氣，折了千羽鶴，還拍了影片給他，然後推派真世和釘宮克樹一起送到他手上。雖然表面上的理由是因為真世和直也最要好，但後來桃子悄悄告訴她「大家心裡想的事」。

津久見應該喜歡真世，真世和其他女生一樣，也為此感到高興。也就是說，他們兩個人相互傾心。

真世知道自己聽了桃子的話，臉都紅了起來。真世自己也隱約察覺到這件事。

那天之後，真世曾經多次去探望直也，有時候也向他訴說了內心的煩惱。因為父親是老師，所以班上的同學很在意。直也就對她說了那番話。

妳是神尾老師的女兒又怎麼樣？妳就是妳啊，幹嘛在意那些無聊的傢伙？妳有病嗎？

升上三年級後不久，就聽說津久見直也去世的消息。她和其他同學一起去參加了喪禮。班上的很多女生都哭了，當時自己有哭嗎？直世在記憶中翻找，但無法回想起明確的記憶。

真世看到從正面玄關走進來的人影，被拉回了現實。那個男人一頭長髮燙著很大的波浪，戴著黑框眼鏡。他是因為來參加喪禮，所以特地戴了黑色口罩嗎？

男人直直走向真世。

「真世，請節哀。」

真世突然聽到對方叫自己的名字，忍不住嚇了一跳。這傢伙是誰？

「呃，對不起，請問你是哪一位？」

「喔，對喔。」男人拿下了口罩，露出了一張瘦臉。她記得對方兩側嘴角微微上揚的特徵。

「你是……杉下。」

「好久不見，沒想到以這種方式重逢，真是太遺憾了。」杉下一臉遺憾地垂下眉毛嘆著氣。他的感情豐富，應該說誇張的表情和中學時完全一樣。

「謝謝你特地來參加，我聽桃子說了，你這一陣子回來這裡。」

「是啊，我對都市生活已經膩了。」他似乎就在等真世問這個問題，「我之前就已經發現，開公司做生意，老闆並不一定要留在東京，只是遲遲找不到機會執行。趁著這次疫情肆虐，我試了一下，沒想到比我想像中更理想。目前只是暫時回來，但我日後打算將據點移回這裡，將東京辦公室的規模縮小。」

他也像以前一樣，說話都以自己為中心，但總比長篇大論地表達哀悼好多了。

「你回來這裡之後，有沒有和我爸爸見面？」

真世問，杉下的眉毛皺成八字形，搖了搖頭。

「很遺憾，還來不及見面，所以我很期待同學會。」

「但你不是和我爸爸聊過天嗎？我聽桃子說的，她說你跟她說，我爸爸要去東京。」

「喔，原來是這件事。」杉下恍然大悟地點了點頭，「既然我已經回到這裡了，所以就想向老師打聲招呼，於是就打電話給他。因為我也想瞭解老師的近況，老師接到我的電話時很高興。」

「那是什麼時候的事？」

「嗯，我記得是上上個星期六。」

「所以我爸爸那次在電話中說，他要去東京？」

「對，他要我向他推薦飯店。問我東京車站附近的飯店，有沒有比較安靜的環境。我問他，是不是要和妳見面，他回答說，是啊。」杉下說到這裡，似乎感到不對勁，露出訝異的表情問：「老師沒有告訴妳這件事嗎？」

「對，我第一次聽說。」

「是嗎？那老師可能有其他的事。」杉下用輕鬆的語氣說，似乎覺得這種事很常見。

「他說什麼時候要去東京？」

「他說打算下週六去東京，星期六人很多，東京車站周圍會很擁擠，所以我覺得介紹一個安靜的地方比較好，所以就推薦了『東京王國飯店』。因為那家飯店離車站有一小段距離，我和客戶談事情時，也經常去那裡。」杉下的說明簡潔易懂，他的腦袋果然很聰明。

「所以你就在同學會的討論會上和大家聊了這件事。」

「嗯，因為我想大家都想知道老師的近況。」

「除了那時候以外呢？你還有沒有告訴其他人？」

「我有點忘了，應該沒有告訴其他人……呃，這件事不該在討論同學會的時候提起嗎？」杉下露出試探的眼神。

「不，沒這回事，只是我聽桃子說了之後在想，既然爸爸要去東京，為什麼沒有告訴我。」

杉下迅速環顧周圍，然後把臉湊了過來。

「這件事……可能和事件有關嗎？」他壓低聲音小聲地問。

「怎麼可能？」真世搖著手。「我只是有點在意而已，不是什麼重要的事，你不必在意。」

「是喔。」杉下顯然沒有接受真世的說法。真世感到後悔，杉下是聰明人，自己好像對他追根究柢問太多了。

她目送杉下走向接待處，覺得要探別人口風真是一件困難的事。也許該向武史討教一下。

之後，零零星星有人來弔唁。其中也有住在附近的鄰居，真世和他們並不熟，只是平時見到時會打招呼，他們也只是向真世點了點頭。

其中有一個年輕女人，看起來二十五、六歲，樸素的喪服很不合身，可能是借來的。真世不知不覺地看著她填寫了芳名卡，然後走向接待處。

年輕女人向桃子鞠了一躬，把芳名卡放在托盤中。

站在桃子身旁的刑警前田的左手立刻有了動作。他還是像之前一樣摸了摸耳後。

真世不經意地從桃子身後靠近，在她的耳邊問：「有沒有什麼問題？」

「不，沒問題。」

「是嗎？太好了。」

真世看了一眼托盤，剛才那個年輕女人放在托盤中的芳名卡中寫著「森脇敦美」，和故人的關係欄中寫著「學生」。

真世離開接待處，快步走出去。弔唁者會去喪禮會場隔壁的房間等待，她在通往那個房間的走廊上，追上了名叫森脇敦美的女人，在她背後叫了一聲：「不好意思。」

女人停下了腳步，轉過頭來，臉上露出不安的表情。

「今天謝謝妳來參加。」真世對她露出微笑，「我是神尾英一的女兒。」

「喔。」森脇敦美輕輕應了一聲，「呃……我姓森脇，中學二年級時，神尾老師是我們的班導師。」

「是嗎？不好意思，請問妳是哪一屆的學生？」

「四十六屆。」

她比真世小四屆，所以目前二十六歲。

「畢業至今超過十年了，還特地來參加……請問妳平時有和我爸爸聯絡嗎？」

「有，偶爾，我曾經請教老師一些事情。」

「這樣啊。」

雖然真世想知道她向爸爸請教什麼事，但無論怎麼想，都覺得現在問很不自然。

「呃……」森脇敦美開了口，「請問牧原學長會不會來？」

「牧原……？四十二屆的牧原嗎？」

「對，差不多是那一屆。」

「他昨天來參加了守靈夜。」

「喔，這樣啊。」她顯得有點失望。

「妳找他有什麼事嗎？」

「不，不是什麼重要的事。」森脇敦美在胸前微微搖著手。

真世對這件事也很在意，但想不到可以繼續追問下去的藉口。更重要的是，沒有理由一直拖著她說話，最後只能對她說聲「今天請多指教」，轉身離開。

當她轉過身時，立刻大吃一驚。因為她看到臥底刑警就在旁邊的牆邊。真世知道他們是接到了前田的暗號，正在監視森脇敦美的行動。

真世回到大廳，再度等待弔唁者出現。不一會兒，看到一個身材高眺的女人，和一個有點矮的男人走了進來。女人把一頭長髮綁在腦後，剪裁合身的黑色洋裝穿在她身上很好看。她的身材很好，五官比中學時代更豔麗了，而且沒有戴口罩。

真世看到她走過來，不由得緊張起來。男人跟在她的身後。

九梨香——九重梨梨香在離真世兩公尺的位置停下腳步，目不轉睛地看著真世，不發一語，恭敬地鞠了一躬，似乎在說，妳怎麼可能忘記我這張漂亮的臉蛋。真世也默默回應。

梨梨香從皮包裡拿出口罩，緩緩戴了起來。那是時尚的灰色口罩。

「好久不見，妳還記得我嗎？」她用略微低沉沙啞的聲音問。

「當然記得。九重，謝謝妳來參加。」

「神尾老師的事太令人震驚了，我聽到時難以置信。因為最後一次見到他時，他看起來精神很好，向妳表示由衷的哀悼。」

真世聽到她用敬語說話，忍不住感到困惑。「謝謝妳。」真世也只好用敬語回答。但是，梨梨香的話中還有更讓她在意的事。

「九重，妳最近曾經見過我爸爸？」

「對，因為有事情要和老師討論，所以就和他一起去了老師家。」梨梨香轉過頭，叫了一聲「克樹」。

有點駝背的男人向前幾步，站在梨梨香身旁。他也沒有戴口罩，所以可以看到他的臉。他除了頭髮留長以外，和中學時代幾乎沒有任何不同，和梨梨香形成明顯的對比。他的眼睛很小，嘴巴很小，長相讓人聯想到小動物。

「請節哀順變。」釘宮克樹用幾乎聽不到的聲音說，「妳還記得我嗎？」

「釘宮，我當然記得啊，你現在很紅，每次都讓我很佩服。」

釘宮稍微動了動嘴角，縮著肩膀說了聲「謝謝」。他還是和中學時代一樣害羞。

「我們找神尾老師討論的事，」梨梨香繼續說了下去，「就是『柏木建設』的柏木和其他人正在推動的本地振興計畫，他們整天都來問，能不能請釘宮老師幫忙。」她皺起了形狀漂亮的眉毛。

「我聽說了這件事。」

「這裡是我們出生、長大的地方，克樹當然也想幫忙。但妳也知道，他真的忙壞了，能夠做的事有限。雖然我已經委婉地向柏木表達了這個意思，但他還是聽不懂。我想照這樣下去，他一定會去找神尾老師幫忙斡旋，所以就先去拜託老師，請他不要理會他們。因為我們不希望老師被夾在中間為難。」

真世大吃一驚。梨梨香說的內容和原口的計畫一模一樣。原來每個人想的都一樣。

「這是什麼時候的事？」

「我記得是兩個星期前的星期四。」

「我爸爸說什麼？」

「他說他瞭解了，聽老師說，已經有人去拜託他同樣的事，只是並不是柏木，老師還說，會好好向那個人說明。」

真世確信，那個人就是原口。所有的事都串了起來。

「我還在和克樹說，我們都已經老大不小了，至今仍然為這種麻煩事去找老師。沒想到就發生了這次的事，真的難以置信，簡直就像在做惡夢。」梨梨香彎著身體，似乎表示她悲傷不已。

「今天請你們向我爸爸最後道別。」真世鞠躬說道。

就在這時。

「啊呀啊呀，不得了，不得了。」背後傳來一個聲音。真世不需要回頭，就知道是誰。「我還以為是誰呢，這不是釘宮克樹老師嗎？沒想到你從百忙中抽空來參加，身為神尾家的人，真是由衷感謝。」

真世感到一陣風從旁邊吹過，武史已經站在她身旁。

「我拜讀了《幻腦迷宮》，實在太讚了。深奧的主題，震撼的劇情，感動的結局，都深深打動了我的心。我哥哥也曾經說，雖然世界上有很多漫畫家，但只有釘宮克樹才能創造出那種獨創的故事。」

「啊……謝謝。」釘宮一臉膽怯的表情退後一步，可能被武史這番話的氣勢嚇到了。

「我也看了你接受採訪的報導，聽說以前的作品風格更文雅，或者說更成熟。像是你的出道作品《另一個我是幽靈》，是以少年為主角的童話，但你覺得這樣下去不行，想要尋求自我突破，最後就構思出那部宏大的冒險科幻漫畫。」

「你瞭解得真清楚。」

「當然啊，因為我是你的書迷。能夠見到你實在太榮幸了。」

「請問、這位是？」梨梨香問真世。

「我是真世的叔叔，英一的弟弟神尾武史。」武史自我介紹，「今天非常感謝兩位。妳是九重梨梨香小姐吧？妳果然和我哥哥說的一樣，見到妳太榮幸了。」

梨梨香的眉毛抖了一下。

「神尾老師怎麼說我？」

「當然是——」

武史說到這裡時，野木跑了過來。

「神尾小姐，不好意思，打擾你們說話。可以請兩位準備了嗎？」

「啊，我知道了。叔叔，我們要走了。」

「好，九重小姐，釘宮老師，那我們就先告辭了。」武史向他們兩個人鞠了一躬，快步走向會場。

真世也向梨梨香他們鞠了一躬，轉身離開，這時才發現健太也跟了上來。他們一起走在武史和野木後方，真世問健太：「叔叔和你聊了些什麼？」

「聊了很多，沒想到妳和叔叔聊了這麼多我的事。他居然知道那麼多很深入的事，我嚇了一跳。」

真世聽了健太的話，有一種不祥的預感。「他對你說了什麼？」

「像是喜歡的女生類型，我以前和妳聊過這些嗎？」

真世聽了健太的話，忍不住想要仰頭嘆氣。對武史來說，操控老實人健太的心，讓他滔滔不絕地談論自己的事根本易如反掌。不知道健太說了什麼？不，不光是這樣，武史搞不好還巧妙地偷看了健太手機上的內容。真世心想，果真如此的話，就要和武史談判，讓他告訴自己到底看到了哪些內容。

喪禮用和守靈夜相同的方式開始。住持開始唸經後不久，弔唁者開始上香。真世和武史上香後，健太也跟著上了香。

今天也拍攝了弔唁者瞻仰遺容時的情況，但武史還沒有告訴她這麼做的目的。

接著由其他弔唁者上香。今天最先上香的是津久見直也的母親。真世剛才去了接待處，確認了她的名字叫絹惠。

弔唁者按照地上的箭頭，接連上完了香。杉下上了香，接著是鄰居的幾個阿姨，還有森脇敦美和九重梨梨香、釘宮克樹。今天也是桃子最後一個上香後走了出去。

平時都會在親朋好友最後一次道別後才蓋上棺材，這次省略了這個儀式。

「還有其他要放進棺材的東西嗎？」野木問。棺材中只有《跑吧！美樂斯》的文庫本。

「這樣就好。」真世回答。

蓋上棺材後，終於出殯了。棺材放在附有輪子的平台上，葬儀社的員工推著平台開始移動。野木把牌位交給真世，真世轉頭看向武史，發現他不知道什麼時候把遺照抱在手上。

火葬場就是隔壁那棟建築，和武史、健太一起完成爐前告別儀式後，就去休息區等待火化完成。

健太走去廁所時，真世把向杉下打聽到的事簡單地告訴了武史。

「這條線索很重要。」武史一臉嚴肅的表情。

「你也這麼認為嗎？」

「如果杉下所說的話屬實，知道哥哥去東京這件事的人就可以大幅縮小範圍。」

「只有來參加同學會討論的成員嗎？」

「或是他們的熟人。總之，昨天和今天，妳那些來這個殯儀館的同學都是重要人物。」
「你是說，殺害爸爸的兇手就在其中嗎？我無法相信。」
「那兇手是怎樣的人，妳才能接受呢？」
「兇手是……」真世無法回答。
「兇手是哥哥認識的人，這一點絕對沒錯。不光是妳的同學，無論兇手是誰，妳都會說什麼妳無法相信。但是，一定有兇手，如果妳不想知道是誰，聽我一句話，妳最好馬上退出。」武史淡淡的說話語氣和平時不同，聽起來格外冷酷。
「不要，我不會退出。」真世斷言，「我想知道真相。」
健太走了回來，他們就無法再討論秘密。
不一會兒，火化結束，開始撿骨。真世在工作人員的指導下，用筷子夾起了英一的骨頭，所有的骨頭都放進骨灰罈後，真世從皮包裡拿出鋼筆和眼鏡說，希望一起放進去。

16

2月24日（三）　桃子去英一的家
　　　　　　　英一打算在津久見直也的追悼會上帶來驚喜
2月25日（四）　九梨香和釘宮去英一家討論對付柏木等人的方法
2月27日（六）　杉下致電給英一打招呼
　　　　　　　英一問他東京飯店的事
3月1日（一）　討論同學會的事（出席者：桃子、杉下、牧原、沼川）
3月6日（六）　英一去東京，下午六點去「東京王國飯店」
　　　　　　　晚上十一點回家，之後就遭到了殺害
3月7日（日）　原口打了好幾通電話給英一，都一直打不通
3月8日（一）　原口發現英一的屍體

武史抬起原本低頭看紙的頭，伸手拿了罐裝啤酒。

「哥哥打算在津久見的追悼會上帶給大家什麼驚喜？」

「是不是很令人在意？桃子說，爸爸只告訴她是珍藏多年的秘密。」

「聽哥哥的語氣，應該不是負面的事。」

「嗯，桃子說，爸爸說話時的表情像調皮的小孩，而且顯得很開心。」

「珍藏多年的秘密嗎？」武史喝了一口啤酒，再度低頭看著手上的紙，「看這張紙上所寫的，哥哥這十天期間和很多人聯絡，而且大部分都是妳的同學。」

「這並沒有什麼好奇怪的，因為即將舉辦同學會，而且這些老同學邀請了爸爸參加。」真世用左手按摩著右手的手腕回答。好久沒有寫字，剛才寫了這幾個字，手腕就痛了。

他們正在武史的房間內。離開殯儀館之後，送準備回東京的健太去了車站，然後回到了「丸美屋」旅館。真世回自己的房間沖了澡，換了衣服後，來到武史的房間，研究接下來的策略。真世把今天從同學那裡聽到的事告訴了武史，武史叫她按照時間順序寫下來，她用原子筆寫在作廢的奠儀袋背後。那個奠儀袋就是武史給她的。

「和哥哥聯絡的人，出現在『前田名單』上也很正常……」

武史對比著自己的手機，上面顯示了「前田名單」——從刑警前田那裡偷來的名單。

「根據目前所瞭解的情況，參加同學會討論的四個人中，除了桃子和杉下的另外兩個人——牧原和沼川，似乎並沒有和哥哥聯絡，但是『前田名單』上卻有牧原的名字，妳認為是什麼原因？」

「我也覺得很奇怪，說到牧原，還有其他令人在意的事，而且有兩件。」

「有兩件嗎？妳說來聽聽。」

「第一件是昨天守靈夜時，牧原問了我奇怪的問題，他問我說，神尾老師有沒有在我面前提到他們。我問他為什麼問我這個問題，他說他想知道老師有多關心他們。」

「這的確很不自然，而且很奇怪。」

「對不對？通常不會想知道這種事，即使想知道，也不會在守靈夜的時候問這種問題。」

武史看著半空，指尖敲了幾次桌子後停了下來，對真世說：

「據我的推測，牧原認為哥哥可能對妳說了什麼，而且應該並不是稱讚他，搞不好是批評他。」

「你也這麼覺得嗎？我也有這種感覺。」

「如果是稱讚，應該不會掩飾，他可能對哥哥有什麼愧疚。第二件令人在意的事是什麼？」

武史問。真世從放在旁邊的皮包中拿出一張影印紙。上面影印了今天的芳名卡。

「我在今天的喪禮上，看到刑警前田又做了那個暗號，就是這個女人出現的時候。」

真世說話時指著「森脇敦美」的名字。

「上面寫著是『學生』，該不會是那個綁馬尾的女生？」

「對。」真世在回答時，注視著武史的臉，「你記得真清楚。」

「因為那個髮型來參加喪禮很奇怪，如果要綁起來的話，通常會綁得更低一點才符合禮儀。」

他竟然挑剔這種很傳統的細節。搞不懂這個人到底有沒有常識。

「這個女人怎麼了？」

「因為我很在意，所以就叫住她聊了幾句，她說現在有時候也會和爸爸聯絡。」

「妳有沒有問她最近一次是什麼時候？」

「我沒問。」

武史不滿地皺起眉頭。

「為什麼不問這麼重要的問題？」

「對不起，我沒想到。」

「真是拿妳沒辦法，然後呢？」

「她主動向我打聽牧原。問我牧原學長有沒有來。我說牧原昨天守靈夜來過了，她看起來很失望。」

「是喔。」武史抱著雙臂。

「聽起來她很想見到牧原。」

「我也有這種感覺，但並沒有再深入問下去。」

武史撇著嘴說：「哼，真是不中用。」

「那我當時該怎麼問？」

「妳可以說，最近要和牧原見面，如果她有什麼事找牧原，妳可以幫忙轉達。」

「她會告訴我嗎？」

「她不回答很正常，如果她願意回答，妳不是就賺到了嗎？下次不要還沒試就放棄。」

「好。」

「森脇敦美……」武史拿起手機操作起來，「『前田名單』上也有這個名字，只不過……」

武史把手機螢幕對著真世，上面用片假名寫了森脇這個名字的讀音。

「我剛才也看到了，為什麼要寫片假名？」

「這就是重點。為什麼寫片假名？在思考這個問題之前，先來推理一下，為什麼森脇敦美想要找牧原？妳說說妳的想法，想到什麼就說什麼。」

「為什麼想要找牧原嗎？通常女生要找男生，都是喜歡那個男生。」真世想起牧原那張細長的馬臉，「雖然對牧原很抱歉，但我覺得不太可能，牧原不是那種對象。」

「雖然人不可貌相，但沒關係，既然不是這種可能，那是什麼原因？」

「可能找他有什麼事。」

「什麼事？」

「那我就不知道了。」

「不妨這麼想。妳說牧原是在本地銀行上班，也就是說，他是銀行員。有人想找銀行員，妳說是為什麼？」

「啊，我知道了。」真世拍了一下手。「要和他討論錢的事。」

「無論怎麼想，都覺得這是最合理的理由。」

「森脇敦美缺錢嗎？所以想找牧原幫忙嗎？」

「不能排除這個可能性，但事情可能更加複雜。」

「什麼意思？」

武史再度操作手機後放在桌上，不一會兒，手機喇叭就發出了聲音。有人在說「辛苦了」。

「啊？這是什麼？」

噓！武史把食指放在嘴脣上，似乎要她閉嘴聽。

（他們十點左右來的吧？在這裡停留了多久？）真世聽過這個粗魯的聲音，眼前浮現那張狐狸臉。

（應該一個多小時，男的先來，然後去二樓。女的大約十五分鐘後才來。）男人的聲音回答。

（那個男的是被害人的弟弟，名叫神尾武史。他在二樓幹什麼？）

（不，這我就……他好像去了自己的房間，我也不能跟著他。）

（這種時候就跟著他，不必管那麼多，除非他趕你，否則就應該從頭到尾都緊跟著他。）

（對不起，下次我會這麼做。）

「等一下。」真世舉起右手。

武史笑著按了暫停。「妳被嚇到了嗎？」

「這是怎麼回事？」真世眨著眼睛，「說話的兩個男人中，其中一個是木暮警部吧？警部在和誰說話？」

「妳聽不出來嗎？妳也見過他。」

「啊？在哪裡見過？」

「昨天在我們家，我們走進哥哥書房時，門口不是有一個警察在站崗嗎？就是那個警察。」

「啊？所以這些對話……」真世看著手機。

「我們離開之後，木暮去了那裡，和那個警察的對話。」

「你怎麼會錄到這些對話？」

「很簡單，我昨天離開書房前，在書架上裝了竊聽器。因為我猜想在我們離開之後，警察一定會去那裡。今天早上又去那裡，對站崗的警察說，我有東西忘在書房，然後就悄悄拿了回來。然後播放之後，果然不出我所料，錄到了這些對話，而且更幸運的是木暮親自出馬。」

「竊聽器？你什麼時候……應該說，你怎麼會有這種東西？」

「我以前的謀生工具，為了取悅觀眾，經常需要使用文明的利器。」

「你昨天不是還在罵警察竊聽、非法偵查嗎？」

「在別人家裡裝竊聽器當然違法，在自己家裡裝，然後自己聽，哪裡違什麼法？先別說這些，繼續聽下去，妳給我把耳朵伸長些。」武史說完，又按了播放鍵。

（那個女兒來了之後，他們做了什麼？）木暮問。

（那個女生好像在找什麼東西，應該是找被害人的遺物，準備放進棺材。男人提到了傳真電話，說什麼被拿走了。）

（不知道他想要電話幹什麼？）這時，另一個人的聲音問道。真世聽過那個聲音。應該是柿谷。

（應該想調查通話紀錄，今天早上，那個女兒不是打電話來，說要手機上的資料嗎？八成是那個男人指使她這麼做，他可能覺得既然拿不到手機的資料，至少可以查到室內電話的通話紀錄。）

（原來是這樣，但他為什麼要通話紀錄？）

（雖然搞不清楚他的目的，但要提防這個人，千萬不能大意。）
（他們會不會想自己查出兇手？）
（太可笑了，就憑他們兩個外行嗎？）
（但是，正如你剛才叫我不可以大意，我也覺得那個叫神尾武史的人並不是外行而已，是不是可以向他提供一些線索，找他一起幫忙？）
（你在說什麼？家屬協助警方偵查是理所當然的事，但絕對不可以隨便把我們手上的線索透露給他們。沒有人能夠保證他沒有和兇手勾結。）
（那個女兒不是可以相信嗎？也許可以讓她聽一下答錄機裡的留言。）
（答錄機的留言？）
（就是那個「今天打電話，是為了我爸爸銀行帳戶的事」的留言，目前還不知道留言者的正確身分，聽聲音像是年輕女人，也許是那個女兒的朋友。）
（上面留了電話號碼，只要一查，就馬上可以查出身分。目前這是重要線索之一，無論是女兒還是誰，都不可以隨便拿給外人聽。）
武史操作手機，再度按下停止，然後問真世：「妳覺得怎麼樣？」
「太驚訝了，警方竟然還在懷疑我們。」
「因為他們的工作就是懷疑別人，這不重要，妳沒有發現更重要的事嗎？」
「你是說答錄機的留言嗎？」
「沒錯，他們不是說，目前還不知道留言者的身分嗎？雖然來電紀錄中留下了號碼，但並不知道對方正確的名字。但是，既然在答錄機裡留了言，打電話的人不可能不留下姓名。如果是妳，會怎樣留下姓名？」

「啊？就是報上自己的姓氏啊。我是神尾，平時承蒙你的照顧。差不多就是這樣。」

「這種時候，妳會說神尾的神是神明的神，尾是尾巴的尾嗎？」

「誰會特地這樣說明？而且對方應該知道——喔，原來是這樣。」真世拍著自己的大腿，「所以是森脇敦美打了那通電話。她在答錄機留言時應該說，我是森脇，但是光聽留言，無法斷定漢字要怎麼寫，所以在『前田名單』上用了片假名。」

「我認為應該就是這樣。森脇打電話給哥哥，但電話沒人接，於是她就留言說，是為了她爸爸銀行帳戶的事。」

「然後她想找銀行的牧原，」真世用右手握拳打在左手的手掌上，「嗯，我覺得很多線索都連了起來。」

「比方說，妳覺得這樣的故事如何。」武史豎起食指，「森脇敦美的爸爸做生意失敗，資金籌措出了問題，於是敦美就找哥哥討論，有沒有人可以幫忙。哥哥聽了之後，就想到了牧原，聯絡了他。」

「因為他在銀行上班，或許可以找融資股的人通融一下。」

「但是，牧原聽了哥哥說明情況後拒絕了，說他無法做到，很抱歉，這次無法滿足老師的期待。」

「啊，拒絕了嗎？」

「他終究只是銀行的一介行員，即使是恩師拜託，也有無能為力的時候。哥哥聽到他這麼回答，也只能放棄，但牧原一直對這件事耿耿於懷，不知道神尾老師怎麼看他。以前的恩師低頭拜託，他竟然冷冷地拒絕，很擔心老師覺得他這個學生薄情寡義，忘恩負義，對他留下壞印象。所以就在參加守靈夜時問妳，不知道老師有沒有說他什麼……差不多就是這樣。」

「好厲害。」真世拍著手，「精采的推理，所有情況都有合理的解釋。」

「這不是推理，只是一種想像，有可能是這樣的故事。即使合理，也未必是正確答案。」武史一臉冷漠的表情說。

「但如果是你剛才說的那樣，就可以說明牧原為什麼會出現在『前田名單』上。」

如果英一曾經聯絡牧原，手機上一定留下了通話紀錄。

武史把雙肘放在桌子上，交握著雙手。

「森脇敦美想要和牧原見面是為了金錢相關的問題，這一點應該不會有問題，應該和她爸爸的銀行帳戶有關，但未必只是想要獲得資金援助這麼簡單，會不會是有更複雜的金錢問題，然後把哥哥捲入？現在可不是拍手感到高興的時候。」

真世坐直了身體。

「你認為這和事件有關嗎？」

「很可惜，目前並沒有可以排除這種可能性的理由。木暮不是也說了嗎？這是重大線索之一。」

武史露出銳利的眼神，真世看著他，忍不住起了一身雞皮疙瘩。

目前並不知道森脇敦美是怎樣的人。雖然看起來不像壞人，但不能光憑外表判斷一個人，但真世自認對牧原並非完全陌生，他也是崇拜英一的學生之一，如果他和這起事件有關——

真世覺得現在無法相信任何人、任何事了。

武史操作手機，木暮他們的討論仍然繼續。

（他們還做了什麼？）木暮問站崗的警察。

（那個女兒把鋼筆和眼鏡放進皮包了，之後兩個人小聲討論，但我無法聽到他們談話的內容，他們好像發現我豎起耳朵在聽他們說話……）

（應該會聽到一些零星的字眼吧？）

（有聽到闖空門、偽裝之類的字眼……）

（什麼？真的嗎？）

（應該是。）

（他們會不會在討論把書房弄亂的事？）柿谷說，（那個叫神尾武史的男人果然不是等閒之輩，他已經發現並不是闖空門的犯案，兇手潛入這棟房子，就是為了殺害被害人。）

（嗯，這並不是什麼了不起的推理，只要是低層次的推理迷就會發現這件事，那傢伙八成也是這種貨色，因為聽說他以前是魔術師——除此以外，他們還聊了些什麼？）

（他們看著書架上的書和檔案，回憶著有關被害人的往事，但我聽不到他們談話的內容，那個女兒從書架上拿了一本文庫本。）

（之後呢？）

（他們巡視了室內，但很快就離開了。）

（所以只有拿走鋼筆、眼鏡和文庫本嗎？）

（應該是這樣。）

（好，知道了，辛苦了。）

武史關掉了錄音內容，「我被他視為低層次的推理迷。」

「他好像知道你以前是魔術師。」

「他應該去查過惠比壽的酒吧，只要稍微打聽一下就知道了。我之前是不是說對了？警方也不認為是闖空門的犯案，而是計畫殺人。」

「警方認為我的老同學是嫌犯嗎？」

「而且是嫌疑重大的嫌犯。」武史斷言道。

真世忍不住握緊雙拳時，手機發出了收到訊息的聲音。她拿出手機一看，發現是健太傳來的訊息。「我回到東京了，妳擔任守靈夜和喪禮的喪主，辛苦了。如果有什麼問題，隨時和我聯絡，我會馬上趕到。注意身體。」

她想了一下之後回覆——「謝謝你這麼忙還特地趕過來。工作加油，我會隨時和你聯絡。」

「健太嗎？」

「嗯，叔叔，你和他聊了些什麼？」

「妳想知道嗎？」

「我想知道。」

「那妳要付多少錢？」

真世忍不住垂下了腦袋，「又談錢？你夠了沒有？」

「哼哼。」武史用鼻子冷笑著。

「他是老實認真的男人，這件事沒有問題。」

「真的嗎？你真的這麼認為？」

「問題是過猶不及。」

「這是什麼話？什麼意思？你是說他太老實、太認真嗎？」

「妳說呢？這個話題就到此結束。」

真世拍著桌子說：「喂！你不要自己說停就停。」

「又不是我提起這個話題，」武史站了起來，「去吃晚餐吧。」

「叔叔，從今天晚上開始，你吃飯要自己付錢。」真世抬起頭，瞪著他說。

「什麼意思？」

「你忘記了嗎？我們一開始談好的交易是我請你兩天的住宿費和第三天的午餐費。」

武史皺著眉頭，扳著手指計算，然後自言自語地說：「今天已經是第三天了嗎？」他走去衣櫃，從裡面拿出了上衣。

「你要出去嗎？」

「對啊。」

「去哪裡？」

「去便利商店買晚餐，既然要自己付錢，吃便利商店就足夠了。這裡的食堂吃飯太貴了。」武史穿起上衣，走出了房間。

17

真世晚餐吃了炸豬排定食。她看了菜單上的照片，突然很想吃。也許是因為守靈夜和喪禮這兩件大事順利結束，內心鬆了一口氣。

她吃完炸豬排和高麗菜，也喝完味噌湯後，手機響起來電鈴聲。是柿谷打來的。她接起電話，柿谷立刻向她道歉說：「妳剛辦完喪禮，一定很疲累，不好意思，這個時候打擾妳。」

「有什麼事嗎？」

「有幾件事想要請教妳，可以稍微占用妳一點時間嗎？」

「沒問題，現在嗎？」

「對，如果妳方便的話，當然越快越好。妳目前在『丸美屋』嗎？」

「我在一樓的食堂。」

「妳叔叔和妳在一起嗎？」

「不，叔叔在他自己房間。」

「喔，原來是這樣啊。嗯，妳知道『丸美屋』斜對面有一家歷史悠久的咖啡店嗎？店名叫『長笛』。」

「我沒有看店名，但我記得有一家咖啡店。」

「可以請妳來這家咖啡店嗎？晚上八點方便嗎？」

「八點嗎？」真世看向牆上的時鐘。現在剛過七點四十分。
「店門口掛著『準備中』的牌子，妳不必在意，可以直接走進來，我已經向老闆打過招呼了。」
「我知道了。」
「還有，」柿谷壓低了聲音，「如果可以，是不是方便請妳一個人過來？」
真世立刻知道對方想說什麼。
「你的意思是不要和我叔叔一起去嗎？」
「嗯，是啊，就是這個意思，哈哈哈。」柿谷最後擠出了假笑聲。
「我知道了，那我一個人去。」
「謝謝，麻煩妳了，拜託了，拜託了。」
柿谷掛上了電話。
真世站了起來，向老闆娘打了聲招呼說「謝謝款待」，走出了食堂。她已經向老闆娘打過招呼說，可能會在這裡多住幾天。老闆娘親切地對她說：「妳可以在這裡好好休息，妳想住多久都沒問題。」聽說疫情爆發之後，所有的飯店旅館業者都在苦撐，應該很歡迎長期住宿的客人。
她走去武史的房間敲了敲門，聽到門內傳來冷冷的聲音說：「請進。」
真世打開門，走進房間內。武史躺在那裡，正在滑平板電腦。桌子上放著便利商店便當的空盒子，蓋子上的貼紙印著「三色便當」幾個字。不知道是哪三色。價格是四百四十圓。

「柿谷剛才打電話給我。」

真世在武史旁邊坐了下來，告訴他，柿谷約了她等一下見面。

「這是打聽消息的機會。」

武史坐了起來，在放在房間角落的皮包裡翻找起來，不知道拿出了什麼東西，然後放在真世面前。那是一個黑色蝴蝶形狀的飾品。

「這是什麼？」真世拿起蝴蝶，發現上面有一個夾子。

「這是竊聽器，妳夾在手提包上，尾巴的部分不是可以折起來嗎？那就是開關，妳在走進店之前，記得把電源打開。」

真世嘎答嘎答地把玩著蝴蝶的開關。

「好，與其由我事後向你說明他問了我什麼，還不如你自己聽更清楚。但你到底有幾個這種東西？」

「我不是說了，這是我賺錢的工具嗎？柿谷問妳什麼，妳照實回答就好，沒必要說謊，但是不要告訴他，我們打算自己追查真相。」

「我知道，我還沒有那麼傻。話說回來，柿谷到底要問我什麼？」

「我大致可以猜到。」武史摸著冒著鬍碴的下巴，「八成是妳那些同學的事。」

真世愣了一下，「是嗎？」

「那些警察看了守靈夜和喪禮的芳名卡，發現有很多是妳的同學，而且全都是在『前田名單』上出現過的名字，他們當然想趕快調查清楚。」

「但是，芳名卡上應該只寫了『學生』而已，他們怎麼知道是我的同學？」

「很簡單，警方只要知道任何人的全名，就會去比對駕照的資料庫。駕照上有照片，即使有同名同姓的人，也可以判斷是否為同一人，而且駕照上有生日，可以馬上查到是中學哪一屆的學生。」

「啊，原來是這樣。」

真世也有駕照，但之前從來沒有想到，警方會用這種方式調查自己。

「如果想要調查這些同班同學，最快的方法，就是問最瞭解他們的人，但如果這個人可能犯案，就變得很棘手。在這個問題上，妳目前是兇手的可能性最低。我猜想柿谷提議向妳瞭解情況，木暮勉為其難地點頭答應。」武史露出凝望遠方的眼神後，對真世露齒一笑，「從談話中蒐集資料時只有一個原則，那就是極力減少沉默的時間。妳要把他當成十年的知己，和他好好聊一聊，加油囉。」

真世看著那家店充滿古趣的招牌，忍不住思考著自己在東京最後一次看到「純喫茶」這三個字是什麼時候。「純喫茶長笛」這幾個字的周圍有很多音符，老闆可能喜愛音樂，也可能之前是音樂人。

正如柿谷所說，入口的門上掛著「準備中」的牌子。真世把夾在手提包上的蝴蝶尾巴折彎後，推門而入。頭上傳來叮噹叮噹的鈴聲。

咖啡店內很寬敞，都是四人坐的桌子。坐在中央附近的兩個男人站了起來，其中一人是柿谷，另一個人竟然是前田。店內當然沒有其他客人，但看起來像是老闆的白髮男人站在吧檯內。

「很抱歉，在妳這麼疲累的時候找妳出來。」柿谷向她鞠了一躬，前田也跟著鞠了一躬。

「沒關係。」真世說完，在他們對面停下腳步。

「我會盡可能長話短說，這位是縣警總部來支援的前田巡查長。」

柿谷介紹完畢後，年輕的刑警鞠了一躬說：「我姓前田。」真世不能對他說「我認識你」，於是只說了聲「你好」。

真世坐了下來，兩名刑警也坐回椅子上。

「要不要喝點什麼？這裡的咖啡在本地很有名。」柿谷問。

「不，不用了。」

「是嗎？」柿谷對著吧檯輕輕點了點頭，看起來像是老闆的男人心領神會地走去後方。

真世環顧店內，看到牆上貼了好幾張老唱片的封套。

「這家咖啡店是不是很有昭和的味道？聽說已經開了快四十年了。」

真世聽了柿谷的話驚訝不已，「這樣啊？」

「現在很少會在餐飲店看到菸灰缸，這種東西更是難得一見。」柿谷看向桌角，那裡有一個雕工很精細的玻璃菸灰缸。

「神尾英一先生——妳爸爸抽菸嗎？」他將視線移到真世身上。

「我爸爸嗎？以前抽菸，但十多年前戒了。」

真世記得那時候計程車開始全面禁菸。

「當時他用什麼打火機？」

「打火機？」

「他應該有愛用的打火機，像是古董的煤油打火機之類的，還是都用拋棄式打火機？」

「愛用的……我不記得了，應該只是用普通的打火機。有什麼問題嗎？」

「不，因為那間書房很出色，所以我覺得和拋棄式打火機不太相襯，如果有菸斗，感覺就很適合，或是雪茄之類的。」

「喔。」真世微微偏著頭，「我從來沒想過這個問題。」

「是嗎？那真是太失禮了，這只是閒聊，先不管這些——」柿谷坐直了身體，挺起胸膛看著真世，「守靈夜和喪禮辛苦了，我聽偵查員說了，雖然疫情肆虐，但仍然有很多人來參加。」

「託各位的福。」

「衷心感謝你們願意提供芳名卡協助我們的偵查工作，負責人也要我轉達謝意。」

負責人是指木暮嗎？果真如此的話，這句話應該是在諷刺。

「能夠幫到忙就太好了。」

「幫了很大的忙，所以今天才會找妳出來。因為我們在調查參加守靈夜和喪禮的人之後，發現很多人都是妳的中學同學，所以就想向妳瞭解一下他們的情況。」柿谷說的話完全符合武史的預料。

「因為他們打算在星期天舉辦同學會，我相信是因為這個原因。」真世四平八穩地回答。

「我們已經從原口那裡得知了同學會的事，所以……」

柿谷從公事包裡拿出一張紙放在真世面前。那是守靈夜和喪禮芳名卡的影本，其中幾個名字上打了記號。真世立刻瞭解了記號代表的意思。

「有記號的名字應該是妳的同學，沒錯吧？如果有遺漏，請妳告訴我。」

真世看著芳名卡的影本，點了點頭說：「沒錯。」

「前田名單」上所沒有的柏木和沼川的名字也打了記號。應該就像武史所說，警方調查了芳名卡上寫著「學生」的所有人的駕照，從生日推算出是哪一屆的學生。

「首先請教一下關於池永桃子的事。她在守靈夜和喪禮時都負責接待工作，所以可以認為妳們的關係很好嗎？」

「嗯，是啊，她應該算是我最好的同學。」

「她在做什麼？芳名卡上寫的地址是在橫濱。」

「之前她有在上班，目前是家庭主婦，因為她先生一個人調去關西工作，所以她說暫時回娘家住一段時間。」

「請問妳知道她先生在哪裡工作嗎？」

「我記得是一家叫『東亞樂園』的公司。」

柿谷「喔」了一聲，「那是一家很大的休閒娛樂公司，單身調去那裡工作很辛苦啊。」

「但他昨天也來參加守靈夜，聽說她先生也是我爸爸的學生。」

「這樣啊，這樣啊。」

柿谷點了點頭，前田一臉嚴肅的表情打著筆電。他打字的速度很快，可能記錄了他們所有的對話內容。

「池永桃子對這起事件有沒有說什麼？」

「並沒有特別說什麼，但她似乎對我爸爸的死發自內心感到難過。」

「她最近有和妳爸爸聯絡嗎？」

「聽說為了同學會的事，曾經去過我家。」

「妳有沒有問她，當時聊了什麼？」

「聽說聊了為中學時去世的同學舉辦追悼會的事——請問，」真世看向柿谷，「你打算仔細盤問我的每一個同學嗎？你剛才說不會占用太多時間。」

「很抱歉，希望妳可以提供協助。」柿谷雙手放在桌子上，低頭拜託道。

雖然真世感到很煩，但想起武史要她和柿谷好好聊一聊。

「好吧，下一個是誰？」

「好，接下來想請教關於杉下快斗的事。聽說他也離開這裡，目前住在東京。他為了參加喪禮特地回來嗎？」

「不，不是這樣——」

真世告訴他，杉下開了一家ＩＴ企業，在東京獲得了成功，因為各種理由，目前回到這裡。然後又告訴柿谷，杉下打電話向英一問候時，英一請他推薦東京的飯店，不光是柿谷，前田臉上的表情也變了。

「杉下告訴你爸爸……妳沒有聽錯嗎？」

「這是杉下親口告訴我的，你們只要去問他，應該就知道了。」

「瞭解了。」

柿谷點了點頭之後，向前田使了一個眼色。前田一臉嚴肅的表情敲打著鍵盤。

警方似乎也很關心誰知道英一去東京這件事，武史每一件事都猜對了。

接著，柿谷問了釘宮克樹的情況。

「妳的同學中有一個超級名人，太驚訝了。我兒子也很喜歡《幻腦迷宮》，」柿谷雙眼發亮地說，「聽說他今天也來參加喪禮了。」

「對，雖然他很忙，真的很感激。」

「你們有沒有聊天？」

「稍微聊了幾句，我說他現在很紅，他向我表達了哀悼。」

「他有沒有聊到關於妳爸爸的事。」

「他最近和我爸爸見過面。」

「什麼時候？」

「好像是上上個星期。」

雖然真世知道是二月二十五日星期四，但記得太清楚有點不自然，所以她故意含糊其辭。

「是有什麼特別的事見面嗎？」

「他擔心我那些推動振興本地經濟計畫的同學，會拜託我爸爸去說服他助一臂之力，因為他不想給我爸爸添麻煩，所以就先去向我爸爸打招呼。」

柿谷偏著頭問：「振興本地經濟？」

「我也是聽我那些同學說的，詳細的情況還是請你去問他們比較清楚。」真世先打了一聲招呼，然後告訴柿谷，「柏木建設」的副董事長正在推出取代「幻迷屋」的計畫。

「我之前也很期待『幻迷屋』，」柿谷露出了嘆息的表情，「結果計畫喊停，我也感到很可惜。他們想要推出新的振興計畫，《幻迷》也是不可或缺的要素吧？但釘宮似乎並不熱中。」

「他說雖然很想助一臂之力，但因為太忙了，能夠做的事情有限……啊，對不起，這不是釘宮說的，而是九重說的。」

「九重。」柿谷重複了這個名字後低下了頭，他似乎在桌子下方打開了記事本，「是九重梨梨香嗎？」

「對。」

「為什麼由她代表釘宮說話？」

「這件事需要說明一下。」

真世告訴他，九重梨梨香在東京的大型廣告代理商任職，目前就像是釘宮克樹的經紀人。

「所以釘宮去找妳爸爸時，不是一個人，九重也同行嗎？」

「對。聽說談工作的時候，九重都會同行。」

「聽起來是很能幹的經紀人。」柿谷瞇起眼睛，「釘宮和九重除了那天以外，有沒有和妳爸爸談什麼？」

「不知道，我沒有聽說。」

「這樣啊，我個人也認為，如果能夠得到釘宮的協助，振興本地經濟的計畫應該會很蓬勃，但也不能強人所難。」

「嗯。」真世只能不置可否地點頭。

放在皮包內的手機響起了來電鈴聲，拿出來一看，是武史打來的。

「不好意思，我離席一下。」

「當然沒問題，請便、請便。」柿谷手心向上說道。

真世把手機放在耳邊，走出了咖啡店。「喂，是我。」

「差不多該問到牧原了。」武史說。

「我也覺得。我該怎麼辦？」

「他問什麼，妳就如實回答，但如果沒有問，妳就不需要主動說，像是和森脇敦美聊天的內容就不必提起。」

「我知道了。」

「但我想讓妳說幾句話。我現在告訴妳，妳就照我說的告訴他。」武史說完，緩緩說出了要真世說的話。

真世聽了之後，感到有點不知所措，「這麼說沒問題嗎？」

「真世，妳不必擔心，加油囉。」

「好，我盡量。」

真世走回店內，柿谷和前田慌忙坐直了身體。「不好意思。」真世打了聲招呼後，重新在他們對面坐了下來。

「可以繼續嗎？」柿谷問。

「可以，接下來要問誰？」

「嗯，那就……」柿谷低頭看著自己的手，然後又抬起了頭，「請教一下關於牧原悟的問題，這位同學好像還留在本地，妳知道他在做什麼工作嗎？」

「牧原來參加守靈夜，他那時候告訴我，他在『三葉銀行』上班。」

「喔，原來是銀行員。」

柿谷並沒有明顯的反應，但真世看到前田的臉頰抽搐了一下。

「但我不知道是哪一家分行。」

「沒問題。你們在守靈夜時聊了什麼？」

「就只是很正常的寒暄，他對我說，很想知道我爸爸怎麼看他們。」

之前和武史稍微討論了這件事，但不知道是否因為真世說得輕描淡寫，柿谷並沒有太大的反應。

「他平時就和妳爸爸有來往嗎？銀行員應該會用各種方法增加客戶，他如果想爭取妳爸爸成為他的客戶也很正常。」

「這我就不太清楚了，我從來沒有聽我爸爸提過。」真世在回答的同時，確信現在是說出武史要她說的那些話的絕佳時機，「而且我爸爸向來都對經濟或是理財這種事沒有興趣，說起來，他應該對金融相關的話題很不熟，所以在這方面傷腦筋或是遇到煩惱時，都會找我叔叔討論。」

「啊？妳叔叔？」柿谷瞪大了眼睛，「就是神尾武史先生嗎？」

「是啊。」

「喔，這樣啊。這真是、太意外了，完全看不出來。」

「他在錢的事上很精明。」

真世很想說，他不只精明，而且不擇手段，但因為武史用竊聽器在偷聽，所以就嘴下留情了。

「妳這麼一說，我想起來了，在勘驗現場時，他也找木暮警部打賭。」

「所以，如果爸爸和牧原之間曾經談過錢的問題，爸爸很可能會告訴叔叔。如果你們有什麼想問我叔叔的問題，我可以代為轉告。」

「不不不，不用了，謝謝。」

之後，柿谷又問了柏木和沼川，但真世知道的事並不多，只知道柏木在他父親的建築公司當副董事長，沼川開了一家居酒屋而已，而且又重申了一次，也不太瞭解他們正在推動的本地經濟振興計畫。

「我瞭解了，真的很抱歉，耽誤了妳這麼長的時間，謝謝妳的協助。」柿谷站了起來，深深鞠了一躬。柿谷旁邊的前田也慌忙跟著鞠躬。

「如果案情有什麼進展，可以請你告訴我們嗎？我們也很想瞭解偵查的進度。」真世拿起皮包時說。

「那當然，只要有可以公開的消息，一定會第一個通知妳。」

真世聽了柿谷親切的回答感到很空虛。因為這等於在說，目前不會告訴妳任何事。

18

回到「丸美屋」時，時鐘已經指向九點多了。和兩名刑警聊了差不多一個小時，真世覺得沒有太大收穫，就把這個感想告訴了武史，武史回答說：「那倒未必。」

武史拿起手機說：

「我打電話給妳時，妳不是把皮包留在座位上嗎？妳難得有這麼聰明的判斷，結果就錄到了這樣的對話。」

他操作手機，手機喇叭傳來了聲音。

（不需要問她被害人在三月二日打電話的那件事嗎？）小聲說話的是前田。

（看她的樣子，應該什麼都不知道，問了也沒用。木暮警部應該也曾經提醒你，不要讓她知道太多。）

（嗯，是啊……）

（聽她剛才的回答，覺得她並沒有隱瞞什麼，等一下也按照這種感覺繼續進行。）

（好，由你決定。）

武史按了停止鍵。「就是這樣。」

原本看著手機的真世抬起頭，沒想到她出去打電話時，他們聊了這些事。

「不知道三月二日被害人打電話是怎麼回事？」

「哥哥的手機或傳真電話上應該留下了通話紀錄，但如果只是家裡的電話上留下了紀錄，未必和對方通了話，因為電話可能沒有接通。問題是只要問電話公司，馬上就可以知道有沒有通話，警察不可能不去調查，所以可以認為哥哥在三月二日曾經打電話給某個人，而且雙方通過話。」

真世不得不佩服武史腦筋很靈活，能夠想到各種可能性，並在短時間內得出結論，難以想像這個人只要有可乘之機，竟然連姪女也要敲詐。

「聽柿谷說話的語氣，哥哥打電話的對象應該是你們在之前聊過的某個人。可能是桃子，也可能是釘宮，當然也不能排除天才杉下和九梨香的可能性。無論是誰，那個人都沒有告訴妳，曾經接到哥哥打的電話。」

「會是誰呢？……好想知道。」

真世嘀咕時，手機收到了訊息。是桃子傳來的訊息，問她「現在方便打電話給妳嗎？」於是真世主動打電話給她。

電話馬上就接通了。

「對不起，妳有沒有在忙？」桃子語帶歉意地問。

「不，沒問題，謝謝妳昨天和今天幫忙接待，真的幫了大忙，太感謝了。」

「妳不必介意。我正在沼川的店裡，原口也在。」

「這樣啊，妳在沼川的店裡啊。」

「我們正在討論同學會的事，大家都不知道該怎麼辦。神尾老師剛辦完喪禮，現在舉辦同學會似乎不太好，但沒時間了。」

「嗯，那倒是。」

「所以大家說，還是要問一下妳的意見。如果妳方便的話，要不要一起來？」

「啊？現在過去？」一看手錶，才九點半，時間並不算太晚。

「我想妳很累，所以也不會勉強妳，但從『丸美屋』走路就可以到了，所以就想問妳一下。」

一旁的武史在一張便條紙上潦草地寫字後，遞到真世面前。紙上寫著「去啊」。他似乎從真世講電話的態度中，猜到她受到了邀請。

「好，那我現在過去。妳把沼川的店的店名告訴我，我想應該可以查到。」

聽桃子說了店名，掛上電話之後，向武史說明了情況。

「也許可以打聽到什麼新的消息，妳不要喝太多，以免天線失靈。」

「嗯，我會小心。這個還給你。」真世把原本夾在手提包上的蝴蝶形狀竊聽器交給武史後站了起來，「那我走了。」

她正準備走出房間，武史叫了她一聲「真世」，然後一臉凝重的表情走了過來。

「桃子的老公是在『東亞樂園』工作吧？」

「是啊？怎麼了？」

「我記得以前在網路新聞中看過，在新冠疫情之後，那家公司以遠距上班為主，而且原則上不會派員工一個人去外地工作。」

「啊？」真世忍不住發出驚叫，「真的嗎？但桃子……」

「我只是告訴妳有這件事，而且是『原則上』，任何事都有例外。」武史露出了微笑，「妳很久沒有和大家一起喝酒了吧？不要喝太多，但也可以好好放鬆一下。」他拍了拍真世的肩膀，轉身走了回去。

桃子說得沒錯，從「丸美屋」走到沼川的店不到十分鐘。整家店是模仿老舊民宅的設計，大門敞開著，應該是疫情的因應對策。

店內寬敞明亮，放著嶄新的桌子。角落的座位有一對上了年紀的夫婦。「歡迎光臨。」戴著口罩的女店員向真世打招呼。

桃子和原口坐在吧檯，吧檯前豎著透明壓克力板預防飛沫傳染，沼川站在吧檯內。沼川看到真世，舉起一隻手。桃子和原口也回頭看了過來。

「讓你們久等了。」真世說著，在桃子身旁坐了下來。

「真世，對不起，硬是約妳出來。」

「沒事，沒事，好不容易卸下喪主的重擔，我也想喝點酒。」

她點了生啤酒，舉起酒杯對大家說了聲「辛苦了」，然後喝了起來。她發現這是她這次回老家後第一次喝酒。

她看著桃子的臉，想起了武史說的話。「東亞樂園」廢止了派員工單獨調任外地嗎？但桃子親口告訴自己，她的丈夫池永良輔目前一個人在關西工作。良輔昨天也沒有否認這件事。

也許不需要在意這件事。武史也說，事情總有例外。真世決定暫時不去想這件事。

那對年長的夫妻結完帳後離開了。女店員正在消毒他們用過的餐桌，店內只剩下真世他們幾個客人。

「妳是不是覺得店裡的生意很冷清？」沼川把小菜放在真世面前時說，「週末的客人稍微多一點，非假日差不多都是這種感覺。在疫情爆發之前，店裡的生意還不錯，生意好的時候，店裡雇了三名員工。」

「每家餐廳都差不多，」原口說，「觀光地沒有遊客就會這樣，我去送貨的好幾家酒店都打算在今年收掉。」

「在絕對的特效藥和疫苗出現之前，就只能勒緊褲帶嗎？」

沼川聽了真世的問題，苦笑著扭動粗壯的脖子說：

「問題是到時候能不能恢復到以前的樣子，很多人都已經忘記了在外面吃吃喝喝的感覺，而且這個城鎮本身缺乏魅力，如果觀光客不上門，大家的日子都會很難過。」

「所以只能靠《幻迷》。」桃子轉身面對真世，「沼川打算把這家店重新裝潢，打造成『幻迷屋』的感覺。」

「啊？真的嗎？」真世抬頭看著沼川。

「因為我覺得必須做點什麼，需要有某些讓年輕人願意在社群網站上發文的要素。原口也打算用《幻迷》來命名新推出的酒，這也很有吸引力，如果成功的話，我們店也會積極向客人推銷——對不對？」

沼川徵求原口的同意，原口抓著頭說「嗯，是啊」，對真世露出了尷尬的笑容。他已經一個人偷跑，拜託英一去向釘宮拜託，但他臉上的表情顯然希望真世為他保密。

每個人都很拚。對這個城鎮來說，《幻腦迷宮》是唯一的希望，這種情況似乎超乎了真世的想像。

「真世，關於同學會的事，妳覺得怎麼辦比較好？」桃子進入了正題。

真世喝了一口啤酒，把杯子放了下來。

「我之前也對原口說了，你們可以按照原計畫進行，只是我就不參加了，因為我不希望大家對我有什麼顧慮。」

「我說了好幾次，哪會有什麼顧慮。」

「我也這麼覺得。」原口輕輕舉起了手。

這時，不知道哪裡傳來了來電鈴聲。沼川拿起了手機。

「喂？……喂，當然冷清啊……包場？原口他們在這裡，還有本間，剛才神尾也來了……沒有其他客人。啊？……喔，原來是這樣……好啊，我知道了，那就一會兒見。」

沼川掛上電話之後，看著真世他們說：「柏木他們要來這裡。」

「是喔，真是太巧了。」原口說，「還有誰？」

「牧原好像也在，還有釘宮他們好像也會來。」

不光是真世，桃子和原口聽了沼川的話，也都露出了驚訝的表情。

「好像是柏木硬邀他們來的，他說如果店裡有其他客人很麻煩，希望可以包場。我告訴他說，你們剛好都在，他聽了之後很高興，所以我先去把這個掛在門口。」沼川從架子上拿了「包場」的牌子走出吧檯。

「柏木真積極啊，神尾老師的喪禮剛結束，就馬上找釘宮談事情。」桃子語帶佩服地說。

「正因為今天是這種日子，所以才有藉口約他。」原口皺著眉頭說，「我猜想他一定對釘宮說，今天一起來緬懷神尾老師，晚餐八成也是柏木請客。」

「吃完飯之後，再換一個地方說服釘宮嗎？不愧是『胖虎』，招數還真多。」

哈哈哈。沼川笑著走了回來。

「你這麼一說我想起來了，以前大家都在背後叫他『胖虎』。」

「牧原叫『小夫』。」

「太好笑了，即使長大之後，這種關係仍然沒有改變。」原口笑著為自己倒了啤酒。

「對『三葉銀行』來說，『柏木建設』是本地最大的客戶，『胖虎』說一，『小夫』永遠不敢說二。」

真世心情愉快地聽著他們的對話，即使是柏木這樣已經有了相當地位的人，也會被比喻成國民漫畫中的角色拿來取笑。這是老同學的特權。

「問題是『胖虎』竟然請『大雄』吃飯，真是越來越搞不懂這個世界了。」沼川露出了稍微嚴肅的表情，「我們當然也笑不出來，新冠疫情讓大家的日子都不好過，能夠依靠的不是以前的孩子王『胖虎』，而是在中學時代，內心嘲笑的『大雄』，我們都是勢利鬼。」

他們口中的「大雄」顯然是指釘宮克樹。雖然釘宮不像大雄那麼懶惰和沒出息，但的確很沒有存在感，大家都不把他放在眼裡。當時，津久見直也成為釘宮的保護傘，和他在一起時，釘宮總是很安心，所以，津久見就是「哆啦A夢」嗎？

真世想起自己代表全班第一次和釘宮去探視津久見的那一天，津久見躺在醫院的病床上，高興地對他們說：「嗨，好久不見。」當真世問他：「你還好嗎？」他笑著回答：

「心情很好。」

「現在開發了很多藥物，即使得了白血病，也未必馬上會死，應該說，大部分人都可以治好，但我得的這種白血病完全不知道哪一種藥物可以發揮作用，醫生正在試各種藥，所以這場仗才剛開始。」

雖然聽起來狀況很嚴重，但他說話的語氣輕鬆自在，好像在預測職棒比賽的名次般事不關己。

只不過看他的臉，就知道他面臨的狀況並沒有他說的這麼輕鬆。他的頭髮都掉了，眉毛和睫毛也都消失了，以前和他在一起時，他高大壯碩的身體總會讓人感到安心，如今也瘦得像少年。

「對啊，」釘宮當時附和道，「醫學的進步很驚人，只要慢慢等，一定可以找到理想的藥。」

「我也這麼覺得，現在只能等待，所以釘宮，你趕快畫新的作品給我看。整天躺在床上無聊死了，你已經著手畫新的作品了吧？怎麼樣？」

「嗯，慢慢開始畫了。」

「什麼嘛，你畫好了就馬上帶來給我看。」

「我知道，我會努力。」釘宮在津久見的病床旁輕輕揮動拳頭。

真世很納悶，不知道他們在說什麼，津久見對她說：

「我是釘宮畫的漫畫第一個，也是唯一的讀者，神尾，妳是不是很羨慕？」

原來是這樣。真世恍然大悟。大家都知道釘宮的目標是成為漫畫家，因為不是別人，正是津久見逢人就宣傳這件事，只不過真世完全沒想到津久見真的看過釘宮的漫畫。

真世聽了他們的說明才知道，他們當初就是因為釘宮畫的漫畫才變成好朋友。那時候剛進中學不久，他們兩人拿錯了書包，津久見就看到了釘宮放在書包裡的自創漫畫。

「我當時真的驚呆了，」津久見說，「簡直就像是職業漫畫家畫出來的，不光畫功很好，故事也超有趣。我馬上變成了他的粉絲。我是釘宮克樹的粉絲，所以我拜託他讓我當他的朋友，因為釘宮以後絕對可以成為超紅的漫畫家，到時候向別人吹噓，他是我的好朋友，不是超帥的嗎？」

津久見說得口沫橫飛，釘宮在病床旁聽了，忍不住害羞地笑了起來，他當然感到很高興。

對釘宮來說，津久見可能真的是他的「哆啦A夢」。好朋友熱情的鼓勵，是為「大雄」帶來勇氣的「竹蜻蜓」，也是他的「任意門」。

「喔，大家都在啊。」真世怔怔地想著這些事，聽到身後傳來一個粗獷的聲音。

真世回頭一看，發現柏木正走進來。他昨天穿喪服時就很有氣勢，今天一身米色西裝穿在他魁梧的身上更合身，看起來就像黑道老大。

「神尾，辛苦妳了，會不會很累？」

「嗯，我沒事，謝謝你。」

牧原也跟在柏木身後走了進來，釘宮走在牧原後面，九重梨梨香最後出現。她在藍色的洋裝外穿了一件焦糖色風衣，那是只有對自己的身材有自信的人才會穿的衣服，渾身散發出和今天白天穿喪服時不同的性感。如果在東京街頭遇到，或許有人會回頭多看她一眼。

梨梨香走了過來，真世從椅子上站了起來。

「九重，今天上午真的很感謝妳，釘宮，也很謝謝你。」

梨梨香難過地皺起眉頭，搖了搖頭。

「別這麼說，我還在和克樹說，幸好我們能夠看到老師最後一眼。雖然妳以後會很寂寞，但希望妳早日振作起來。」她說話流利，簡直就像女明星，而且說的話也像劇本中的台詞。

「謝謝。」真世再次向她道謝。

「大家先坐下吧。嗯，要坐哪裡呢？」柏木環顧店內後，轉頭看著釘宮問：「老師，你要坐哪裡？」

真世目瞪口呆。她終於知道什麼是「懷疑自己聽錯了」的感覺。柏木竟然叫老同學「老師」——而且說話的語氣沒有絲毫的不自然。

「我哪裡都可以……柏木，你決定就好。」

「是嗎？那我們就在牆邊的桌子坐得寬敞些——沼川，沒問題吧？」

「可以啊，隨便坐。」沼川在吧檯內回答。

「你們要不要一起過來坐？」柏木問坐在吧檯前的原口和其他人。

「啊，怎麼辦呢……」原口猶豫著，微微站了起來。

「我不用了，坐這裡就好。」桃子搖了搖頭，「你們不是要談工作的事嗎？我還是不要打擾你們。」

「那我也坐在這裡。」原口又坐了下來。

真世聽到皮包裡傳來手機收到訊息的聲音。她拿出來一看螢幕，立刻瞪大了眼睛。是武史傳來的訊息，叫她「去坐柏木他們那裡」。

真世納悶這是怎麼回事，看到自己身上連帽衣的帽子，倒吸了一口氣。因為帽子邊緣夾了一隻蝴蝶。就是那個竊聽器。真世在離開武史房間之前，武史拍了拍她的肩膀，一定就是那個時候夾上去的。也就是說，武史聽到了剛才所有的談話。

真世很生氣，但現在不是生氣的時候。真世站了起來。

「我可以去你們那裡坐嗎？我不會打擾你們。」她問柏木。

「嗯，當然可以，從某種意義上來說，妳是今晚的主角。沼川，今晚我請客，吧檯那裡的帳也都算在我頭上。」

有幾個人拍著手。桃子說：「果然闊氣啊。」只有九重梨梨香沒有笑。真世在梨梨香旁邊坐了下來。

女店員拿來了幾瓶啤酒和杯子，柏木立刻拿起啤酒瓶。

「老師，既然換了一個地方，那我們再來一杯。」

「謝謝。」釘宮說完，遞上了杯子，真世想，他們應該不至於歡呼乾杯吧。

「神尾，」柏木一臉若有所思的表情叫著她，「這次的事，真的很令人難過，我也很傷心，希望老師能夠安息，大家默禱，為老師獻上一杯。」

其他人聽了柏木的話，也紛紛拿起各自的飲料。「那就來默禱。」柏木的聲音響起。

真世握著啤酒杯閉上了眼睛，覺得「胖虎」果然不一樣。

「神尾，怎麼樣？妳難得回來這裡，有什麼感想？」默禱後的閒聊告一段落後，柏木問道。

「什麼感想？」

「妳不覺得這裡越來越落魄了嗎？雖然原本也沒有太繁榮，但至少是能夠吸引觀光客上門的觀光勝地，這一帶也很熱鬧，現在卻變成這樣。商店街上的店家，倒閉的比營業的更多。」

「嗯。」面對這種問題，真世只能低吟。

「目前整個日本都差不多，在疫情完全平靜之前，這也是無可奈何的事。」

「妳認為等疫情平靜之後，觀光客就會回來，這裡就會像以前一樣熱鬧嗎？」

「那就不知道了……」

真世很想說，這種事幹嘛問我？

「比方說，目前東京迪士尼不是仍然限制入園人數嗎？一旦疫情平靜，取消人數限制，妳覺得會怎麼樣？到時候一定會恢復往日的人潮，不，會出現報復性消費，遊客人數會比以前更多。因為大家都悶壞了，終於可以去玩了，妳是不是這麼覺得？」

「嗯，應該是這樣。」

「但是這裡呢？妳覺得也會這樣嗎？到處都是觀光地區，即使疫情告一段落，大家終於可以自由出遊，也不會來這種不起眼的地方。」

「也許是這樣，但和迪士尼樂園相比，是不是太莫名其妙了。」

柏木緩緩從懷裡拿出口罩戴了起來。

「我當然知道，如果迪士尼樂園是天空樹，這個城鎮就是小矮人。各地有許多這種小型觀光地，一旦疫情結束，小矮人就開始比個子。我的意思是，這個城鎮想要求生存，就必須在比個子中獲勝，所以必須趁現在讓個子長高一點，甚至可以努力踮腳。」

真世知道他為什麼要戴上口罩。他可能覺得在說重要的事，無暇顧及飛沫的問題。真世被他有力的語氣震懾，什麼話都說不出來。

柏木再度拿下口罩放回內側口袋，笑著對釘宮說：

「──所以，老師，可不可以當作是幫忙這個城鎮，無論如何，都請你助一臂之力？」

釘宮一臉困惑的表情，轉頭看著梨梨香。

「不是說好今天晚上不談這些嗎？」梨梨香開了口，「所以我們才答應一起吃飯。」

「我只是說，在吃飯的時候不會談這件事，妳應該很清楚這一點。」柏木苦笑著。

「我之前也說了，對克樹來說，目前是最重要的時期，有很多新的企劃邀約，光是應付那些企劃就已經疲於奔命了。」

「九重，所以才需要由妳來妥善處理啊，這不就是你們在一起的目的嗎？」柏木語帶諂媚地說，但他的臉看起來很兇，反而更可怕。

「雖然是這樣沒錯，但並不是完全能夠不假克樹之手，希望你能夠瞭解。」

「我當然知道，所以我們也考慮了各種方案，極力避免增加老師的麻煩。」

「什麼方案？我相信你們應該已經知道，舞台劇的事根本不可能。」

「舞台劇？」真世忍不住問道，「什麼意思？」

梨梨香轉頭看著真世說：

「他們原本說要將《幻迷》改編成舞台劇，在這裡打造一個專用劇場，是不是很可笑？那部作品根本不可能改編成什麼舞台劇，更何況要去哪裡找演員？」

真世也覺得這個企劃很荒唐，但並沒有說出口。

「這只是其中一個企劃，我只是舉例說明，也有這樣的方案，我記得當時也已經說得很清楚了，今天的企劃才是重頭戲。」柏木向身旁的牧原使了一個眼色。

牧原拿出平板電腦放在桌子上。

「我們在研究，是否能夠使用『藍天之丘』。」

「『藍天之丘』？」梨梨香提高了聲量，「那個什麼都沒有的冷清公園能幹嘛？」

那是位在城鎮偏僻角落的公園，除了大以外，沒有任何優點，也沒有任何特徵，的確很冷清。

「別急別急，先聽牧原說完嘛。」柏木笑著上下甩動手掌，「漫畫角色的銅像不是經常會建造在和故事有淵源的地方嗎？我們在想，《幻迷》是不是也可以用這種方式呈現。」牧原繼續說道，「但銅像太普通了，而且也太不起眼，所以我們不要用銅像，而是用五彩繽紛的人偶，或者說是和實物相同大小的公仔，也會使用牢固的新材質，而且除了主要角色的公仔以外，還要呈現故事中的經典場景，我們相信熱愛這部作品的書迷和粉絲一定會想要親臨現場。」

梨梨香放鬆了嘴角，但她臉上露出了冷笑。

「也許會來一次，但只要在社群網站上發完文就結束了，不會再有第二次。」

「所以我們必須不斷升級，慢慢增加重現新場景的公仔，到時候就會有回頭客，所以『藍天之丘』是理想的地方，那裡有足夠的空間，只要不斷更新經典場景，一定可以引起話題。」

「神尾，妳覺得怎麼樣，雖然只是比個子，但格局不小吧？」柏木看著真世，得意地問。

「也要將公園的名稱改為『幻腦迷宮公園』，雖然由市政府管理那個公園，但在私下找他們談了之後，他們的意願也很高。」

梨梨香聽了牧原的話，挑起了眉尾，「喂！你不要未經同意，就擅自去談這種事。」

「牧原不是說了，只是私下談嗎？這種事必須提前打點，九重，妳也不是外行人，我相信妳很清楚這種事。」柏木安撫九重後，看著釘宮問：「老師，你是否願意積極考慮這個企劃呢？」

「我要做什麼？」

「克樹！」

「你名義上是監修，但基本上什麼都不用做。說得極端一點，只要借用你的名字就好。只要你願意放手交給我們，我們會負責處理一切，也不會給你添麻煩。」

「克樹，這樣不行。如果就這樣交給他們處理，會破壞《幻迷》的價值。」

「我們才不會做這種事，怎麼可能做這種事嘛！」柏木攤開雙手，「妳為什麼不相信我們？」

「我的意思是即使你們不會這麼做，最後變成這種結果的可能性很高。『幻腦迷宮公園』的牛皮吹這麼大，萬一失敗的話怎麼辦？如果有人拍到弄髒或是弄壞的公仔，放在網路上散播，就會破壞原著的形象。」

「不會失敗，絕對不會讓這個企劃失敗，我可以保證。」柏木的眼神銳利起來。

「你覺得就憑這種口頭約定，我們會把這麼重要的作品交給你們嗎？」

「又不是妳——」柏木說到這裡，沒有再繼續說下去。

真世知道他想說什麼。又不是妳的作品。但是，一旦說出口，彼此的關係就會變得很緊張，柏木很清楚，必須借助梨梨香的協助，才有辦法說服釘宮。

但是，真世覺得梨梨香的話很有道理。即使把人氣公仔放在鄉下城鎮山丘上的公園內，也難以預料可以招來多少觀光客，而且維持公仔的清潔也是一件麻煩事。

梨梨香瞥了一眼手機後，把臉湊到釘宮面前。

「克樹，是不是差不多該走了？今天一大早就出門，你應該累了吧？」

「啊，是啊，嗯，那就回家吧。」釘宮看著坐在對面的柏木說：「今天晚上謝謝你的款待。」

「你太客氣了。」柏木搖著雙手笑著說，「改天可以再約你嗎？」

「如果不是談這種事的話沒問題。」

柏木聽了梨梨香的話，誇張地皺起眉頭，「九重，我真是服了妳。」

「克樹，那我們走吧。」梨梨香站了起來，「神尾，改天再聊。」

「今天很謝謝妳，釘宮，也謝謝你。」

「嗯。」釘宮點了點頭，在梨梨香的催促下走了出去。

柏木起身目送他們兩個人離去後坐了下來，把瓶子裡剩下的啤酒倒進自己的杯子，然後粗暴地把空酒瓶放在桌上說：「沼川，再來一瓶啤酒。」

「真傷腦筋，要先解決那個經紀人的問題。」牧原嘆著氣，把平板電腦放進了皮包。

「只能發揮耐心了，看他們今天的反應，我覺得比上次談舞台劇的事時有希望，姑且不論九重，釘宮應該認為這個計畫不錯。」柏木鬆開領帶，喝著啤酒。

真世的手機又收到了訊息。一看螢幕，原來是武史傳來的。她看了內容之後，忍不住倒吸了一口氣。因為武史指示了她現在要說的話。

「《幻腦迷宮公園》——如果可以成真，真的很有意思。」真世根據武史的指示說道。

「對不對？」柏木挑起眉毛，「只要好好宣傳，一定能夠吸引客人。」

「資金……」真世說到這裡，清了清嗓子，「資金的問題呢？我想應該需要相當的資金。」

「資金的問題，我們會想辦法，由他負責——對不對？」柏木說完，拍了拍牧原的肩膀。

「只要計畫確定，應該可以找到贊助者。」牧原說。

「是喔，那就好，因為我叔叔說的話讓我有點在意。」

「妳叔叔？」牧原訝異地皺起眉頭，「他說什麼？」

「我爸爸好像曾經找叔叔討論，說學生好像遇到了什麼金錢問題，咦？該不會是說你們？」

牧原的臉色明顯有了變化，柏木在一旁聽了，也露出了凝重的表情。

「什麼意思？這是怎麼回事？我完全不知道妳在說什麼。」牧原的聲音聽起來有點緊張。

「我也不太瞭解詳細的情況，只是聽叔叔稍微提了一下。如果和你們無關就算了，對不起，請你們忘了我說的話。」

柏木拿起剛送上來的啤酒瓶，把啤酒倒進杯子，結果倒得太滿，白色泡沫都從杯緣溢了出來。

「總之，」他語氣強烈地說，「我們必須採取措施，這個城鎮既沒有資源，也沒有太大的賣點，《幻迷》是千載難逢的福神。整個城鎮是一艘船，所有人都在同一條船上，如果不趁現在努力，這艘船就會沉沒，大家全都會一起溺死。」他咕嚕一聲，把杯子裡的啤酒喝了下去，用手背擦著嘴巴周圍的泡沫。

19

窗戶照進來的陽光映在電腦螢幕上產生了反射。「不好意思。」真世對著麥克風打了招呼後，調整了螢幕的角度，最後將筆電轉了九十度，自己也連同坐墊挪了位置。抬頭看向窗外，晚霞映照了整個天空。轉眼之間，超過半天的時間已經過去了。

「讓妳久等了，現在可以了。」

雖然她覺得沒必要讓自己出現在螢幕上，但還是對著筆電說話。

「——所以，系統廚房的施工費總共是六十二萬八千圓。」螢幕中的女人說道。那是公司的後輩。

「包含中島吧檯的費用嗎？」真世問。

「呃，不，沒有包含。因為我聽說要使用原來的中島吧檯，不是這樣嗎？」

「雖然是這樣，但不是要先拆下來嗎？因為廚房的地板要重新鋪，我是說這部分的工程費用。」

「喔，對喔。請等一下。」後輩似乎正在確認手邊的資料，「對，有，拆裝費用是九萬八千圓。」

九萬八千圓。她寫在手邊的筆記本上。

「抽油煙機的排氣管工程沒問題吧？聽說廚房門把的材料費也決定了，還剩下什麼？」

「自來水總開關吧。」

「這個只要六千圓就好，外加消費稅。」

「我瞭解了，廚房差不多就這樣，妳看得到嗎？」螢幕上出現了手寫的工程費明細。雖然字很小，但可以看到。

「這樣就好，妳可以整理一下，然後用電子郵件寄給我嗎？可以的話，希望今天可以收到。」

「沒問題。」

「那就麻煩了。」

「辛苦了。」

真世看到對方的臉從螢幕上消失後，嘆了一口氣，把筆電重重地闔了起來。她看著攤開的圖紙，重新確認紀錄的內容。

雖然她請年假到今天為止，但有好幾個案子必須處理，所以她從早上就開始在家工作，下個星期開始應該可以順利進入工作狀態。只不過她無法一直遠距工作，建築師的工作必須實際觸摸材料和零件，有時候也需要向顧客說明，不可能用視訊的方式請客戶挑選地板和壁紙的材料。

那些政治人物和公務員的工作缺乏生產性，所以一個勁地提倡在家工作、遠距上班，但很想叫他們去現場看一看。

真世突然想到桃子。正確地說，是想到了她的丈夫。

她之前曾經聽說，娛樂產業的員工有時候必須在開發地區停留一段時間，所以聽到桃子的丈夫一個人去關西工作時，也完全沒有產生任何疑問，只是很同情，覺得很辛苦。

但是，聽武史說——「東亞樂園」以遠距上班為中心，已經推動逐漸減少派員工單獨去外地工作的方針。真世對這件事耿耿於懷。果真如此的話，該如何理解桃子說的話？

她怔怔地想著這些事，手機響了。是電話，一看來電顯示的號碼，忍不住倒吸了一口氣。又是柿谷打來的。

「你好，我是神尾。」

「我是柿谷，打擾了，不好意思，昨晚臨時找妳。」

「沒關係，又有什麼事嗎？」

「不，今天不是找妳。請問神尾武史先生在旅館嗎？」

「我叔叔嗎？我不知道，我今天還沒有見到他。」

「是嗎？那可以麻煩妳告訴我他的電話嗎？因為有事想要請教他。」

「好，你請等一下。」

警方似乎不知道武史的電話。真世操作手機，把武史的電話告訴了他。柿谷道謝後，掛上了電話。

真世把手機放在桌子上，忍不住偏著頭。柿谷要請教武史什麼事？

昨晚回到旅館時快十二點了，原本想去武史的房間找他，但因為時間太晚，所以就作罷了。而且真世太累了，昨天真的是漫長的一天。

今天吃完早餐後，她去敲了武史的房間，但沒有人回應。她試著轉動門把，但門鎖住了。武史似乎出門了。

她原本想打電話，但並沒有急著要告訴武史，所以她就回房間工作。

中午過後，她去買午餐前又去了武史的房間，他似乎還沒有回來。他到底去了哪裡？真世無法專心，但還是心不在焉地繼續工作，手機的來電鈴聲又響了。這次是武史打來的。她接起電話，武史問她：「妳在房間嗎？」

「對。」

「妳在幹什麼？」

「我在工作，怎麼了？柿谷應該已經打電話給你了。」

「就是為了這件事，我們約在三十分鐘後見面，如果妳想去，也可以一起去。」

「啊？我也可以一起去嗎？」

「我已經徵求柿谷的同意。我說妳想一起去，問他可不可以帶上妳，他很勉強同意了，妳要去嗎？」

「我要去。三十分鐘後，對不對？你們約在哪裡？」

「二十分鐘後在食堂集合。」

「好，對了，你在哪裡？」

「我在自己房間，剛才回到旅館。那就一會兒見。」武史掛上了電話。

真世放下手機，收拾好工作的資料，拿起了化妝包。即使是和刑警見面，也不能完全不化妝。

化完妝，走去食堂，看到武史正在和老闆娘說話。他穿著那件軍用夾克。

「叔叔，你一大早就去了哪裡？」

「去了很多地方，因為有很多事情要處理。」

武史說這種話時，事情必定不單純，但真世經過這幾天的相處，知道他不可能輕易告訴自己，所以也就沒有繼續追問。

「柿谷好像還沒來。」

真世說，武史看了一下手錶說：

「我們並不是約在這裡，而是在對面的『長笛』咖啡店，是我指定的。」

「喔，原來是這樣，但現在這個時間，應該有其他客人吧？」

目前是五點多。昨天是在咖啡店打烊之後，和柿谷約在那裡見面，但現在應該還在營業。

「生意哪有這麼好？即使有客人，應該也只是附近的老人，只要隔得遠一點，說話小聲點，就不必擔心別人聽到。好，我們差不多該出發了。」

武史走向玄關，真世也跟了上去。

走進「長笛」，發現柿谷、前田和昨晚一樣並排坐在一起，只是今天坐在咖啡店最深處的桌子旁，可能擔心談話被別人聽到，但店裡並沒有其他客人。白髮老闆站在吧檯內小聲對他們說：「歡迎光臨。」

兩名刑警站了起來，柿谷向他們道歉說：「不好意思，讓兩位在忙碌中抽空過來。」

「我們很樂意配合調查，」武史拉開椅子時打量著店內，「嗯，真世說得沒錯，的確是一家有獨特氣氛的咖啡店，咖啡應該很好喝。」

「這裡的咖啡很值得推薦。」柿谷點著頭說。

「既然這樣，那就讓你請我喝一杯。」武史坐了下來，他根本不打算自己付咖啡錢，

「真世，那妳呢？」

「那我也要一杯。」

「四杯咖啡。」柿谷對著老闆豎起四根手指。

前田一臉嚴肅的表情打開筆電，他可能看到柿谷被武史牽著鼻子走感到很不高興。

「請問找我有什麼事？」武史問。

「是。」柿谷坐直了身體，瞥了老闆一眼。老闆背對著這裡，正在磨咖啡豆。因為離這裡有點遠，除非大聲說話，否則應該聽不到。

「昨天晚上聽真世小姐說，神尾英一先生有關金錢方面的事都會和你討論，請問是這樣嗎？」柿谷壓低聲音問。

「原來是這件事。雖然沒有很頻繁，但偶爾會和我討論。因為我哥哥不太瞭解這方面的事，以前經常聽信銀行行員的話，買一些莫名其妙的金融商品。雖然我不太瞭解詳細的情況，但他可能虧了不少錢。我大嫂在生前曾經說，因為我哥哥人太好，只要稍微有點交情的銀行行員拜託，他就無法拒絕，我大嫂看在一旁，就忍不住著急。但我哥哥似乎覺得不能一直這樣下去，所以就來找我討論。」武史說得有模有樣，真世明知道他在吹牛皮，也忍不住覺得會不會真的就是這樣。

武史繼續說了下去。

「但我並不是很精通理財，只是比哥哥的社會經驗更豐富些，所以他才會來找我。說白了，就是我比較不容易受騙上當。」

這是事實。因為他在騙術方面可是職業等級。

「他最近有沒有和你討論這方面的事？」

「最近好像沒有。我剛才也說了，我哥哥對理財完全沒有興趣，他向來覺得錢要靠勞力去賺取，很像是老師會有的想法。他經常說，雖然有人在退休之後，因為沒有收入而感到不安，所以想靠投資增加財產，但外行人隨便亂投資，就會偷雞不成蝕把米。哥哥不需要養別人，可能覺得只要不亂花錢，靠存款和年金也可以過日子。」

雖然不知道武史說的是真是假，但這番話聽起來很有真實性。英一的確屬於這種個性謹慎的人。

「所以他這一陣子完全沒有和你討論錢的事嗎？」

「沒有聽他提起，只有一個月前，他打電話和我提到家裡修補工程的事……啊，對了……」武史說到這裡，很不自然地停頓了一下，然後看著半空，似乎在想什麼。

「什麼事？怎麼了？」

「不，我只是想到一件事，但和我哥哥的財產無關，你別放在心上。」

「請問是什麼事？如果不介意的話，是否可以告訴我們？」柿谷追問道。

「我是不介意，只是我認為應該和案情無關，你們聽了也沒用。」

「完全沒問題，請你說來聽聽。」

「雖然你這麼說，」武史有點難以啟齒，顯然在故弄玄虛。

這時，咖啡送了上來。老闆小心翼翼地把放在茶托上的四杯咖啡放在每個人面前，咖啡的香氣讓人在喝之前就充滿期待。真世拿起牛奶杯，倒了一些牛奶。

「真是亂來，這裡的咖啡有口皆碑，怎麼會有人馬上加牛奶？首先要享受黑咖啡啊。」武史把咖啡杯舉到鼻尖，微微閉上眼睛，做出嗅聞的動作。「嗯，香氣太讚了。」他接著喝了一口，緩緩吞了下去，似乎在細細品嚐，「適度的酸味和香醇殘留在舌尖，感覺是以哥倫比亞咖啡豆為主。老闆，我說得對嗎？」

「完成正確，因為買到了不錯的咖啡豆，所以我就稍微調製了一下。」白髮老闆心滿意足地回答。

「豆子也磨得很好，有適度的澀味。」

「過獎了。」

「對了，這裡可以抽菸嗎？沒想到有這麼古色古香的菸灰缸。」武史指著放在桌角的玻璃菸灰缸問。

「可以，請便。」

「太好了。」武史說完，從內側口袋裡拿出菸盒，然後又將手伸進另一個口袋，但手停了下來，看著兩名刑警。

「不好意思，忘了問兩位。你們呢？我可以抽菸嗎？如果你們不喜歡二手菸或是菸味，我可以忍耐。」

「不，沒問題，不必客氣。」柿谷說。

「是嗎？不好意思啊，因為喝到好的咖啡，就會想要來支菸。」

武史把手從口袋裡拿了出來，手上拿了一個煤油打火機。

真世費了好大的勁，才沒有露出驚訝的表情。雖然很久沒有見到武史了，但這次見面至今，從來沒有看他抽過菸，還是因為「丸美屋」和殯儀館都全面禁菸，所以他只是沒有機會抽菸？

武史把從菸盒裡拿出來的香菸叼在嘴上，以熟練的動作用打火機點火，但打火機只是冒著火星，點不著火。在重複了兩、三次之後，他咂著嘴，把打火機放在桌上。

「沒想到煤油用完了，這一陣子都忘了補充。一直提醒自己要記得去買，但每次都忘記。昨天早上去家裡拿遺忘的東西時，想到家裡可能還有庫存，於是就找了一下，結果沒找到。」

武史站了起來，走向吧檯。

「老闆，這裡有火柴嗎？」

「有。」老闆說完，從吧檯底下拿出了什麼東西。

「謝謝。」武史道謝後走了回來，手上拿著紙火柴。

「真懷念啊，現在大部分店家都不再製作這種印了店名的紙火柴。」

武史撕下一根紙火柴後點了火，靠近叼在嘴上的菸。香菸的前端燒了起來，他甩了甩火柴熄了火，把灰燼丟進玻璃菸灰缸內。

「原來你抽菸。」柿谷問。

「看時間和場合，只有很想抽的時候才會抽。請不要把我和那些其實並沒有很想抽，但只是基於習慣點菸，沒有細細品嚐，就吐出一大堆有害煙霧的人混為一談。」

「你平時都用這個煤油打火機嗎？」柿谷看著放在桌上的打火機問。

「對，雖然是便宜貨，但是我以前在美國時買的紀念品。」

「你剛才說，想到家裡可能還有庫存，是你之前買的嗎？」

「不，是我哥哥的。我記得以前曾經看到書架下方有好幾罐。」
柿谷露出意外的表情看著真世，然後再度看向武史。
「真世小姐說，英一先生多年前就已經戒菸了。」
「表面上是這樣，他也的確不會在別人面前抽菸，但有時候會來一支放鬆心情。我曾經親眼看過好幾次。」
「現在仍然使用打火機嗎？」
「你是問煤油打火機嗎？」
「對。」
「我記得他之前有好幾個，最近就不知道了。家裡的煤油罐不見了，所以他最近可能沒用了。」武史喝著咖啡，抽著菸，噴雲吐霧，心滿意足地連續點了好幾次頭。「這種感覺真不錯，這才是真正在咖啡店放鬆的感覺。」
前田在柿谷耳邊小聲說著什麼。柿谷瞥了一眼筆電的螢幕，輕輕點了點頭，再度將視線移回武史身上。
「呃，關於剛才那個問題的後續……」
「後續？剛才在說什麼？」
「就是關於和你討論錢的事，英一先生似乎向你提到什麼。」
「喔。」武史吐著煙，點了點頭，「原來是這件事，但我剛才不是說了嗎？這件事和我哥哥本身無關，也不是需要特地在這裡談論的內容，更何況關係到別人的隱私，所以哥哥要我不要告訴別人。」

「不，但是，」柿谷雙手撐著桌子，探出身體，「這件事可能和案情有關，我們可以向你保證，絕對不會說出去。可以請你透露一下英一先生對你說了什麼嗎？只要大致的內容就好。」

「即使你這麼說，」武史皺著眉頭，「如果我說出那個人的名字，你們一定會去找對方問清楚，不是嗎？對方不就知道是我說的嗎？」

「我們會妥善處理這個問題，絕對不會給你添麻煩，這件事交給我們就好。」

柿谷熱切地說，前田也低頭拜託。

武史夾著菸，看著斜上方。維持這個姿勢片刻後，不慌不忙地把香菸在菸灰缸中捻熄了。

「既然這樣，你看這個方法行不行。我不想主動說這件事，但我可以用Yes或No的方式回答你的問題。」

柿谷露出不知所措的表情，「Yes或No……嗎？」

「對，你覺得如何？」

前田默默敲打著筆電的鍵盤，柿谷瞥了螢幕一眼。前田應該在螢幕上打了他的意見，也就是搜查一課的意見。

柿谷看向武史說：

「但這樣不知道該從何問起，你至少要先告訴我，是關於哪一方面的事。」

武史抱著手臂，低吟了一聲後，簡短地說了幾個字。

「關於繼承。」

「啊？」

「我說關於繼承。有人去世了，家屬繼承了財產。就是關於這件事。好了，我不會再多說一個字了。」

真世忍不住看著武史的臉。他到底在說誰的事？

前田再度敲打鍵盤。柿谷瞥了一眼筆電的螢幕。

「去世的人叫什麼名字？」

武史聽了柿谷的問題，露出了洩氣的表情。

「你有沒有在聽我說話？我剛才說，只回答Yes或No。」

前田迅速敲打鍵盤。柿谷又迅速瞥了一眼。

「那個人是在去年四月去世嗎？」柿谷突然問了具體的問題。

「對。」

武史毫不猶豫地回答，真世再度嚇了一跳。

「死因是意外嗎？」

「不是。」

「是生病去世嗎？」

「對。」

「所以家屬為了繼承遺產的問題去找英一先生，拜託他或是問他某些事嗎？」

「對。」

「但是，英一先生覺得自己無法解決，所以找你商量嗎？」

「雖然是這樣，但並不是和我商量，只能說是閒聊，或者說是抱怨。」
「抱怨……所以對英一先生來說，並不是愉快的事嗎？」
「對這個問題，姑且也回答『是』好了，因為他說有點心煩。」
「有點心煩嗎？從這句話研判，是不是請他居中協調？」
「對，任何人都不想為了錢的事居中協調。」
「你有沒有聽他說這個金錢糾紛的具體內容？」
「沒有。哥哥只是提了一下，並沒有告訴我具體內容。」
「提了一下……是不是說，那個人去世之後，非但沒有留下財產，反而留下一大筆債務嗎？」
「不是。」
「所以是為繼承問題發生了糾紛嗎？」
「也不是。」
「原本該繼承的財產消失不見了嗎？」
武史停留了一下後，輕輕點了點頭說：「對。」
真世發現柿谷輕輕吸了一口氣。
「英一先生聽起來像是知道金錢糾紛的直接原因嗎？」
「我不知道哥哥瞭解多少，我記得他當時說，希望事情不要鬧大。不好意思，我不太記得正確的說法。」
「原來是這樣。」柿谷小聲嘀咕後，轉頭看著身旁的前田，他們相互使了一個眼色，似乎確認彼此都同意。
「感謝你的協助，為我們提供了很大的參考。」柿谷鞠躬說道。
「這樣就行了嗎？」
「可以了，謝謝你。」
武史拿起咖啡杯，喝著咖啡。
「咖啡還沒有喝完，難得喝到這麼美味的咖啡，我想喝完。」
「請便請便，你慢慢來。」柿谷說。
前田闔起筆電，想要收起來，武史按住了筆電。
「你想幹嘛？」前田第一次開了口。
「你們根本沒有喝咖啡，要不要嚐一嚐？這樣對店家太失禮了。」
前田撇著嘴角，毫不掩飾內心的不悅。
「是啊，那我來喝。」柿谷拿起杯子喝了起來，「嗯，的確很好喝。」
「不要浪費食物和飲料。」
「你說得對。」
「所謂做人要互相，既然我協助你們偵查，可不可以請你也回答我的問題。」
柿谷和前田互看了一眼，露出了諂媚的笑容。
「你想問什麼問題？」
「關於我姪女的同學。我聽姪女說，你們似乎在懷疑她的同學。」
「沒有沒有，」柿谷搖著頭，放下了杯子，「絕對沒有這回事，只是因為參加守靈夜和喪禮的人中，有很多是她的同學，所以才向她打聽一下。」

「柿谷股長，」武史探出身體，把手肘放在桌子上。

「我們都是大人，拋開場面話，來說真心話。我跟你說，真世因為你們的關係很煩惱。」

「啊？」柿谷露出困惑的眼神看著真世，「煩惱是指……？」

真世低頭不語。她完全不知道武史到底想說什麼。

「你不知道嗎？你聽好了，因為你們的關係，她現在無法相信那些同學。這也難怪，因為他們可能是殺害她爸爸的兇手。以後還必須見面，卻必須用懷疑的眼光看他們。你不覺得她很可憐嗎？」

「不，我說了，我們只是打聽一下做為參考，並沒有把他們當成嫌犯。」

「既然這樣，至少告訴我們，他們有沒有不在場證明。」

「啊？」柿谷瞪大了眼睛。

「你們不是會去問那些有出席的同學嗎？不，搞不好已經問了幾個同學，一定會問他們的不在場證明，你可別說不會問。因為就連真世和我，你們也問了我們的不在場證明。」

「嗯，應該會問。」

「是不是？所以希望你把結果告訴我們。有不在場證明的人，真世也可以放心和他們來往——對不對？」

武史徵求真世的同意，她只能點頭。現在不要多話，一切交給武史處理就好。

「我能夠理解你的意思，但這些事有點……」柿谷結巴起來。

「不行嗎？」
「對不起。」
「因為無法公開偵查上的秘密。」前田在一旁用淡然的語氣說。
武史的身體離開桌子，靠在椅子上說：「那就算了。」
柿谷露出安心的表情，「感謝你的諒解。」
「既然這樣，那就只能自己採取行動了。我會直接去找那些人，問他們有沒有不在場證明。」
兩名刑警聽了武史的話，露出了驚訝的表情。
「不不不，」柿谷微微站了起來，輕輕搖著雙手，「這太傷腦筋了，請你不要做這種事。」
「有什麼好傷腦筋的？這和你們根本沒有關係。」
「這會妨礙我們的偵查工作，」前田說，「在和這些相關人員接觸時，需要做相當的準備工作，最重要的是不能引起對方的警戒。如果你擅自行動，就會破壞我們的努力。」
「這不關我的事。」
前田挑起眉毛問：「即使抓不到兇手也無所謂嗎？」
「如果會因此犧牲活著的人的幸福。」
「說什麼犧牲，也未免太誇張了。」
「你說什麼？你再說一次！」武史微微站了起來。
「好了好了，兩位都不要激動。」柿谷慌忙為雙方解圍，「不要激動，來喝咖啡。」

武史坐了下來，深呼吸後，再度將身體靠近桌子。

「那我們來交易，如果你們告訴我相關人員的不在場證明，我就不擅自採取行動，也不會告訴別人。我向你們保證。我也不想干擾你們辦案，更希望早日抓到殺害我哥哥的兇手，只是看到心愛的姪女這麼苦惱，我內心很痛苦。柿谷股長，還有前田巡查長，希望你們能夠諒解。」武史在說後半段的話時，似乎努力動之以情，曉之以理。

兩名刑警一臉為難的表情互看著。

「這不是我們能夠決定的……」柿谷偏著頭。

「我想也是，所以前田巡查長，請你打電話給木暮警部。」

武史指著前田，前田露出害怕的表情問：「打給……股長？」

「對，如果你難以啟齒，那就像守靈夜時一樣，由我來和他交涉。」

「不，不需要。」

「那就拜託了。」

前田嘆了一口氣，一臉很不甘願地站了起來，從懷裡拿出手機，走出了咖啡店。

柿谷愁容滿面地喝完了咖啡，把杯子放在桌上。

「你是不是覺得遇到了棘手的家屬？」武史問。

「不，並沒有……」

「你不要掩飾，你的想法全都寫在臉上。但是，柿谷股長，真世必須懷疑自己的老同學，你倒是站在她的立場上想一想，難道不會感到痛苦嗎？」

「是，沒錯，我能夠瞭解。」

「真的嗎？我聽真世說，你也是我哥哥的學生，結果竟然連守靈夜和喪禮都沒有參加，甚至沒有為他上一支香。」

柿谷顯然沒想到武史會這麼說，忍不住慌了手腳。

「不，那是因為——」

「因為身分的關係無法這麼做嗎？所以你以工作為優先，你整天都在對縣警總部察言觀色，有辦法體會真世的心情嗎？你倒是說說看啊。」

柿谷無言以對，低下了頭，從長褲口袋裡拿出手帕，按著太陽穴。

前田走了回來。

「和相關人員的接觸需要格外謹慎，無法馬上和所有人接觸，而且即使當事人主張有不在場證明，也需要證實，無法向你提供不確實的消息。這就是我們的態度。」

「所以說，如果是確實的消息，就可以和我分享，只是需要一點時間，是不是這個意思？」

「對，只是絕對不能告訴他人。」

「我知道，我可以向你保證。」

前田站在那裡，把筆電放進皮包。他似乎不打算喝咖啡就離開。柿谷也站了起來。

「我還想請教另一個問題，」武史豎起食指，「我哥哥上個星期六去了東京，他在『東京王國飯店』和誰見面？你們應該已經知道了吧？我相信這件事和命案無關，你們告訴我也無妨吧？」

兩名刑警互看了一眼。

「目前還沒有查清楚。」前田回答。

「真的嗎？」

「即使查清楚了，」柿谷說，「也無可奉告。」

前田一臉驚訝，露出嚴厲的眼神看向轄區警局股長，柿谷假裝沒有察覺他的視線繼續說了下去，「因為這件事涉及隱私。」

「我瞭解了。目前我們家門口仍然有人站崗，要持續到什麼時候？也要顧及左鄰右舍，差不多可以撤走了吧？」

「很抱歉，可能還要再持續一段時間。」柿谷用恭敬的語氣說，「但是你們回家時，不會再派人在一旁監視，只是希望你們盡可能不要去書房。雖然有點麻煩，但如果想要從書房帶走什麼東西時，請告知站崗的員警。」

「的確很麻煩，但沒有關係。我們打算明天上午回家一趟，請通知監視的警察。」

「瞭解了，請問是要去拿什麼東西嗎？」

「我姪女要去拿畢業紀念冊和畢業文集，因為她星期天要去參加同學會。」

真世完全沒有和武史說過這些事，但她沒有吭氣。

「好，我會交代站崗的員警。」

「麻煩你了，真世，那我們走吧。」武史說完，站了起來。

20

回到「丸美屋」旅館，一走進房間，武史立刻脫下上衣，衝進了盥洗室。真世不知道他在幹什麼，走過去一看，發現他正在刷牙。真世偏著頭，把塑膠袋裡的東西放在桌子上。那是剛才在便利商店買的便當和茶，今天晚上，她也像武史一樣，決定用便利商店的食物解決晚餐。雖然對旅館老闆娘感到抱歉，但考慮到以後的生活，花錢要稍微節制些。

拆開便當的保鮮膜，不經意地看向房間角落，發現那裡有一個紙袋。昨天並沒有這個紙袋，於是她好奇地向紙袋內張望，發現裡面裝滿了漫畫。看起來除了整套《幻腦迷宮》以外，還有釘宮的其他作品。

「終於舒服了。」武史從盥洗室走了出來。

「叔叔，這些漫畫哪裡來的？」

「什麼哪裡來的？當然是我買的，只不過是在二手書店買的。」

「你白天出門就是為了買這個嗎？」

「不光是這些。」武史盤腿坐了下來，從自己的塑膠袋裡拿出肉醬義大利麵和罐裝燒酒雞尾酒。這似乎就是他今天的晚餐。他在吃義大利麵之前，先打開燒酒雞尾酒喝了一口，然後不滿地撇了撇嘴，「嘴裡還有菸味，抽菸就會這樣，所以讓人討厭。」

「我第一次看到你抽菸。」

真世說，武史想了一下後，把罐裝酒放在桌子上，把丟在旁邊的上衣拿了過來，從內側口袋裡拿出香菸，打開蓋子，抽出一支，看著真世問：「妳有一百圓硬幣嗎？」
「一百圓硬幣？應該有。」
「借我一下。」
真世從皮包裡拿出皮夾，把一百圓硬幣放在桌上。武史左手拿了起來，把右手上的香菸慢慢靠近硬幣。
接著，他把香菸叼在嘴上，抬起頭。真世大吃一驚。因為香菸竟然貫穿了一百圓硬幣。
「啊？為什麼？」
武史叼著菸，用指尖抓住一百圓硬幣，輕輕一拉，放在桌子上。真世立刻拿起硬幣，但硬幣上並沒有洞。
「再一次。」
「外行人每次都說這種話。」武史一臉洩氣的表情把菸放回菸盒，把整盒菸都丟進垃圾桶。「因為有時候也要表演一下這種小戲法，所以魔術師都會抽菸。」
「求求你再表演一次。」真世合起雙手說。
「妳很煩欸。」
「這個一百圓就送你。」
「妳把我當什麼了？這不重要，先填飽肚子再說。」武史伸手拿義大利麵，拆開保鮮膜，打開蓋子，用塑膠叉子吃了起來。雖然只是很普通的動作，但看起來充滿神秘，讓人感到很不可思議。

真世拿起免洗筷，打開便當蓋子。她買的是炸雞塊便當。一看熱量，發現數字很驚人。偶爾吃一餐無所謂，但如果整天吃這種東西，很快就會發胖。

「叔叔，我可以問你一個問題嗎？」

「什麼問題？是關於健太的事嗎？」

真世大吃一驚。「你怎麼知道？」

「因為妳露出一副垂涎的樣子。」

真世很生氣，但還是克制住了。

「叔叔，你有沒有看他的手機？」

「手機？為什麼這麼問？」

「因為你不是很喜歡偷看別人的手機嗎？」

「妳不要誤會，我是因為想瞭解偵查狀況，在不得已的情況下從刑警的手機中竊取資料，並不是因為我喜歡。」

「所以你沒有看健太的手機嗎？」

「我才不做這種下流的事。」

「這樣啊，那算了。」真世再度開始吃便當。

武史也默默開始吃義大利麵，然後突然停了下來。

「他好像很有女人緣。」

正在吃醃菜的真世差一點嗆到，慌忙拿起寶特瓶裝的日本茶喝了起來。

「健太自己說的嗎？」

「雖然他沒有說出口，但只要和他聊天就知道了，他交過的女朋友不只一、兩個。」
「這件事他曾經告訴過我。」
「女人經驗豐富是好事，這代表妳是他精挑細選的結果。」
「是這樣嗎？」真世忍不住偏著頭。
「那妳呢？是在好幾個男人中挑中了健太嗎？」
「我沒交過這麼多男朋友，但我覺得是認真思考後的選擇。」
「是嗎？反正對我來說，這並不重要。」武史說完，再度開始吃義大利麵。吃完義大利麵，把空容器丟掉之後，武史打開了第二罐燒酒雞尾酒。
「那我們來複習和刑警的對話。」
「好啊。」真世說完，也開始收拾便當的容器。雖然她覺得不可以吃太多，但最後還是全都吃完了。
「首先由我問第一個問題，為什麼你不想抽菸，卻要抽菸？」
「這件事等一下再說，首先談一下刑警為什麼找我們。他們果然上鉤了，他們想要問我，哥哥到底和我聊了什麼有關金融方面的事。」
「關於這個問題，我在一旁聽了，完全不知道你們在說什麼，繼承是怎麼回事？」
「關於這個問題，需要說明一下。其實我今天早上去看了森脇家的房子。」
「森脇？你是說森脇敦美吧？你去找她了嗎？」
「我才不會做這種愚蠢的事。我不是說，去看了她家的房子嗎？那是在住宅區的一棟很氣派的房子。這並不意外，因為原本的屋主叫森脇和夫，和平的和，丈夫的夫，是很能幹的實業家，也是好幾家大企業的董事，九年之前都住在美國。回到日本之後，就回到了故鄉，雖然名義上是公司的顧問，但其實已經退休了。」

「你知道得真詳細，誰告訴你的？」

「附近的鄰居。聽說森脇和夫的人格很高尚，沒有人說他的壞話，也積極參加町內會的活動。」

「你又冒充刑警去調查嗎？萬一撞見真正的刑警怎麼辦？」

「沒怎麼辦，我又沒做壞事，而且我完全沒有說自己是刑警，雖然對方可能這麼想。」

一定是武史讓對方這麼以為，但即使指出這件事，也是浪費時間。

「聽你說話的語氣，森脇和夫應該已經死了。」

「去年四月去世了，死因是新冠肺炎。」

「啊，原來是那個時候……」

那是疫情造成重症者和死亡人數最多的時期。

「根據這些線索，可以推測出森脇敦美在答錄機中留言提到『爸爸的銀行帳戶』應該是指遺產的事。」

「喔，所以你才會對柿谷他們說是有關繼承的事，但你怎麼會知道財產消失了？」

「那是我剛才從柿谷口中得知的。」

「啊？你不是回答『對』嗎？」

「因為他們發出了信號。」

「信號？」真世不知道他在說什麼，皺起了眉頭，偏著腦袋問：「怎麼回事？」

「妳還記得在此之前的兩個問題嗎？那個人去世之後，是不是非但沒有留下財產，反而留下一大筆債務？第二個問題是，是不是為繼承問題發生了糾紛？」
「對，你對這兩個問題都做出了否定的回答。」
「因為柿谷的眼睛看了右上方一下。」
「眼睛？右上方？」
「一般來說，在說話時想像某件事，眼睛容易看向右上方，相反地，如果回想事實時，就會看向左上方。極端粗略地說，說謊時會看向右側，說實話時會看向左側。」
「啊，是這樣嗎？」真世轉動著眼珠子，「下次我在別人身上試看看。」
「這是一剎那之間的事，而且當事人也沒有自覺，如果不是精通此道的人很難察覺。而且我剛才不是說，這只是一般的情況嗎？凡事都有例外，只不過我和柿谷見面、談話了好幾次，我確信這個法則適用在他身上。」
「是喔，原來是這樣。」
「而且，我也注意到前田。那個年輕刑警很容易用身體表現出對某件事是否有興趣。遇到沒有興趣的話題時，放在鍵盤上的手指肌肉很放鬆；一旦遇到有興趣的話題，就會立刻緊張起來。眨眼睛的次數也一下子減少。柿谷在說繼承的所有財產都消失不見時，他們兩個人發出的信號明確顯示是『Yes』。」
真世仔細打量著叔叔留著鬍碴的臉龐。
「怎麼了？」
「我在想，你這種能力為什麼沒有用在正途，像是幫助他人之類的。」

「妳少管閒事。總之，我們現在瞭解了大致的情況。警方應該去找過森脇敦美，問了她打電話給哥哥的理由，和答錄機中留言的意思。我猜想敦美應該回答說，她去查了去年去世的父親銀行的帳戶，發現裡面少了一大筆錢，所以想請神尾老師去問一下銀行的理專，到底是怎麼回事。為什麼要找哥哥做這種事？因為她父親告訴她，當初是哥哥介紹了那個理專給她爸爸——我猜想應該是這樣。」

「那個理專就是牧原嗎？」

「這麼一想，很多事就很合理了。警方得知這件事後，就派柿谷他們來找我，想要達到兩個目的。首先確認敦美所說的話是否屬實，其次確認哥哥是否知道帳戶裡的存款消失，和那些錢去了哪裡。」

「果真如此的話，警方這兩個目的都沒有達成。因為你根本什麼都不知道。」

「雖然是這樣，但敦美應該沒有說謊。她沒有理由說這種謊，問題在於哥哥是否知道存款消失的理由。即使不知道，應該也隱約猜到了。因為他對金融方面的事很熟。」

「啊？」真世再度叫了起來，「你剛才不是對刑警說，他對這方面的事很不熟嗎？」

「如果不這麼說，就無法解釋哥哥為什麼找我商量這種事。他年輕時曾經玩過股票，不可能對理財沒興趣。」

「我完全不知道。」

「這已經是很久以前的事了，最近因為不景氣，而且風險也很高，所以對理財也變得很消極。總之，如果哥哥發現了存款消失的原因，事情就一下子變得不單純了，因為一定有人不希望這個原因曝光。」

真世理解武史這句話的意思後，立刻起了雞皮疙瘩。

「你是說，這個人殺了爸爸嗎？」

「至少警方認為有這種可能性。」

「該不會是……牧原？」

「如果剛才所說的情況屬實，就不可能和他毫無關係。妳回想一下昨晚你們幾個同學在居酒屋時，和牧原之間的談話。」

「你是指我對他們說，爸爸好像曾經找叔叔討論，說學生好像有什麼金錢問題，對不對？」

「牧原聽了之後的反應如何？我從竊聽器中聽到的感覺，他似乎並不平靜。」

「他的反應的確不太自然……」

但是不可能。真世原本想這麼說，隨即把話吞了下去。因為她想起武史曾經說，無論誰是兇手，她都會說這句話。

「如果這個方向沒錯，警方很快會查明真相，我們只要靜待結果就好。」武史冷冷地說，喝著燒酒雞尾酒。

真世嘆了一口氣，喝著寶特瓶裡的茶。老同學是殺害父親的兇手——雖然她不願意這麼想，但也許該作好心理準備。她想起昨天晚上在居酒屋時的情況。如果牧原和英一的死有關，有辦法在自己面前若無其事地談論「幻腦迷宮公園」的事嗎？

真世看到武史丟在一旁的上衣口袋裡掉出一個發亮的東西。是煤油打火機。

「這個打火機，是你之前就有的嗎？」

「這個嗎？」武史拿起打火機。

「這個城鎮沒有像樣的雜貨店，我去買漫畫時，順便去了鄰町的家庭用品中心買了打火機。這種地方城鎮沒有什麼零售店，很需要有一家那種大型的賣場。」

武史說這個打火機是在美國時買的這句話，果然是謊話。

「你還沒有告訴我，為什麼會在刑警面前抽菸的理由。」

「昨天晚上，妳和柿谷見面時，他不是問了妳奇怪的問題嗎？他問哥哥是不是抽菸，使用怎樣的打火機。」

「對啊，我當時就覺得他問的問題很奇怪，那些問題怎麼了嗎？」

「刑警問的問題一定有意義，唯一的可能，就是在現場或是遺體身上發現了打火機的痕跡。」

「打火機的痕跡？」真世皺起了眉頭，「什麼意思？我聽不懂這句話的意思。」

「雖然這種說法很奇怪，但我只能這麼回答。如果發現了打火機，就會拿給妳看，問妳是不是哥哥的打火機，所以顯然並不是發現打火機，而是顯示有打火機存在的某些東西。我猜想應該是打火機用的煤油，於是就準備了這個，觀察那兩個刑警的反應。」武史不停地打開、關起煤油打火機的蓋子，發出卡嚓卡嚓的聲音。

「柿谷真的上鉤了，他問爸爸是不是現在還有煤油打火機。」

「聽到他這麼問，我更確信這件事。也許哥哥的衣服上沾到了煤油，即使打火機的油蒸發了，但味道還殘留在衣服上，鑑識人員一定會發現。」

真世摸著臉頰想像起來。

「所以兇手有煤油打火機，在和爸爸打鬥時，打火機裡的油漏出來了——是這樣嗎？」
「有這種可能。妳的同學中有誰抽菸？」
「我不太清楚。昨天在沼川的店裡時沒有人抽菸，但這很難說，搞不好有人抽菸。」
「因為目前在餐飲店禁菸已經成為常識。」
「是啊，對了，我想問一件事，爸爸真的最近有時候會抽菸嗎？」
「當然是說謊。」
「我就知道。」真世瞪著武史的臉，「我漸漸瞭解你的手法了。」
「是嗎？我這個人可沒這麼好懂。」
「我承認你的確是會用話術欺騙別人的高手，最後也順利用這些方法問到了你想知道的事。」
「妳是說哥哥去東京見的人嗎？」
「對，雖然他們沒有說出名字，但知道他們已經查出了那個人的身分，而且似乎和命案無關。」
「那不是我問出來的，而是柿谷故意告訴我們的，前田似乎對這件事很不滿。」
「故意？為什麼？」
「不知道，可能當作是給哥哥上香吧。」
真世聽了武史的回答，終於恍然大悟，而且對柿谷這個人也稍微改觀了。
「好了，今後的對策研究結束，今天晚上就好好來看書。」武史拍著兩腿站了起來，從牆邊的袋子裡拿出好幾本《幻腦迷宮》。

「你該不會從現在開始看整套漫畫？」
「不行嗎？」
「沒有不行，只是覺得工程浩大。」
「這是有可能振興我們故鄉經濟的漫畫，即使工程再浩大，看了也不會有負面影響。」武史靠在牆上，翻開了漫畫。真世看了封面，發現是第一卷。武史在喪禮時對釘宮大肆吹捧，他連一本漫畫都沒看，竟然可以舌粲蓮花地說那些話。
「那我回自己房間了。」真世站了起來。
「明天一大早就要出門，妳要作好心理準備。」
「要去哪裡？」
「妳剛才沒聽到嗎？我不是對柿谷說要回去家裡嗎？」
「原來是真的要回去，我還以為你又在信口開河。」
「什麼叫信口開河？那是我用心良苦的談話技巧。」
「你說要去拿畢業紀念冊和畢業文集是胡說八道吧？真正的目的是什麼？」
「回到家裡之後再告訴妳。」
「是喔……好吧，那就晚安囉，祝你閱讀愉快。」
武史低頭看著漫畫，輕輕舉起了右手。
真世回到房間，卸完妝之後，接到了電話。是健太打來的。
「我聽說了，妳今天用視訊討論了工作。」
「因為有必須今天處理的工作，這樣就不必改變下個星期的工作安排了。」

「妳下個星期要回來上班嗎？」

「我目前是這麼打算，怎麼了？」

「沒事，我原本以為妳打算暫時在那裡工作。」

真世拿著電話笑了起來。

「怎麼可能？沒辦法啦。」

「是嗎？那天去了之後，我覺得那裡是一個環境安靜的理想城鎮，妳也有很多老同學在那裡，我還擔心妳不想回東京了。」

「不可能啦，只是因為有許多雜務，所以暫時無法回東京而已，而且還要和警察見面。」

「原來是這樣，」健太壓低聲音問，「偵查有進展嗎？」

「不知道，反正就交給警察處理。」

「是嗎？也對啦，也只能這樣。」

「我努力不去想這些事。」

「嗯，我也覺得這樣比較好。我不去陪妳沒問題嗎？明天是星期六，我一大早就可以過去。」

「你來我會很高興……嗯，但現在還不需要，真的只是有一大堆雜務要處理，恐怕也沒有時間和你好好聊天。」

「是嗎？那等妳稍微有空再告訴我，我會馬上趕過去。」

「謝謝。」

掛上電話後，真世忍不住嘆了一口氣。

她很希望健太來這裡陪自己，但考慮到目前的狀況，他來這裡反而麻煩。因為她並不想讓健太知道自己和武史正在調查這起事件。

環境安靜的理想城鎮——她回想著健太的話。

如果真的是老同學殺了爸爸，健太的父母知道這件事後，會怎麼看這個地方？前一天還是普通人，竟然突然獸性大發，殺害中學時代的恩師，他們會不會覺得這裡是一個無法無天的野蠻地方。

其實這裡真的是一個好地方，是一個沒沒無聞，大部分人幾乎不會造訪的平凡小城鎮。

21

隔天早晨，真世在食堂吃早餐時，武史慢慢走進來，在她對面坐了下來。他滿臉疲憊，眼睛下方掛著黑眼圈。

「你該不會熬夜？」

武史用力轉動脖子，用右手揉著肩膀，「可能睡了一個小時。」

「所有的漫畫都看完了嗎？」

「當然。故事的結局太驚人了，沒想到竟然從幻想空間回到現實世界，在失去雙手雙腳的狀態下和敵人作戰，太厲害了。」

武史的早餐送了上來。住宿費中包含了早餐，但他似乎難得沒有食慾，並沒有馬上拿起筷子，而是拚命喝著茶。

「但是，」武史拿著茶杯小聲說道，「《幻腦迷宮》的確是傑作，但釘宮的初期作品也不差，他的出道作品很傑出。」

「出道作品？你連他的出道作品也看了嗎？」

「作品名稱是《另一個我是幽靈》。沒有降臨人世的雙胞胎哥哥的靈魂附身在主角身上，有時候會變成幽靈，有時候會在這個世界和那個世界之間穿梭。主角和幽靈哥哥齊心協力克服了各種困難，解決各種問題。故事生動有趣，也很溫馨，閱讀後的餘味很棒。」

「你讚不絕口嘛。」

「那部作品讓釘宮成為職業漫畫家，以後他持續發表了類似的作品，但並沒有受到太大的矚目，於是他就下定決心，改變了作品的風格，但走了完全不同的路線，而且還獲得了成功，不得不說他很有才華。」

武史對釘宮大肆稱讚。可能花了一整晚的時間看了他所有的作品，變成了他的書迷。

「他果然是天才，津久見之前就掛了保證。」

「津久見就是那個英年早逝的同學吧？」武史終於拿起筷子，「他掛了什麼保證？」

「我沒有告訴你嗎？他說釘宮一定可以成為成功的漫畫家。」

真世簡單說明了釘宮和津久見直也在中學時代的關係，而且又補充說，在用「胖虎」和「小夫」形容其他同學時，大家認為對「大雄」釘宮來說，津久見就是「哆啦A夢」。

「是喔，原來是『哆啦A夢』……」武史開始吃早餐，但並沒有在細細品嚐。

「你在想什麼？」

「『哆啦A夢』中還有一個重要的角色，是女生。」

「你是說『靜香』，是『大雄』喜歡的少女。」

「和釘宮在一起的美女相當於靜香嗎？」

「九梨香嗎？」真世用力偏著頭，「好像不太對，因為不管怎麼說，『靜香』都很支持『大雄』。」

「九梨香並不是這樣嗎？」

「應該不是。雖然她很支持釘宮，但是她有目的，正在等待有關於《幻迷》更大的企劃找上門。更何況九梨香在中學時代根本沒把釘宮放在眼裡，完全把他當空氣。」

「那釘宮呢？他喜歡九梨香嗎？原口認為是這樣。」
「嗯，這一點應該沒錯，否則不可能對她言聽計從。」
武史晃了晃下巴點頭，再度吃了起來。
吃完早餐，兩個人分別回自己的房間做出門的準備，武史叫她帶上喪禮時用的那個大包，於是她把托特包背在肩上走出房間。
他們叫了計程車，搭計程車回家。門口仍然有站崗的員警，但柿谷似乎已經交代過了，員警看到他們後行了一禮，走到旁邊，似乎表示他們可以自由進入。
武史走進書房後，直接走向書架，看到他站在學校相關的文件夾前，真世感到很意外。他真的是回來拿這些東西嗎？
「妳把這個放進皮包。」
真世接過他遞過來的文件夾，發現很沉重。因為有兩百多張稿紙，當然不可能不重。她放進托特包後，托特包的把手深深陷進肩膀。
「我問妳，畢業文集不是印好之後，會發給每一個畢業生嗎？」
「對啊，在畢業典禮當天發給大家。」
「妳現在還保留著嗎？」
「文集嗎？我不記得曾經丟掉，應該在我房間的書架上。」
「妳是說二樓的房間嗎？」
「對，我以前住的房間。」
「那妳去找一下。找到的話，也一起放進包裡。」

「要那種東西幹嘛?和這個資料夾的稿子內容一模一樣，只是打字後印刷成一本而已。如果要帶那一本，就不需要帶這麼重的檔案了。」
「妳真囉嗦，廢話少說，按照我說的去做就好。」
「好啦。」
真世懶洋洋地回答後，正準備走出去，武史又叫住了她。
「等一下。」
真世回頭一看，武史又從書架上拿出另一個文件夾。
真世翻過來一看，文件夾的封面上寫著「三十七屆畢業生　畢業文集」。
「你為什麼在看這一屆的文集?」
真世問，但武史沒有回答，一臉凝重的表情翻著文件夾。
不一會兒，他的手停了下來，得意地笑了笑說：
「果然是這樣，我猜對了。」
「怎麼回事?趕快告訴我。」
武史把文件夾啪地闔起來遞給真世，臉上已經收起笑容，眼中露出了銳利的眼神。
「真傷腦筋，我不想牽涉這種麻煩的事，但想要查明真相，就管不了那麼多了。」
「你在說什麼?不要故弄玄虛了，趕快說清楚。」
武史輕輕嘆了一口氣之後開了口，「有一件事要拜託妳。」
「拜託我?什麼事?」
「有點棘手的事，如果妳不想做，可以拒絕我，我再另外想辦法。」

22

白牆紅屋頂，院子內鋪著草皮。這棟房子以前就這麼漂亮嗎？真世偏著頭，按了對講機的門鈴，很快就聽到對講機中傳來「找哪位？」的開朗聲音。

「我是真世，午安。」

「妳打開院子門，直接走進來。」桃子的聲音說。

真世走進院子時，玄關的門打開了，身穿運動衣的桃子開門迎接她，一個穿著短褲的男孩站在她腳邊。真世忍不住「哇」地叫了一聲。

「你好，請多指教。」

男孩露出警戒的表情躲在桃子的牛仔褲後方。

「怎麼了？怎麼沒有打招呼？」

男孩在桃子的催促下說著什麼，真世雖然沒聽到，但還是說了聲「謝謝」。

桃子帶她來到客廳。這是面向庭院的明亮房間。以前讀中學時，曾經來桃子家玩過好幾次，但完全沒有記憶。當真世提起這件事，桃子笑著說：

「那當然啊，因為這棟房子是三年前改建的。我爸爸退休後說，想要住舒服的房子，結果花掉了三分之一的退休金，他覺得不工作不行，慌忙回去子公司上班。是不是很莫名其妙？」

「妳媽媽好像也在上班，每天都要去嗎？」

「那是計時的工作，每個星期只上三、四天，在鄰町的安養設施。對不起，原本我媽今天會在家，但臨時被找去上班。」

「沒關係，妳別在意，我也好久沒來妳家了。」

真世打電話給桃子，說有事要找她，問她能不能見面。桃子說，雖然她有空，但她爸爸去打高爾夫，媽媽也去上班不在家，她可以帶兒子一起去嗎？真世擔心在外面的餐廳見面，小孩子可能會坐不住，她們無法好好聊天，於是就提議去桃子家。桃子很高興地說，那就太好了。

桃子的兒子叫「貢」，今年三歲。大大的眼睛，長得很可愛。他在客廳的角落玩積木。

「真世，妳要喝咖啡還是茶？還是——」桃子做出喝酒的動作，調皮地笑了起來，「要喝啤酒？雖然還沒有到中午。」

「啊，我喝啤酒也沒問題。」

「那就這麼決定了。」

「對不起，我原本想帶伴手禮來，但想不到有什麼好東西，買本地特產也很奇怪。」

「妳不必那麼客氣，大家都知道這個城鎮沒有像樣的店。」

桃子邁著輕盈的步伐走進廚房，拿了兩罐啤酒和兩個杯子，和裝了堅果的碟子一起放在托盤上端了過來。

兩個人分別在自己杯子中倒了啤酒，喝了一口。桃子嫣然一笑說：「星期六大白天喝啤酒太棒了。」

「是啊。」

「啊，對了對了，要先告訴妳一件事，明天同學會時，不為津久見舉辦追悼會了。」

「是嗎？為什麼？」

「津久見媽媽提出這個要求，她說雖然很感謝大家的心意，但這十幾年來，或許還有其他人去世，只悼念她的兒子，她感到於心不安。」

「這樣啊，她是不是顧慮到我爸爸？」

「也許吧，」桃子沒有否認，「妳找我是什麼事？我一直很好奇。」

「嗯。」真世放下杯子，注視著朋友的臉。

「我有事想要問妳，是三月六日，上個星期六的事。」

「星期六？」桃子的眼神有點飄忽。

「上個星期六，我爸爸去了東京，在『東京王國飯店』和人見面，妳知道我爸爸去和誰見面吧？」

桃子收起了臉上的笑容，用力深呼吸，胸口起伏著。

「是警察告訴妳的嗎？」

真世搖了搖頭。

「刑警說，因為涉及他人隱私，所以不肯告訴我們，但我叔叔推理出來了。」

「那個叔叔？」桃子訝異地皺起眉頭。

「他雖然是怪胎，但很聰明。」真世回想起和武史在書房時的對話說道。

武史的推理思路清晰。

「哥哥在東京和誰見面？假設這個人是X。既然他們約好要見面，哥哥的手機或是家裡的電話上一定有X打來，或是哥哥打給X的電話紀錄。即使原本並沒有登記對方的電話號碼，哥哥的個性這麼謹慎，為了以防萬一，當天一定會記下對方的手機號碼。警方不可能不調查這個號碼，所以照理說，『前田名單』上應該有X的名字。但是，那份名單上的人在三月六日都在這裡，沒有任何人需要特地去東京見面。這到底是怎麼回事？於是我想到一件事，那就是警方已經掌握了X的身分，認為不需要列在那份名單上。比方說，被害人女兒的未婚夫。」

「健太？」真世聽到意想不到的名字，聲音也變得緊張起來，「爸爸是去和健太見面嗎？」

「對哥哥來說，對方一定是很重要的對象，所以才特地去東京密談。而且對方住在東京，別人當然最先會想到是獨生女或是獨生女的未婚夫。於是我不經意地問了健太，結果不是他。他上個星期六好像回栃木的老家了。」

「對，沒錯，我還用視訊和他爸媽打了招呼。」

「既然不是健太，那哥哥到底是和誰見面？而且為什麼『前田名單』上沒有那個人的名字？我在看那份名單時，想到了另一個可能性。就是一個名字未必只代表一個人，比方說，發話和來電紀錄上同時出現了『神尾』這個姓氏和『神尾真世』的全名時，在名單上就不需要同時寫兩個名字，只要寫『神尾真世』，就可以發揮名單的作用。因為即使有其他姓神尾的人出現，刑警也會產生警覺。既然這樣，有相同姓氏的兩個人到底是什麼關係？親子、兄弟姊妹、親戚？還有其他的可能嗎？還有另一個可能，那就是夫妻。既然夫妻雙方都會和哥哥聯絡，答案就很清楚，那就是池永夫婦。」
武史最後做出了結論。他再度翻開了「三十七屆畢業生　畢業文集」的檔案，在裝釘的文集姓名欄內，看到了「池永良輔」的名字。
「因為相隔多年和池永見面，所以哥哥想確認一下對方的為人，於是就找出了以前的文集，但在放回去時，不小心放錯了位置。」
武史指著書架上「三十八屆畢業生　畢業文集」旁邊的位置。真世想起上次來這裡時，這兩個文件夾的位置顛倒了。
「爸爸去東京是和妳老公良輔見面，對不對？」真世問。
「嗯，」桃子放鬆了嘴角，點了點頭，「對不起，之前沒有對妳說實話。」
「我可以問一下是什麼狀況嗎？如果妳不想回答也沒有關係。」
「不，我會向妳說明，雖然應該和事件無關，但老師直到生前最後一刻，還在幫助我們。但是，該從何說起呢？我很不擅長談論這種事。」
「可以請妳先說明一下目前的狀況嗎？聽我叔叔說，良輔的公司自從疫情爆發之後，就沒有再派員工一個人調往外地……」
桃子皺起了眉頭，似乎被說到了痛處。
「沒錯，說他一個人被派去關西是騙人的，他現在仍然住在橫濱的公寓內。」
「所以你們目前在分居嗎？」
「嗯，是啊，因為發生了很多事。」
桃子垂下肩膀，說了起來。

桃子在學生時代的朋友婚禮上認識了池永良輔，在自我介紹時，發現雙方是同鄉，而且就讀同一所中學。良輔比桃子大五屆。

良輔並不多話，但充滿知性，說話言之有物，而且很有重點。在和桃子聊天時也不會敷衍，可以感受到他的誠意。桃子也很喜歡他乾淨的長相。

他們不久之後就開始交往，桃子也同時知道了良輔不幸的身世。他讀小學時，父母車禍身亡，在小學畢業之前都住在育幼院，之後被住在真世他們那個城鎮的親戚收養。那樣的環境造就了他強烈的獨立心和凡事追求完美的性格。

交往半年左右，良輔向她求婚。桃子沒有理由拒絕。帶良輔和父母見面後，父母也很贊成。

「那麼一絲不苟的人，竟然會想娶像妳這麼不拘小節的人。像他這種人，凡事都會一板一眼，各方面都不能太隨便，否則會惹他討厭。」毒舌的母親笑著這麼說。

但是，在共同生活後不久，桃子就發現母親說的完全正確。因為良輔經常挑剔她做的家事，一下子說她三餐沒有固定的時間，一下子又說房間沒有整理乾淨，總之都是一些枝微末節的事，良輔說話的語氣雖然開著玩笑，但桃子猜想他內心很在意這些事。

桃子當時在東京都的一家小型旅行社上班，經常無法準時下班也讓良輔不太高興。他在一家和桃子的公司無法比較的大公司任職，那家公司講究實力，即使年紀很輕，只要有實力，就可以得到高薪。他正是符合這種方針的員工，即使沒有桃子的收入，他們也生活無虞，只不過桃子喜歡工作，也對目前的工作很滿意，認為自己不適合當家庭主婦。

有一天，她無論如何都必須在下班後參加一個聚會。她傳了訊息給良輔，說自己只去一個小時就離開。良輔很快回傳了訊息說「知道了」。沒想到聚會氣氛很愉快，她多停留了三十分鐘。當她急急忙忙回到家時，在房間內等她的良輔態度明顯很奇怪。桃子覺得不妙，立刻向他道歉，但他仍然很生氣。

「我希望妳說話算話。」他用平靜的語氣說，「守時是做人基本的道理。」

「對不起，我原本以為只有三十分鐘左右應該沒關係。」

「只有三十分鐘左右？」良輔立刻變了臉，「開什麼玩笑！如果和別人約了見面，結果遲到三十分鐘也完全沒有聯絡，妳覺得這樣也無所謂嗎？妳以為只要賠笑臉，對方就會原諒嗎？妳說啊？」他在質問時的聲音越來越大聲，語氣也變得很嚴厲。他似乎被自己說的話刺激，情緒激動起來。

雖然桃子覺得比約定時間晚回家和約會遲到不一樣，但還是向他道了歉。

「對不起，我以後會注意，真的很對不起。」

「妳每次都這樣。」

「啊？」

「妳每次都說以後會這樣，結果完全沒有絲毫的改善。打掃家裡也一樣，我叫妳要注重效率，但妳向來不講究方法，結果很浪費時間，讓我也無法在假日好好休息。不光是這樣，每次我們說好出門的時間，妳哪一次準時出門？每次都因為各種原因遲到，讓之後的行程也大受影響。我不是說了嗎？妳根本不可能同時做好家事和工作，妳也該認清現實了。」

良輔不停地說著對桃子的不滿和抱怨，彷彿吐出了一直壓抑在內心深處的汙物。他說得都沒錯，桃子完全無法反駁，只是她完全沒想到良輔內心壓抑了這麼多怨氣。桃子只能低頭不語，聽著他的數落。

沒想到良輔突然住了嘴。桃子抬頭看他，以為他終於發洩完了，沒想到看到了意想不到的景象。良輔在哭，他低頭小聲向桃子道歉。

「對不起，因為妳這麼晚回來，我很擔心妳出了什麼事，所以一時情緒失控。我沒想到會這樣口不擇言，我太失態了。」

桃子腦筋一片空白。良輔前後態度判若兩人，簡直懷疑他前一刻的態度是裝出來的。

良輔默默站了起來，走去臥室。

桃子愣在原地，腦筋一片茫然。雖然良輔向她道了歉，但他剛才說的那些話並非言不由衷，只是之前一直都在忍耐。想到這裡，內心就充滿罪惡感和無力感。

她隔了一會兒走進臥室，發現良輔背對著她躺在床上，但並沒有聽到他發出熟睡的鼻息聲。

隔天，兩個人的態度都有點不自在，但都沒有提起前一天發生的事。

之後，他們漸漸恢復了以前的關係，也像以前一樣有了笑容。

只不過並不是所有的一切都恢復了原狀。至少桃子是這樣。良輔對她說的那些話在腦海中揮之不去，無論做什麼事都對他有所顧慮。

良輔是完美主義者，凡事都要建立綿密的計畫，如果不按照自己的計畫執行，就會感到不安。正因為他是這種性格，工作上才會成功，也因此有了目前的地位，只不過他除了工作以外，還希望在家庭生活中實現這種習慣，當然也會要求妻子完美。

能夠和他繼續生活下去嗎？這種不安始終無法離開她的腦海。

不久之後，桃子發現自己懷孕了，良輔高興得跳了起來。

從那天開始，他們的話題圍繞在即將加入家庭的新成員身上。想要兒子還是女兒？要取什麼名字？在這個問題上有聊不完的話題。

只不過有一件事想避也避不開，那就是桃子的工作該怎麼辦。雖然良輔沒有說出口，但內心顯然希望她辭職，但桃子希望可以繼續工作。

她暫時請產假，拖延了這個問題。一旦生了孩子，就可以請育嬰假。想到以後的事，心情就格外沉重，所以桃子不去思考。

良輔從那個時候開始工作很忙碌。因為公司推出了大規模的休閒區開發計畫，良輔被任命為這個計畫的負責人。他經常出差，回家也都很晚。他說這個計畫的成敗決定了自己的未來，臉上的表情甚至充滿了悲壯感。

不久之後，桃子生下了孩子。是一個健康活潑的男孩，他們為他取名為「貢」。

家裡多了孩子，一家人展開了新生活，桃子整天忙著照顧兒子。初為人母，什麼事都沒有經驗，結果除了育兒以外，根本無暇做家事。而且貢經常會在晚上哭鬧，她根本無法好好休息，白天總是昏昏沉沉，很想睡覺，經常無法準時開飯，或是忘了收拾東西。

良輔並沒有說什麼，但並不是體諒桃子的辛苦，而是他自己的工作壓力很大，根本無法顧及桃子。他很疼愛貢，但似乎完全無暇在意其他事。假日也經常加班，在家也都會工作。

回想起來，夫妻兩人在那段時間精神都繃得很緊，就像橡皮圈拉緊，隨時可能斷裂的狀態。在他們每天過著這樣的生活之際，意想不到的情況席捲了日本，不，席捲了整個世界。新型冠狀病毒。變化莫測的病原體改變了整個世界。

良輔不再去公司上班。因為工作形態改成在家上班。為了避免不必要的外出，即使非假日，也整天都在家裡。

如果只是這樣，問題還不大，最大的問題是良輔原本著手進行的巨大休閒設施開發計畫停止了。因為該計畫是以來自中國和韓國觀光客的爆買行為為前提，如今少了這些觀光客，當然不可能繼續推動這個計畫。

良輔明顯受到了這件事的影響，他的神經隨時繃得很緊，情緒也很不穩定。一整天都坐在電腦前，對著電腦喃喃自語，也拚命抖腳。

以前對家裡的事漠不關心，如今經常出言干涉。

沒有準時吃飯，家裡很不整齊，不要老是要我說同樣的話——起初只是小聲簡單提醒，但語氣越來越嚴厲，而且他說的話很正確，並不是在找碴。桃子知道自己是以照顧貢很辛苦為藉口，所以沒有好好做家事，久而久之，就養成了偷懶的習慣。

桃子猜想良輔內心一定又累積了很多不滿。雖然她努力想要做好家事，但仍然經常有疏失，每次都很擔心良輔會大發雷霆，情緒失控。

在他工作時，必須避免發出噪音。有一次，良輔在開視訊會議時，她不小心用吸塵器吸地，良輔從臥室衝出來破口大罵。那次之後，每次在他開會時，桃子就不敢發出聲音，貢哭的時候，就抱著他躲去陽台。

新冠疫情仍然在很多國家肆虐，日本國內的疫情漸漸趨緩。中央和地方政府的相關規定逐漸放寬，日常生活漸漸恢復了正常。

良輔開始去公司上班，但仍然以在家工作為基本，所以他幾乎都在家裡，而且整天愁眉不展。雖然他什麼都沒說，但巨大休閒設施開發計畫的前景越來越不樂觀，桃子也好幾次聽到他在視訊會議時提到這件事。

桃子也得到了壞消息。她正準備為兒子找托兒所之際，得知之前任職的旅行社倒閉了。她把這件事告訴了良輔，良輔不感興趣地回答：「是喔，沒關係啊。」

又過了幾個月。疫情的情況依舊，通常都在一波較大的疫情之後暫時趨緩，每次都要求民眾自律，日常生活頻頻受到限制。人們雖然已經習慣，但也感到疲累，甚至有人開始覺得無所謂。桃子就是後者，每次外出都會擔心受到感染，但在家裡又會擔心惹良輔生氣。當年結婚時，完全沒有想到會有這麼一天。

在這樣的生活中，發生了一件事。

那天良輔正在開視訊會議。貢突然哭了起來。外面在下雨，而且一月的天氣很冷，桃子不想去陽台。她拚命安撫貢，貢還是哭不停。她曾經想把貢關在廁所和浴室，但因為都離臥室很近，可能反而會吵到良輔。

貢放聲大哭，桃子忍不住用手捂住了他的嘴，思考該怎麼辦。

最後還是決定帶貢去陽台，於是把貢放在沙發上，準備穿大衣時，發現貢癱在沙發上。

桃子慌了神，拚命搖著貢，大聲叫著他的名字。貢終於睜開了眼睛，再度放聲大哭起來。他剛才似乎無法呼吸，暫時陷入了昏迷。

這時，良輔走過來問：「喂？怎麼了？」

「對不起，我剛才捂住他的嘴，結果他就不動了……」

「妳捂住他的嘴？為什麼做這種蠢事？」

「因為我怕他會影響你開會……因為他一直哭。」

「應該還有其他方法吧？動點腦筋好嗎？妳這樣也算是媽媽？」

良輔的話似乎觸動了桃子體內的某個開關，她瞪著丈夫。

「幹嘛？」他問。桃子吸了一口氣說：

「我當然有動腦筋！不管是貢還是你，我都整天為你們著想，現在是怎麼樣？自己工作不順利，就把我當出氣筒嗎？」

「把妳當出氣筒？」

「難道不是嗎？休閒設施計畫喊停又怎麼樣？你又沒有被公司開除？我的公司都倒閉了，你不要身在福中不知福！」

下一剎那，桃子倒在地上。她覺得臉頰發燙、麻痺，她知道自己被打了。

良輔大聲走回臥室。

桃子茫然地愣在原地。當她回過神時，發現貢在自己身旁，而且竟然在笑。貢的笑容救了她。她輕輕抱著貢，把臉貼著他的腦袋。

傍晚時，她也懶得下廚，一直躺在沙發上。良輔從臥室走了出來，說了聲「我和同事出去吃飯」，沒有看桃子一眼就出門了。

桃子想了一下之後，打電話回老家，問母親她是否可以回家。

「妳要回家當然沒問題，但這麼臨時回家，是不是出了什麼事？」

「嗯，因為良輔今天開始長期出差，我和貢兩個人在家很無聊，而且老家那裡也比較不必擔心疫情的問題。」

母親完全沒有起疑心。她知道良輔經常出差，所以只對桃子說，回家的路上要小心。

桃子急急忙忙收拾了東西，在餐桌上留了一張「我回娘家」的紙條，就離家出走了。最快兩個半小時就可以到家。

回到家裡，父親滿面笑容地迎接他們母子。他們看到久違的孫子都很高興。

深夜一點左右，接到良輔傳來的訊息。他在訊息中問，「可以打電話給妳嗎？」桃子回答說「可以」，然後立刻接到了他的電話。

「這是怎麼回事？」良輔問，他說話的語氣很平靜。

「嗯……我覺得我們可能暫時分開一段日子比較好。」

「一段日子是多久？」

「不知道，我現在還沒有什麼想法。」

「這樣啊。」良輔沉默片刻，「妳怎麼跟妳父母說？」

桃子把對母親說的話告訴了良輔，「這樣啊。」良輔回答的聲音聽起來似乎鬆了一口氣。

「那我也這麼對我家裡說，就說我去關西出差了，妳只要說妳也不太清楚詳細的情況就好。」

「我知道了。」

桃子聽良輔說話後，大致瞭解了情況。良輔看了留在餐桌上的紙條，最先想到的是桃子怎麼對父母說明今天發生的事。一旦桃子說出實情，就會傳入良輔親戚的耳朵裡。他無論如何都希望避免這種情況發生，他很感激養育自己長大的親戚，認為自己成為出色的大人，建立一個完美的家庭是對親戚最好的回報。

「我問妳，」良輔在電話中問，「妳應該沒有想到離婚吧？」

桃子重重地吐了一口氣。她非但想了，而且從整理行李的時候開始，就一直在想這件事。但是，她並沒有把這句話說出口，只回答說：「不知道，現在還沒有想那麼多。」

「這樣啊。」良輔小聲嘀咕。

於是，他們就開始分居。桃子回娘家後，舒適的生活讓她身心放鬆。父母很疼愛貢，協助母親做家事也一點都不辛苦。她的身體狀況越來越好，照鏡子時，覺得自己的皮膚也變年輕了。

良輔偶爾會傳訊息給她，桃子很少看訊息。因為一旦他道歉，自己就會心軟原諒他。而且馬上搬回去，無法真正解決問題，只是重蹈覆轍。

「——總之，情況就是這樣。」桃子把啤酒罐內剩下的啤酒倒進杯子。

「原來是這樣，該怎麼說，結婚果然不容易。」

「對不起，好像破壞了妳的夢想，但我覺得你們應該沒問題。」

真世注視著桃子的圓臉問：「有什麼根據嗎？」

桃子微微偏著頭，哈哈笑了起來說：「沒有。」

「我就知道！」

「我當初也覺得自己絕對可以幸福，完全沒有想到竟然會變成這樣的結果。雖然神尾老師說，夫妻之間有這種程度的摩擦很正常。」

「妳把分居的事告訴我爸爸了？」

「我原本不打算說，就像我上次對妳說的那樣，只想告訴他同學會的事，但老師問了我很多關於良輔的事，我覺得一直說謊很痛苦，於是就實話實說了。因為我知道對良輔來說，神尾老師是很特別的人。」

「上次聽良輔說，我爸爸以前很照顧他。」

「對，他說神尾老師真的是他的恩人。在聽他說了詳情之後，我也有同感。」

「可以告訴我是什麼事嗎？」

「當然可以，如果不先說這件事，就很難解釋清楚。」桃子說完之後，再度說起了池永良輔的往事。

讀中學時，班上的學生幾乎都是同一所小學畢業的同學，只有良輔是來自外地。沒有朋友的良輔在班上很孤立，同學可能也覺得他是從城市來的怪胎，都不敢接近他。

於是，對良輔來說，上學漸漸變成一件痛苦的事。在暑假結束後，他開始拒學，他的叔叔和嬸嬸也都沒有說什麼，可能不知道該如何是好。
當時的班導師神尾老師去看他，他問了良輔的生活，然後把學校的作業交給他，叮嚀他好好照顧身體後就離開了。
神尾每天都去看他，問他孩提時代的回憶，和有關他父母的事。起初良輔很不想見神尾，但漸漸對神尾敞開了心房。
有一天，神尾說，要帶良輔出去走一走，於是就帶他去了一個地方。那裡就是神尾的家裡。
一走進神尾家的書房，那裡有一個很大的書架。神尾對他說，他可以隨便看書架上的每一本書。
「你可以在每天上學的時候來這裡，放學時回家。這裡就是你的學校，別擔心，這裡也有營養午餐。」神尾對他說。
雖然他原本不太想去，但整天在家和親戚大眼瞪小眼也很無聊，所以良輔從隔天開始就去了神尾家。神尾的太太和母親都在家，親切地歡迎他。
他走進書房，發現書桌上放了一本書。那就是《跑吧！美樂斯》。雖然他並不喜歡閱讀，但因為很無聊，所以就決定看一下。沒想到內容很有趣，轉眼之間就看完了。於是他去書架前，尋找下一本要看的書，發現有整套的《名偵探福爾摩斯》。他想起以前讀小學時，同學都說很好看，於是就拿起來看。
中午時，有人為他準備午餐。那就是神尾說的「營養午餐」。
那天之後，除了假日以外，良輔幾乎每天都去神尾家。閱讀很有趣，時間在轉眼之間就過去了。一個月後的某天下午，他聽到玄關傳來了熱鬧的聲音。原來是神尾帶了班上的五個同學回家。

那些同學看到良輔都很驚訝，神尾對大家說：

「池永是這裡的圖書管理員，如果對這裡的書有任何問題，都可以問他。」

良輔感到不知所措，因為神尾完全沒有向他提過這件事。

其他同學也感到不知所措，但過了一會兒，有一個女生走過來問他：「哪一本書好看？」良輔問了她喜歡的類型，她回答說喜歡學校的故事，於是良輔就向她推薦了《兔之眼》。

神尾以課外圖書課的名義把學生帶回家，因為無法一次把所有學生都帶回家，所以每次只能帶幾個同學回來。

幾次之後，神尾問他：「你有沒有打算回學校？」當時良輔剛好也有這個念頭，只是在等待有人在背後推一把。隔天，他踏進了久違的學校。那時候快十二月了。

那天之後，良輔沒有再拒學，和別人一樣度過了中學生活。雖然並非一帆風順，也曾經有煩惱和挫折，但多虧有神尾的協助，才終於克服了所有的困難。神尾總是守護著良輔，不讓他偏離軌道。

「良輔經常說，沒有神尾老師，就沒有今天的他，神尾老師是他最大的恩人。在中學畢業之後，他仍然偶爾會寫信給老師。因為他說想要感謝老師的恩情，親筆寫信比寫電子郵件更有誠意。」

真世聽了桃子的話，記憶中的迷霧終於消失了。她對桃子說：「我記得這件事。那是我在讀小學低年級的時候，有一個像是中學生的男生在我家客廳看書，我不記得他的長相了，原來他就是良輔。」

「應該就是他。」

「啊，原來是這樣。」真世想起了另一個畫面，那不是以前的事，而是最近看到的事。「妳記得我爸爸喪禮的時候，我不是在他的棺材裡放了一本文庫本嗎？那本書就是《跑吧！美樂斯》。」

「我看到裡面有一本書，但沒有仔細看，原來是那本書。」

「守靈夜時，妳不是和良輔一起上香嗎？我記得良輔看向棺材後，露出有點驚訝的表情。當時我還以為是自己的錯覺，看來並不是這樣。他一定回想起以前的事。」

「這樣啊……」

「聽了妳剛才說的話，我充分瞭解到爸爸對良輔來說，是很特別的人。妳告訴爸爸你們分居後，我爸爸說什麼？」

「嗯，我剛才也說了，神尾老師說，夫妻之間有這種程度的摩擦很正常，還說這是常有的事，尤其是在爆發新冠疫情這種異常狀況的時候。然後他問我，是不是打算和池永離婚。」

「妳怎麼回答？」

「我回答說，不是打算離婚，而是覺得是不是離婚比較好，但我不知道良輔的想法，所以無法決定。老師說，如果我不介意，他可以去和池永見面，問一問他內心真實的想法。」

「原來是這樣，所以妳就答應讓爸爸去和他談。」

「我猶豫了一下，但又找不到其他解決的方法，於是就回答說，拜託老師了。」

桃子說，上個星期五接到英一的電話，說隔天要去和良輔見面。良輔因為工作的關係去東京，所以他們約在東京車站附近的飯店咖啡廳見面。

「星期六時，我很在意他們兩個人談的結果，無心做任何事，但一直等到晚上，都沒有接到老師的電話。星期天也沒有接到老師的電話，原本想主動打電話給老師，但又想到也許老師和良輔談話的結果不理想，所以才沒有打電話給我，就沒有勇氣拿起電話，最後我想到了妳。」

「我？為什麼我會在這個時候出現？」

「因為我在想老師去東京時，或許會和妳見面，和妳見面時，也許會聊我們的事。」

「原來是這樣。」真世瞭解了桃子的意思。

「所以妳那天晚上打電話給我，表面上是為了同學會的事。」

「就是這樣，對不起。」

「妳不需要道歉，但妳知道我沒有和爸爸見面，所以就沒提這件事。」

「就是這樣。然後就是星期一，之後的事情……妳都知道了。我接到原口的電話，得知神尾老師死在自己家裡，而且好像是被人殺害。我腦筋一片空白，完全無法相信，最先想到是不是和良輔有關。」

「然後呢？」

「我猶豫了一下，傳訊息告訴他，神尾老師去世了，然後他就打電話給我。」

「他怎麼說？」

「他當然大吃一驚，說他完全不瞭解狀況。星期六他們聊完之後就分手了，老師對他說改天再聊，就離開了——他這麼回答。我聽了之後，覺得他並沒有說謊。」

「妳有沒有問他和我爸爸聊了什麼？」

「我沒問，因為總覺得不是討論這種事的時候。」

真世點了點頭，也許是這樣。

「對不起，我沒有對妳說實話。」桃子再度道歉，「雖然我曾經想告訴妳，但還是開不了口。」

「所以良輔在守靈夜結束之後，馬上就回去了。當時我就覺得很奇怪，為什麼他不去看兒子一下。」

「是啊，」桃子回答說，「那天晚上，我們假裝還是恩愛夫妻。」

「看來妳曾經承受了不少煎熬。」

「不是過去式，現在仍然很煎熬。」

「那今後有什麼打算？你們要繼續分居下去嗎？」

「不知道，我要再想一下。」

「是嗎？我叔叔說想和良輔聊一聊。」

「妳那個叔叔嗎？」桃子露出不安的表情。

「妳不必擔心，他並不是要代替我爸爸扮演仲裁的角色，他對這種事完全沒興趣，只是想瞭解有關事件的事。」

「但良輔應該什麼都不知道。」

「叔叔說，這些他知道，所以可不可以請妳和良輔聯絡一下？」

「如果是這樣，當然沒問題……」桃子露出了躊躇的眼神。

23

武史對著筆電螢幕輕輕鞠了一躬。

「很高興認識你，守靈夜那天來不及打招呼，太失禮了。」

螢幕上有三張臉。分別是武史和桃子，還有一個人是池永良輔。武史在向良輔打招呼。

「是我太失禮，去了一下子就離開了。」良輔回答說，但臉上的表情很僵硬。他有這種反應很正常，因為不知道武史接下來要問什麼，所以他一定很緊張。

就連在一旁聽他們談話的真世，也完全無法預料接下來會談什麼。因為武史什麼都沒有告訴她。

桃子說，她可以幫忙聯絡良輔，但她也想知道武史要問良輔什麼，於是真世和武史討論之後，決定採用這種方法進行。這裡是武史的房間，但用的是真世的筆電，她的筆電有好幾個視訊會議的應用程式。

「我先聲明，我無意干涉你們夫妻的事，所以不會問這方面的問題，不需要擔心。」

「我知道了。」良輔回答。

「首先我想知道警方的事，刑警也去找過你了吧？」

「對。」

「什麼時候？」

「昨天下午。昨天早上接到電話，說想問我一些事，所以昨天下午在公司附近的咖啡店見了面。」
「你的公司在橫濱吧？」
良輔露出有點尷尬的表情點了點頭說：「對。」
「他們問了你哪些問題？」
「問我最近有沒有和神尾老師聯絡。我猶豫了一下，因為我知道他們是在偵查這起殺人事件，所以覺得應該提供協助，於是就告訴他們，我和老師在三月六日，在東京見了面。對方要求我詳細說明地點和時間，我回答說，晚上六點之後，在『東京王國飯店』的咖啡廳聊了兩個小時左右。」
「刑警聽了之後說什麼？」
「問了我和老師分開之後的行動，我猜想是在調查我的不在場證明。我回答說，我去參加朋友的聚餐。」
「他們有沒有問你朋友的名字和去了哪家餐廳。」
「不，這倒沒問。」
武史點了點頭，轉頭看著真世說：
「警方並沒有懷疑池永。」說完之後，他又對著螢幕問：「除此以外，警察還問了什麼。」
「他們問我，有沒有告訴別人，我和老師見面的事，我回答說，沒有告訴任何人。」
「除此以外呢？」

「還有……」良輔說到這裡，結巴了一下，隨即似乎下定了決心，「他們還問，老師找我有什麼事，如果不介意的話，是否可以告訴他們。我問他們，非說不可嗎？他們說，如果我不願意說也沒關係，但神尾真世小姐從我太太口中聽說，我目前一個人在關西工作，但實際上還在橫濱，是否可以認為和這件事有關？」

「他們問話的方式還真是拐彎抹角，你怎麼回答？」

「我回答說，沒錯，就是這樣，而且還對他們說，因為涉及隱私，請他們絕對不能告訴別人。刑警向我保證，絕對不會說出去。」

「警察遵守了約定，你可能已經聽桃子說了，是我推理出哥哥應該和你見面。」

「聽說是這樣。你到底是怎麼推理的？」

「以後再告訴你，刑警沒有再問其他問題嗎？」

「對。」

「謝謝你──桃子，我也有問題想要問妳，可以嗎？」

「什麼問題？」桃子在螢幕的小方塊中露出緊張的表情，她可能沒想到會被武史點到名。

「刑警也去找過妳嗎？」

「對，來找過我。」

「什麼時候？」

「昨天傍晚，差不多……四點左右。」桃子在螢幕的小方塊中偏著頭。

「他們問了妳什麼？」

「和剛才的內容大致相同，他們問我是否知道神尾英一老師上個星期六和我先生在東京見面，如果知道，是聽誰說的，有沒有告訴其他人。我回答說，是老師告訴我的，但我沒有告訴任何人。」

「除此以外呢？」

「他們也問了我的不在場證明，我星期六晚上沒有出門，所以就這麼回答。我爸媽也和我在一起，只要問他們就知道了。」

「家人無法做為證人。」良輔冷冷地說，「妳不知道嗎？」

「即使你這麼說……那我該怎麼回答？」

「我只是說，妳不必聲明和妳父母在一起。」

「因為這是事實，說了也沒關係吧。」

「如果要打情罵俏，」武史插嘴說，「請兩位再等一下，我的話還沒有問完。」

「不好意思。」桃子和良輔同時小聲道歉。

「池永，我想請問你和我哥哥約定見面的來龍去脈，是我哥哥打電話給你嗎？」

「對，老師打電話給我，說有事想和我談，問我下個星期能不能見面，還說無論約在哪裡都沒關係，不會占用我太多時間。」

「那是什麼時候？」

「呃，請等一下。」

良輔低頭看著手邊，可能在確認手機。

「二月二十六日星期五。」

「二月二十六日。」武史小聲嘀咕，「然後呢？」

「因為那時候我剛好比較忙，所以我回答說，要等到下個星期六才有空，那天我會去東京，只是還不知道幾點有空。老師說，他下個星期六沒事，去東京也沒問題，問我時間確定之後，是否可以通知他。我回答說，瞭解了，然後就掛上了電話。」

「你在時間確定之後，就打電話給我哥哥嗎？」

「對，在三月三日的晚上，我打電話給老師，說星期六傍晚六點之後，我有兩個小時左右的空檔。」

「你是三月三日幾點左右打的電話？」

「是在下班之後回到家，吃晚餐之前，所以大約七點左右。」

「七點……你打我哥哥的手機嗎？還是家裡的電話？」

「我打家裡的電話，我是用老師打給我時的來電號碼回撥，到了星期六，我才發現沒有問老師的手機號碼，還稍微緊張了一下。」

「這樣啊。」武史在電腦前抱著雙臂，「不好意思，是否可以請你盡可能詳細重現當時的談話？」

「啊？要怎麼重現？」

「我來扮演我哥哥，你只要回想當時的情況，說同樣的話就好。那就開始了。首先，是你打電話來，哥哥聽到電話鈴聲後，接起了電話。」武史用左手做出把電話放在耳朵上的動作，「喂，我是神尾——接下來輪到你了，你當時說什麼？」

「喔，呃，我是池永，上次不好意思。」螢幕中的良輔真的把手機放在耳邊。

「不，是我不好意思，在你工作這麼忙的時候，還提出這種要求，真的很抱歉。你星期六的時間安排好了嗎？——我哥哥是不是這樣說？」

「老師就是這麼說。太厲害了，連語氣也一模一樣。」

「謝謝，因為我們是兄弟嘛。」

真世在一旁聽了也大吃一驚。緩慢而嚴格的語氣，真的和英一完全一樣。原來他還有這種能力。

「已經安排好了，下午六點之後，有兩個小時左右的空檔，但請老師特地來東京，總覺得有點不好意思。」

「你不必想這麼多，因為疫情的關係，我這一陣子都足不出戶，正在想偶爾也要出去走走，順便和真世見個面也不錯。」

「啊……不，這句話不對。」良輔在螢幕中搖著手，「老師沒有這麼說，是我問了真世的事。」

「你問了？怎麼問？」

「老師的確說，他去東京沒問題，所以我就問他，是不是會和真世見面，老師說，這次不會，因為我沒有告訴那孩子……」

「因為我沒有告訴那孩子嗎？哥哥是說『那孩子』，沒有說『真世』嗎？」

良輔露出凝望的眼神後點了點頭，「我記得是這樣。」

「好，請繼續。你們之後又聊了什麼？」

「我問老師，要約在哪裡見面？」

「你知道『東京王國飯店』嗎？就在東京車站附近。」武史用英一的語氣問。
「我知道，我曾經去過幾次。」
「那就六點約在那裡一樓的咖啡廳見面，可以嗎？」
「傍晚六點在『東京王國飯店』的咖啡廳嗎？我知道了。」
「那就星期六見，我很期待見到你。」
「啊，呃，老師，」良輔露出有點慌亂的表情，「你要和我談的事，和桃子有關嗎？」
武史停頓了一下後說：「嗯，差不多吧。」
「我知道了，那就星期六見。」
「拜託了。」武史做出放下電話的動作，「你們當時的對話差不多就是這樣吧。」
「大致就是這樣，在和你對話過程中，慢慢想起來了。」
「謝謝，不好意思，要你陪著我做這麼奇怪的事。」
「不，感覺好像真的在和老師說話，然後，呃……」良輔吞吞吐吐起來。
「怎麼了？」武史問他。
「我再次體會到，神尾老師真的已經離開了。我難以相信，剛好一個星期前，才和他見面……」
「是啊，在和你道別，回到家裡之後就被人殺害了。」
螢幕中的良輔和桃子同時露出了沉痛的表情。
「所以，」武史繼續說了下去，「在我哥哥遭到殺害的前一刻，都想著才剛見過面的學生和他太太的事，他一定在思考如何才能讓他們兩個人重修舊好，讓他們得到幸福，自己能夠為他們做什麼。」

這番話讓螢幕中這對年輕夫妻好像突然被潑了一盆水，露出了嚴肅的表情。良輔的眼神很凝重。

「希望你們記得這一點，接下來你們要在視訊中打情罵俏也好，指著對方大罵也罷，那我就先離開了，感謝兩位的協助。」武史說完，操作筆電，結束了視訊會議。

真世看著叔叔冷漠的側臉說：「你還真嚴厲。」

「這樣不好嗎？」

「不，我覺得這樣對他們比較好，你偶爾也會說像樣的話嘛。」

「偶爾這兩個字是多餘，」武史闔起筆電，還給了真世，「謝謝，視訊會議還不錯。」

「需要時可以隨時吩咐。」

「我應該不會再向妳借電腦了，但有一件事要拜託妳。」

「還有事要拜託？今天的事真多啊。」

「妳有意見嗎？當初是妳說要協助我查明真相。」

「我只是說今天的事很多，你還要我做什麼？」

「嗯，接下來……」武史豎起食指，「要去『哆啦A夢』的家。」

24

「津久見美髮店」並不是在商店街內，而是在沿著主要道路的住宅區內，外觀也只是窗戶比普通住家稍微大一點而已。如果沒有那塊低調的小招牌掛在門口，會覺得只是一棟漂亮的歐式民宅，也許不會發現那是一家髮廊。

真世緩緩打開門。店內很明亮，香氣宜人。坐在牆邊沙發上的女人笑盈盈地站了起來。「歡迎。」

她是津久見直也的母親絹惠，在白襯衫外穿了一件米色背心，下面穿著牛仔褲。也許是因為服裝和化妝的關係，她看起來比在喪禮時更年輕。

「不好意思，突然上門打擾，」真世鞠了一躬，「妳是不是很忙？」

「一點都不忙。」絹惠笑著說，「今天上午和下午各有一個客人預約，應該不會有其他客人了，我也正打算打烊。我先失陪一下。」

絹惠走到店外，把招牌拿了下來。那塊招牌似乎代表是否正在營業。

真世環顧店內，不大的空間只有兩張剪髮和洗髮的椅子，但有一種讓人安心的感覺。架子上的古董款座鐘顯示目前是傍晚五點多。

津久見直也的父親是自衛隊員，在他讀小學時，演習時發生意外身亡。之後，靠這家美髮店維持他們母子的生活，沒想到兒子在十四歲時就隨父親而去，實在令人鼻酸。

絹惠走回店內，把拆下的招牌放在牆邊。

「這樣就可以慢慢聊了。」絹惠走到店內深處，打開了門。後方似乎是居住空間。「請進，家裡很小。」

「打擾了。」真世再次鞠躬。

絹惠帶她來到放了一張四人餐桌的飯廳，因為這裡放了電視和矮櫃，所以應該也發揮了客廳的功能。一個人生活，這樣的空間足夠了。景觀窗前掛著格子圖案的窗簾，散發出開朗的氣氛。

絹惠從廚房吧檯內走出來說：「請坐。」

「喔，好。」真世拉了椅子坐下來。

絹惠遞上紅茶，紅茶附了切片的檸檬。她和桃子不一樣，沒有問真世要不要喝啤酒。

「事情處理得差不多了嗎？」絹惠問。

「守靈夜和喪禮都順利結束，終於鬆了一口氣，但沒有抓到兇手，還是……」

「是啊，紅茶趁熱喝。」

「好，謝謝。」真世把檸檬片放在紅茶上喝了起來。紅茶內有香草的香氣。

「妳剛才在電話中說，想要繼續完成妳爸爸——神尾老師未完成的事，所以想看直也的作文，可不可以請妳再說得詳細點？」

「好。」真世回答後，把雙手放在腿上，「我在整理爸爸的遺物時，發現有好幾張以前學生寫的作文影本，他似乎看到中意的作文時，在把作文發還給學生之前，都會自己留一份。他還蒐集了自費出版的簡介，所以我猜想他想把這些作文匯集成冊，然後送給親朋好友。」

絹惠聽了她的說明，連續點了好幾次頭。
「很像是神尾老師的作風，所以，直也的作文也會被收進去嗎？」
「對，因為我找到了一份名單，名單上是寫下那些作品的學生，津久見的名字也在那份名單上，這代表我爸爸也打算收錄他的作品，但不知道為什麼，我找不到津久見作文的影本，但也可能遺失了，或是爸爸忘了影印，所以我才想到來找妳商量。」
絹惠眨著眼睛，嘴角露出了笑容。
「太感激了，也很令人高興，但很不好意思，我第一次聽說這件事，所以，神尾老師欣賞直也的哪一篇作文，我也……」
我也不知道。她似乎想要表達這個意思。
「我想也是，所以如果妳還保留了津久見在中學時代寫的作文，可不可以全都給我看一下？其實我叔叔——就是我爸爸的弟弟目前回來這裡，他說他應該知道我爸爸會挑選哪些作品。」
「妳這麼一說，我想起來了，喪禮時，有一個男人在妳旁邊。原來是這樣，他是神尾老師的弟弟，所以他充分瞭解神尾老師在文學方面的愛好嗎？」
「對，叔叔這麼說，所以我希望可以向妳借用。我一定會好好保管，影印完畢後，馬上就會歸還給妳。」
「直也在中學時寫的所有作文嗎？」
「我想應該有，因為爸爸很喜歡要學生寫作文。不光是寒暑假的作業，只要學校舉辦什麼活動，就要求大家寫作文，平時上課時也會要求大家寫。曾經有好幾個同學對我說，雖然很喜歡神尾老師，只是經常寫作文讓人有點吃不消。」

「全部的作文嗎？我知道了，請妳稍等我一下。」絹惠站了起來，走出房間，真世聽到她走上樓梯的聲音。津久見直也的房間在二樓，也許至今仍然維持著他生前的狀態。

英一打算從學生的作文中嚴選出自己喜歡的作品自費出版這件事當然是武史杜撰的，否則在父親遭到殺害的節骨眼，要求看以前同學所有的作文，一定會引起懷疑。真世也同意武史的意見，問題在於為什麼需要津久見直也的作文，沒想到她問了這個問題，武史只說「等我查明相關事實，就會告訴妳」。

於是真世就和之前聯絡桃子和池永良輔時一樣，完全不瞭解目的，只是按照武史的命令行動。

她看向托特包，把手上有一個蝴蝶形狀的飾品。就是竊聽器。電源開關的尾巴當然彎著。

聽到下樓的腳步聲後，絹惠抱著紙箱走了進來。

「這應該就是全部了。我剛才去找了一下，發現數量還不少，總共超過十篇。」

「可以借我看一下嗎？」

「好，沒問題。」

紙箱中是對折的稿紙，真世把所有稿紙都拿了出來，放在桌子上。疊在一起將近兩公分，考慮到稿紙都對折，所以應該超過五十張。

真世大致看了一下，全都是稿紙。也就是當時寫的作文。

「沒有作文的影本嗎？」

「影本？」絹惠偏著頭反問，似乎不瞭解真世這個問題的意圖。

「作文交上去之後，隔一段時間，都會發還給本人，但有時候也可能不會發還。因為這些作文拿去參加文科省協辦的作文比賽，如果學生想要留底，老師就會要求學生影印留底，所以我在想，津久見可能有這些作文的影本。」

「喔，原來是這樣，但家裡並沒有這些影本，因為他並不是那麼想要保存自己作文的孩子。」絹惠苦笑著說。

真世聽了絹惠的回答，覺得也有道理，因為自己也一樣，以前讀書的時候，從來沒有影印過自己的作文。

但武史可能會感到失望，因為他叮嚀真世，如果有作文影本，一定要借回來，而且聽他的語氣，似乎覺得比作文本身更重要。

真世拿起放在最上面的稿子。作文題目是「尊敬的人」。作文的第一句話就是「在我小學時去世的爸爸，是我所尊敬的人。」作文中寫著，在父親死後不久，有一個來自神戶的陌生女人來上香，她是阪神淡路大震災的災民，爸爸不僅把她救了出來，甚至背著她在瓦礫中走了好幾公里，把她送去避難所。直也在最後總結說，他第一次得知爸爸做什麼工作，也為爸爸感到驕傲。

「好感人的故事。妳有沒有看過？」

真世問，絹惠輕輕點頭說：「看了好幾次。」

真世聽了她的回答後並不意外，而且猜想她在看的時候一定淚流滿面。

「津久見每個科目的成績都很優秀，作文也寫得很棒，起承轉合都很出色。」

「那是因為他使用了秘招。」絹惠說話的語氣好像在暴露小秘密。

「秘招？」

「就是我老公留下來的筆電，他都用文書軟體寫草稿，然後謄寫在稿紙上。他經常說，這樣寫漢字時就不用查字典，寫起來很輕鬆。他住院時也在病房使用筆電，我常提醒他，不可以這樣偷懶。」

「原來是這樣啊，不，即使是這樣，我還是覺得他很會寫作文。」

放在托特包內的手機震動起來。「不好意思。」真世打了招呼之後，從皮包裡拿出手機。是武史傳來的訊息，上面寫著「把筆電弄到手」。真世也知道他這個指示的意圖。

「那台筆電還在嗎？」

「還在啊，只是我不太會用那種東西，從來都沒有碰過。」

「可以借給我嗎？」

「那台筆電？」絹惠意外地瞪大了眼睛，「為什麼？」

「因為上面可能有作文的草稿，我想確認一下。」

「是嗎？啊，但筆電上什麼都沒有。直也對我說，他刪掉了所有的檔案，叫我不必在意那台筆電的事。」

「這樣啊……」

真世聽了絹惠的話，胸口隱隱作痛。

津久見直也知道自己來日不多，考慮到母親不會使用電腦，所以刪除了筆電中的所有資料。

放在腿上的手機再度收到訊息，上面寫著「弄到手」。

「這也沒關係，可不可以讓我看一下？」真世對絹惠說。

「好，但不知道還能不能用，因為已經很舊了。」

絹惠再度走出房間，走去二樓。

真世用手機打電話給武史。電話立刻接通了，傳來冷冷的聲音問：「幹嘛？」

「你覺得你想要找的東西可能在筆電內嗎？」

「希望如此。」

「裡面的檔案都刪除了，這樣也沒問題嗎？」

「沒問題，我會想辦法。」

「既然這樣，這些作文的稿子就不用了吧？很重欸。」

「別說傻話了，妳忘了借作文的理由了嗎？如果把作文留下來，不是就沒有意義了嗎？」

「喔，對喔。」

「再重也要忍耐，全都帶回來。」武史說完，粗暴地掛上了電話。

真世吐了吐舌頭，把手機放回皮包，絹惠走了進來。

「就是這個。」絹惠把一個有把手的盒子放在桌上。那是電腦包，從裡面拿出一個黑色長方形的機械。

真世覺得這台機械看起來不像筆電，四四方方，厚度有五公分左右。她試著拿了起來，發現很重。這可以稱為筆電嗎？幸好有電腦包。托特包裡塞滿了稿子，如果再把這台電腦放進去，應該會重得拎不起來。電腦的電源線上也有一個很大的器具，整台電腦都有一種粗大的感覺。

「我借用一下沒問題吧？」真世再度問道。

「沒問題，只是不知道有沒有壞掉。」

「我會請叔叔確認，如果壞掉，我拿去修理沒問題嗎？相關費用當然也會由我支付。」

「那怎麼好意思？如果要修理，請妳告訴我。」

「那我到時候再徵求妳的意見。」

「好。」絹惠低頭看著電腦，「我之前完全忘了這件事，不知道裡面有什麼檔案。因為沒有連網路，所以應該不會有什麼奇怪的東西。」

「如果可以啟動，到時候妳可以看一下，我會問清楚使用方法。」

「拜託了，我有了新的期待。」

「那就借我一下。」真世把筆電放進了電腦包。

「對了，妳明天會去參加同學會嗎？」絹惠問。

「我這麼打算。啊，聽說妳希望不要為津久見舉辦追悼會。」

「對。」絹惠露出了落寞的笑容，「你們難得舉辦同學會，我希望大家都充分享受一下歡聚的氣氛，如果要悼念直也，另外再找機會就好。」

真世聽了這句話，內心湧起複雜的感情。

「既然妳這麼說，我是不是不去參加比較好？因為一旦我去了，大家就會想起爸爸的事。」

絹惠慌忙搖著手說：

「我覺得妳可以去參加，如果妳不去參加，參加的人就會為只有自己開心參加同學會感到愧疚。妳不介意的話，希望妳可以參加，我也拜託妳。」

真世看到絹惠低頭拜託，慌忙說：「請妳別這麼說，這……」

絹惠抬起頭，嫣然一笑說：

「而且，我相信直也也希望妳去參加同學會，他會在那個世界看著妳。妳之前應該就發現他喜歡妳，對不對？」

「啊，不，這……」真世手足無措地摸了摸頭髮。

「請妳去參加，直也也想見到妳。」

真世看著絹惠真摯的眼神，覺得現在不是老大不小的自己害羞的時候，她回答說：

「我會積極考慮。」

25

武史把筆電從電腦包中拿出來放在桌上，吹了一下口哨。

「原來是『Mebius』，真想向它打聲招呼說，好久不見，最近還好嗎？」

武史似乎知道這款電腦。

「不知道能不能啟動。」

「妳有沒有看過一部名叫《絕地救援》的電影？麥特·戴蒙演的，是一個太空人被遺留在火星上的故事。」

「我好像聽誰提過，但沒有看過。」

「其中有一台實際存在的火星探測車『拓荒者號』，一九九七年登陸，主角在沙子下把它挖了出來，啟動之後，成功和地球對話。『Mebius』上市的時間和『拓荒者號』登陸的時期相同，即使能夠順利啟動，也沒什麼好驚訝的。」

「那部電影不是科幻片嗎？」

「當時影評都認為是很有真實感的科幻片。總之，百聞不如一見。」武史把電源線插進插座，打開了筆電的開關。

不一會兒，畫面亮了起來，深藍色的背景中出現了五彩的帶子，然後顯示了『Mebius』的文字。

「妳看，順利啟動了，而且更棒的是，不需要輸入密碼。津久見似乎並沒有用這台電腦做什麼見不得人的事。」

「我相信你應該從竊聽器中聽到了，這台筆電沒有連結網路。」

「二〇〇〇年代初期嗎？早熟的中學生可能會蒐集色情圖片或影片，但當時醫院還沒有普及網路。」

武史在操作鍵盤和觸控板之後，嘆了一口氣。

「他媽媽說得沒錯，所有的資料都刪除了，裡面沒有任何檔案，垃圾桶和郵件信箱也是空的。他之所以沒有設定密碼，也許是想到日後可能會有人使用這台筆電。」

「你打算怎麼辦？我對他媽媽說，會想辦法處理。」

武史抱著雙臂，稍微想了一下之後，瞥了一眼手錶，關了筆電的電源，也從插座上拔掉電源插頭，把筆電放回了電腦包。

「我出門一下。」

「現在嗎？」

「現在才七點多。」

「你要去哪裡？我和你一起去。」

「我去找一個朋友，妳不用和我一起來，但妳把這個看一下。」武史指著真世放在旁邊的托特包，津久見的那疊作文露了出來。

「看了之後呢？」

「如果有什麼特別印象的內容再告訴我。」

「怎樣的特別印象？」

「這要看了之後才知道。如果有驚訝、感動的內容，記得挑出來。」

「喔，」真世皺著眉頭，「你的指示還真抽象。」

「妳不要一直抱怨，趕快回自己房間看作文。」武史站了起來，從衣櫃裡拿出上衣，「啊，對了，打電話給柿谷，他們應該已經查了好幾個同學，妳問他有沒有確認誰有不在場證明。」

「好啊，只是不知道他會不會告訴我，我覺得他一定會找各種理由搪塞我。」

「如果妳覺得他在騙妳，就威脅他說，如果他不告訴妳，明天開同學會時，妳會問每一個人的不在場證明。」

如果別人說這句話，會覺得是在開玩笑，但叔叔這麼說，就代表他真的會這麼做，所以很可怕。

「雖然我沒有自信能夠成功，但我會試試。對了，叔叔，你要去哪裡吃晚餐？」

「這種事好解決，我應該會晚一點回來。妳看完作文之後，就拿來放在我房間。」武史把鑰匙丟給她。

真世回到自己房間，立刻打電話給柿谷。柿谷可能察覺到這通電話的目的，在說「昨天很感謝」時的聲音帶著警戒。

「不好意思，在你忙碌時打擾，我叔叔要我來問一下，有沒有確認了我那些同學的不在場證明。」真世用武史做為擋箭牌。

「關於這件事，目前還在調查，還沒有到可以明確告訴兩位的階段。」柿谷果然顧左右而言他。

「可以把目前知道的情況告訴我嗎？因為明天就要去參加同學會，我不知道該如何面對他們。」

「喔，原來是這樣。嗯，那可以請妳稍微等一下嗎？」

電話中的雜音消失了，柿谷可能去了其他地方。

「原口浩平在三月六日晚上的行蹤可以確定，就是發現遺體的那個人。」

真世原本就沒有懷疑原口。想到柿谷竟然想用原口來敷衍自己，忍不住感到火大。

「還有其他人嗎？」真世尖聲問道。

「還有沼川，他說在自己店裡工作。」

這也是完全不可能犯案的人。不需要柿谷說，自己也知道。「還有呢？」

「柏木的行蹤也已經確認了，他那天晚上和同事聚餐。」

既然柿谷這麼說，顯然已經查證過了。「還有呢？釘宮呢？」

「釘宮……嗎？他有點微妙。如果要問他有沒有不在場證明，他好像有。」柿谷結巴起來，顯然想要掩飾什麼。

「請你把話說清楚，如果你不告訴我，我就直接問他。」

原本以為柿谷會慌張，他的反應出乎真世的意料。

「嗯，也許妳這麼做比較好，因為這事關隱私。」

「怎樣的隱私？我不會告訴別人，請你告訴我。」

柿谷在電話那一頭發出低吟，似乎感到很為難。

「不瞞妳說，他原本說在自己家裡，但釘宮並沒有住在主屋，而是住在院子裡加蓋的房子，沒有證人可以證明，所以當時並沒有不在場證明，但之後發現他和另一個人在一起。」

「另一個人？是九梨香……九重嗎？」

「不，這我就不好說了。」

那個人似乎就是九重梨梨香。

「這樣就可以做為不在場證明嗎？搞不好只是串供，說他們在一起而已。」

「雖然是這樣，但他們見面的地方很特殊。唉，真傷腦筋。我之所以向妳透露這麼多，是因為妳是神尾老師的女兒，平時我不會把這些偵查的秘密告訴別人。」

「我知道，謝謝你。」真世急忙說，「請問他們是在哪裡見面？」

「我剛才說了，我不方便說出來，請妳見諒。」

「可不可以給我一點提示？」

「真傷腦筋啊。嗯，就是從這裡開車三十分鐘的地方，如果走高速公路，差不多二十分鐘。對方有車子，是自己開車過去，釘宮也坐在那輛車上。他們在那裡停留了兩個小時後回來這裡。我們確認了手機的定位資料，應該沒有錯。我們得知這件事之後，又去問了釘宮，他承認的確是這樣。雖然也可能是其他人帶著手機開車去那裡，但只要確認監視器就知道了，所以我們認為應該可以相信。」

「開車走高速公路，停留了兩個小時……到底是哪裡？」

「拜託妳，請妳不要細想。」柿谷哀求般說。

「還有其他人有不在場證明嗎？」

「目前有人說在自己家裡，但很難確認。」

真世猜想可能是桃子。

「不能用手機的定位資料確認嗎？」

「如果是自己家裡，就難以確認。因為即使不在家，只要把手機留在房間就好。雖然我們還是會去確認。」

那倒是。真世能夠理解。

「如果外出的話，就可以根據手機的定位資料，確認不在場證明，對嗎？」

「是啊，但並不是每個人都很配合。」

「什麼意思？」

「有人以隱私權為由，拒絕提供手機。即使向當事人保證，絕對不會看其他資料，只是當面確認定位資料，也有人遲遲不願點頭。雖然申請搜索令，就可以解決這個問題，但沒有相當的理由，很難申請到搜索令。」

有道理。真世點頭同意。自己也不希望刑警碰自己的手機。

「目前的狀況就是這樣，我剛才也說了，因為是妳，所以才告訴妳這麼多，否則絕對不可能告訴別人。」

「謝謝你，我代表亡父感謝你。」真世彬彬有禮地說完，掛上了電話。

她決定去食堂吃晚餐。下個星期就準備回公司上班，明天就要退房，明天的早餐是在這裡的最後一餐。

走進食堂，發現客人比昨天多了些。星期六果然會有一些觀光客，店員看起來都很有精神，真世也跟著高興起來。

她坐在角落的桌子旁吃天婦羅套餐，在打量食堂時，感覺有哪裡不太對勁，好像和之前不太一樣。隨即發現之前貼在牆上的「幻迷屋」的海報不見了。

老闆娘剛好經過，真世問了她這件事。

「我之前就覺得差不多該撕掉了，」老闆娘說著，瞇起了眼睛，「已經過去的事，一直懊惱也沒有用，這個城鎮也有很多優點。」

「是啊。」真世點了點頭，覺得來到這裡之後，第一次聽到這麼有活力的話。

「請慢用。」老闆娘說完，轉身離去。

真世再度低頭吃飯時，有一對男女在旁邊的桌子旁坐了下來。他們看起來像夫妻，兩個人的頭髮都白了。男人一坐下來，就開始聊蕎麥麵店的事。他說想去觀光勝地竹林附近的一家只有內行人才知道的蕎麥麵店。看起來像是他太太的女人聽了之後說，那明天的午餐就去那裡。

竹林和蕎麥麵店——

沒錯，無名城鎮也有值得驕傲的事。

吃完晚餐，回到房間，開始看津久見直也的作文。總共有十二篇，一年級時寫了七篇，二年級時寫了五篇。「尊敬的人」是二年級時寫的。

作文有規定題目和自由選題兩種。「我的家人」、「暑假的回憶」、「對學校的期待」應該屬於前者，讚賞大聯盟選手一朗的「跑攻守！」和介紹網路可能性的「網路」可能是自由選題。「關於朋友」就不知道是屬於哪一種。真世看了一下，內容果然是寫釘宮克樹。看到「遇見真正的朋友很幸福」這句話，不由得感動不已。

真世回想之後，想起津久見直也的確很會寫作文。真世的作文能力也很強，但大部分同學只是把稿紙的格子填滿而已，根本不在乎內容，完全沒有考慮如何吸引看作文的人。但是，津久見的作文有明確的主張，可以感受到他想要向讀者傳達的內容，而且文字簡潔，不拖泥帶水。

真世想起之前去探視他時，病房內隨時都放著書。津久見說他喜歡看書，但自己從來沒有問過他喜歡哪一種類型的書，以前看過的書中，最喜歡哪一本，每次在病房時，真世都只顧著聊自己的事。而且聊的不是在學校發生的愉快的事，幾乎都是怨言。爸爸是學校的老師，覺得壓力很大——每次都有說不完的不滿和抱怨，現在才發現，津久見很有耐心聽自己抱怨這些事。

她仔細看了每一篇作文，花了兩個小時，才看完十二篇。她覺得眼睛很累，腰痠背痛。她站了起來，想去泡一下溫泉轉換一下心情。這個城鎮有溫泉，其實除了《幻迷》以外，還有很多賣點。

她舒服地泡著溫泉，回想起這一個星期發生的事。意想不到的事接連發生，在腦海中整理也不是一件容易的事。和健太一起去婚宴接待廳，就像是遙遠過去發生的事。那天是星期天，到明天才剛好一個星期。

她突然想到，不知道現在是幾點。英一是在上個星期六遭到殺害，武史說，時間是在晚上十一點左右。可能剛好是現在的時間。

上個星期的這一刻，不知道英一在想什麼。也許像武史說的那樣，正在絞盡腦汁思考如何才能讓桃子和池永良輔得到幸福，做夢也沒有想到自己即將遭到殺害——

當她回過神時，發現有什麼順著臉頰滑了下來。她不知道是眼淚還是汗水，還是天花板滴落的水滴。

回到房間後，她又重看了作文。武史雖然交代，有印象深刻的內容要告訴他，但很難回應這樣的要求。每一篇作文都寫得很好，令人印象深刻，所以極端地說，所有作文都符合這樣的要求。

她無法整理出頭緒，抱著作文走出了房間。走去武史的房間，發現他的房間並沒有鎖。可能是旅館的員工來鋪被子後，沒有鎖門就離開了。

房間內一片漆黑。當她伸手打開牆上的開關時，差一點尖叫起來。因為她看到武史盤腿坐在房間中央。

「嚇死我了，你回來了嗎？」

「剛才回來。」武史閉著眼睛回答。

「你怎麼進房間的？房間的門不是鎖著嗎？」

「這種小事，不費吹灰之力就搞定了。」

他似乎也有開鎖的技術。這個男人到底是怎麼回事？

「為什麼不開燈？」

「想事情不需要燈光。」武史睜開眼睛，轉頭看著真世問：「作文看完了嗎？」

「看完了，很佩服他寫得這麼好。」真世坐了下來。

「只是佩服而已嗎？沒有讓妳驚訝的內容嗎？」
「驚訝……倒是沒有。」
「是嗎？我也要看一下，妳放在那裡。」
真世把那疊稿紙放在桌上問：「那台筆電怎麼樣了？」
「資料救回來了，目前放在其他地方。」
「原來把資料救回來了，你放在哪裡？」
「不能告訴妳。」
「為什麼？」真世嘟起了嘴。
武史微微皺起眉頭，「因為妳會想要看。」
「我當然想看啊，為什麼不給我看？」
「以後會給妳看，現在還不是時候。」
「什麼意思嘛，你又要故弄玄虛了嗎？」
「這代表我有很多考量，妳有沒有聯絡柿谷？」
「聯絡了。」
「情況怎麼樣？」
「雖然他有點不太甘願，但最後還是告訴我了。」
真世把從柿谷那裡聽到的情況告訴了武史。
「我很驚訝的是，九梨香竟然和釘宮在一起，而且是星期六晚上。他們一起去了離這裡三十分鐘車程的地方，停留了兩個小時。我猜應該是飯店，而且是摩鐵。」

「妳的想法應該八九不離十。」

「我太驚訝了，原來他們真的有一腿。沒想到『大雄』還真有兩下子，還是九梨香偽裝成『靜香』，用肉體拉攏他？」

武史沒有理會真世說的話，反而問他：「柿谷有沒有提到牧原的不在場證明？」

「他沒有提，所以我想應該還無法確認。」

「牧原結婚了嗎？」

「不，我記得他是單身，是桃子告訴我的。怎麼了嗎？」

武史沒有回答，再度閉上眼睛，抱著雙臂，一動也不動坐在那裡。

「叔叔。」真世叫了他一聲。過了一會兒，武史才終於睜開眼睛，然後放鬆嘴角，發出可怕的冷笑聲。

「呵呵呵，原來如此，原來如此，竟然是這麼一回事。這下子所有的事都串起來了。」

「什麼？你太可怕了。你知道什麼了？趕快告訴我。」

「不需要妳說，我也會告訴妳，只不過——」武史鬆開抱著的雙臂，攤開雙手說：

「稍安勿躁，表演時間一到，謎底自然就會揭曉。」

26

星期天，正午——

真世來到地圖上顯示的地點，看到那家餐廳時，忍不住想說，原來這個城鎮也有這麼時尚的餐廳。用木頭簡單搭建的建築物充滿異國情調，也有桃子所說的開放空間，門口掛著「包場」的牌子。

走進餐廳，門口旁放了一張長桌子，桃子擔任接待。

「妳又當接待嗎？守靈夜和喪禮之後又是同學會，真是辛苦妳了。」

「對啊，不知道有沒有哪家公司願意雇用我當接待小姐。」桃子雖然開著玩笑，但因為昨天的事，所以她看起來有點害羞。不知道她之後有沒有用視訊和池永良輔溝通。

消毒完手指後，拿到了座位表。今天果然不是站著吃，而是坐在餐桌旁。店內很寬敞，座位之間的空間很大，而且和對面的座位之間豎著壓克力板，有效防止飛沫。

真世正在找座位，同學紛紛向她打招呼。大家都知道英一的死訊，向她表達了哀悼，「希望趕快破案」、「妳要多保重」之類的話聽起來不像是言不由衷，有人拿出名片說「如果有什麼需要我幫忙的，隨時聯絡我」，聽起來也不像是說說而已。

一個姓鈴木的同學向她打招呼。他是今天的主持人。

「等一下會發香檳，但因為神尾老師發生了那種事，所以大家覺得乾杯不太好，決定默禱十秒後再開喝，妳覺得怎麼樣？」

「我沒問題，你們決定就好，但之後就按照正常的方式進行，不必在意這件事。」

「我瞭解了，謝謝妳。」鈴木說完，鬆了一口氣地走開了。

大家都親切地和真世聊天。雖然她在讀中學時，很討厭爸爸是老師這件事，但現在覺得也許該為受到學生愛戴的父親感到驕傲。

來參加守靈夜和喪禮的人也一個個出現了。真世看到一身西裝的原口，主動走過去打招呼。

「有一件事想要拜託你，你願意幫忙嗎？」

「好啊，要我做什麼？」

「因為想答謝之前送了奠儀的人，等一下吃完飯之後，大家不是要一起去學校嗎？」

「聽說是這樣，要回去看看充滿回憶的場所變成了什麼樣，還要拍紀念照。」

「結束之後，希望大家可以多停留一點時間。你沒問題吧？」

「我沒有問題，但其實不必費心答謝。我並沒有包很多錢，我相信大家在奠儀袋裡應該也沒放很多錢。」

「不是我要答謝，是我叔叔要答謝大家。」

「妳叔叔就是那個很有趣的人嗎？是喔，這樣啊。」原口臉上露出了好奇的表情。

「事情就是這樣，你願意留下來嗎？」

「好，那我去告訴其他人。」

「謝謝你。」

「ＯＫ，小事一樁。」

真世目送原口轉身離去的背影，暗自鬆了一口氣。原口完全沒有起疑心。要求他們在同學會結束後繼續留在學校，當然是武史的指示，但除此以外，武史並沒有向她透露更多細節。武史到底有什麼打算？

不一會兒，所有人都坐在各自的座位上。總共有將近三十個人。原本就是一所一個年級只有兩個班級的小學校，能有三十個人來參加，應該已經算多了。

主持人鈴木戴著口罩現身。他右手拿著麥克風，但先舉起了左手。左手上拿了一塊很大的牌子，上面寫著「請勿大聲說話」。這似乎是防疫措施，引起了一陣笑聲。

鈴木放下牌子，把麥克風舉到嘴邊。「各位午安。」他說話的音量並不大。

「午安。」有幾個人小聲回答。

「對、對，就是這樣。疫情當前，請大家控制說話的音量。很多人都很久沒見面了，很想好好熱鬧一下，但今天就請各位克制一下。」鈴木不愧是主持人，說話很有技巧。

飲料送到每個人面前，真世面前也放著一小瓶香檳和杯子，杯子上包了保鮮膜，應該表示為了預防感染，請客人自己倒酒。

鈴木向大家說明了剛才和真世討論的事——今天不乾杯。當然不可能有人提出異議，在默禱之後，所有人都靜靜喝了起來。

餐點送了上來。鈴木再次開始說明，接下來由三位目前已經退休的恩師致詞，大家可以邊吃邊聽恩師說話。因為趕快吃了餐點，就可以戴上口罩盡情聊天，而且也已經事先徵求了恩師的同意。

在幾位老師實際致詞後，真世深刻體會到多虧採用了這種方式。因為這幾位年邁的退休老師長篇大論，如果只是坐著聽他們說話，一定會既無聊，又痛苦。而且老師的致詞很少提到真世他們四十二屆的事，幾乎都是結合自己的回憶和吹噓的近況報告。但這三位老師都提到了釘宮克樹的活躍表現，紛紛表示畢業生中出了這麼有成就的人，是學校的光榮，只不過這三位老師似乎都不太清楚釘宮創作的是怎樣的作品。

因為只是簡單的午餐，所以三位老師致詞結束時，大部分人都已經吃完了，然後就按照原定計畫，大家戴上口罩聊天。

真世刻意避免和來參加守靈夜和喪禮的人聊天，找那些真的許久未見的同學噓寒問暖。雖然也有人神經大條地問命案的事，但真世巧妙地顧左右而言他。

不一會兒，鈴木宣布在這家餐廳包場的時間即將結束。

「我相信大家還有很多話想聊，那我們就回母校續攤。今天已經向學校申請了使用許可，也租了遊覽車送大家去學校。請大家回到充滿懷念的地方，好好聊一聊往事。」

雖然鈴木語氣開朗地邀請大家，但參加者的反應並不熱烈。續攤的地點選在母校，氣氛當然不可能熱烈，只不過既然已經租了遊覽車，大家都一起上了車。

抵達學校後，大家先來到體育館，然後參觀了老師辦公室、音樂室和保健室這些充滿回憶的地方。目前在讀二年級的兩名女學生負責帶大家參觀，應該是有人請她們今天來學校幫忙，但星期天還要來學校，未免太可憐了。兩個女生沒有露出一絲不悅的表情，熱心地為大家介紹目前學校的環境和設備。

走進教室，驚訝地發現講台旁有一個大螢幕。帶領大家參觀的少女說，老師操作電腦時，可以將電腦的畫面投影在大螢幕上。沒想到鄉下地方的學校也推動了ＩＴ教育。

「神尾。」走在走廊上時，九重梨梨香叫住了她，釘宮跟在九重梨梨香身旁。

「我聽原口說，妳希望大家結束之後留下來，可以請妳說明一下詳細的情況嗎？」雖然她用字遣詞很客氣，但語氣咄咄逼人。

「我叔叔說，想要答謝各位來參加守靈夜和喪禮，其實我也不知道他想幹什麼。」

九重梨梨香微微皺起了眉頭。

「老實說，我和克樹不太想參加。因為妳也知道，柏木他們又會糾纏不清。剛才在餐廳時，他們也一直設法靠過來。因為克樹說，想要參加津久見的追悼會，所以我們決定出席，但後來決定停辦了，早知道就不來了。」

「妳當釘宮的經紀人，在各方面都辛苦了。」真世說這句話聽起來像在諷刺，雖然她原本並沒有這個意思。

果然不出所料，九重梨梨香挑起了兩道眉毛。

「因為我對《幻腦迷宮》的評價很高，不希望用在一些廉價的生意上，正在尋找和作品相符的企劃。」

「我瞭解，但我叔叔很堅持……不會占用大家太多時間，請兩位給點面子。」真世合起雙手，放在臉前。

九重梨梨香故意重重地嘆了一口氣，催著釘宮說：「我們走吧。」

大家在階梯教室拍了紀念照，同學會的所有活動都結束了。鈴木說，學校將在五點關閉校門，請大家在五點之前離開。目前才四點剛過。

真世打電話給武史說：

「現在剛結束。」
「好，那就請大家去三年一班的教室集合。」
「好。」
真世向有點訝異地留下來的柏木、牧原，還有釘宮等人轉告了武史的話。
「神尾，妳叔叔到底想幹嘛？」柏木問。
「不知道，但我想去了應該就知道了。」
三年一班的教室位在校舍的三樓，大家紛紛走上樓梯。
走進教室，發現教室內很暗，真世打開了燈。教室和以前沒有太大的差別。
其他人分別保持了安全距離坐了下來，只有柏木坐在最前面的課桌上。真世站在講台旁，等待武史出現。
「怎麼還沒來？要我們等多久？」柏木看著手錶，心浮氣躁地說。
就在這時，黑板上方的擴音器傳來了上課鈴聲。叮咚噹咚——好久沒有聽到這個令人懷念的旋律了。
「怎麼回事？怎麼回事？」就在有人發問時，教室前方的門嘎啦一聲打開了，所有人都看了過去。
真世看到走進教室的人，差一點叫了起來。不，有好幾個人都驚叫起來。
因為走進教室的是神尾英一——也就是真世的父親。

27

當然並不是神尾英一本尊，而是武史假扮的。

然而，一頭花白的頭髮，微微駝著背，腋下夾著像是資料夾的東西，脖子微微向左傾的站姿——都完全是英一的翻版。在英一當老師期間，曾經看過他穿了好幾次那套深棕色的人字紋西裝。

他走向講台，走路的樣子和步伐的節奏也都和英一完全一樣。他戴著成為英一標誌的圓框眼鏡，再加上戴了口罩的關係，看起來就像是本尊。

即使是兄弟，也未免太像了。而且兄弟的五官和身材完全不同，武史比英一高了將近十公分，但武史巧妙利用了眼睛的錯覺，完全看不出任何不對勁的地方。

「太驚訝了。」柏木最先開了口，「我以為是老師呢——對不對？」他徵求大家的同學，幾乎所有人都點頭。

假扮英一的武史停下腳步，摸著眼鏡，轉頭看著柏木。

「柏木，你沒有聽到上課鈴聲嗎？你坐的那個東西叫課桌，是閱讀和寫字的地方，而不是用來坐的。後面的那個小東西才是可以坐的椅子。如果你不知道，就請你記住。」

哈哈哈。柏木拍手笑了起來，從課桌上站了起來，「太扯了，就連聲音也一模一樣。」他在說話時，在椅子上坐了下來。

武史又看向真世說：「神尾真世，妳要為大家上課嗎？那我就去下面坐。」

「啊……對不起。」真世走下講台，在窗邊的座位坐了下來。神尾真世——以前讀中學時，英一的確用全名叫她。他似乎覺得只叫「神尾」的姓氏好像在叫自己，感覺很奇怪，但只叫「真世」的名字，又不太對勁。

武史再度邁開步伐，走上講台，環顧教室內所有人，打開了手上的資料夾。仔細一看，原來是點名簿。

「現在開始點名。」武史用嚴肅的口吻宣布，「柏木廣大。」

「啊？這是怎麼回事？」柏木不知所措地笑了起來。

「柏木廣大，不在嗎？柏木今天缺席嗎？」

「不不，我在啊。有！我在這裡。」柏木舉起了手，似乎覺得雖然不知道武史的意圖，但願意陪著玩一下餘興節目。

「神尾真世。」

「有！」真世舉起了手。

「釘宮克樹。」

「有！」釘宮回答。之後依次點了九重梨梨香、杉下快斗、沼川伸介、原口浩平、本間桃子、牧原悟的名，每個人都舉手回答。武史用桃子以前的姓氏叫她，可能想要重現當時的情況。

「很好。」武史說完，闔上了點名簿，「全班出席，太好了。」

「神尾老師，」柏木舉起了手，「接下來到底要幹什麼？」

武史再次巡視了所有人之後，將視線移回柏木身上。

「過了十五年，竟然連班導師教哪一個科目都忘了嗎？讓人有點遺憾啊。」
「啊？要上國文課嗎？現在？」
「沒錯。」武史說完，環顧整個教室。
「今天我也受邀參加同學會，沒想到發生了意想不到的事，不得不離開這個世界，但還是想用某種方式見大家，所以就決定來上一堂臨時課，時間不長，我們就一起共度這堂課的時間。」
「老師！」有人舉起了手。是原口。「請問要怎麼上課？我們並沒有帶課本來。」
「不必擔心，不需要課本，今天這堂課的主題是『信』。」
所有人都露出了困惑的表情，紛紛小聲嘀咕著。意外的發展也讓真世無所適從。
「安靜。」武史用英一的聲音提醒所有人，「為什麼是信？在說明這個問題之前，要先說一件事。原本今天要為津久見直也舉行追悼會，但後來聽說停辦了，但既然大家都聚集一堂，就來舉辦一場小型追悼會。呃，釘宮在哪裡？喔，原來在那裡啊，請你站起來。」
坐在中央附近座位的釘宮被武史點到名之後站了起來。
「聽說昨天津久見的母親聯絡了神尾真世，她在整理津久見的遺物時，發現了一個舊信封，裡面有一封很厚的信，而且信封黏了起來。收件人的名字是你和我兩個人。津久見的母親問神尾真世，到底該怎麼辦，神尾真世就回答說，既然這樣，那就交給釘宮，不知道津久見的母親有沒有和你聯絡？」
真世驚慌失措。因為她完全不知道這件事。如果要編這樣的故事，可不可以事先告訴自己一聲？

「我知道，我來參加同學會之前去拿了。」

真世聽到釘宮若無其事的回答，再度大吃一驚。昨天根本沒有提到有這封信的事，難道是津久見的母親在和自己見面之後找到的嗎？如果是這樣，武史怎麼會知道？

「我很想知道信上寫了什麼，你帶在身上嗎？」

「對，就在這裡。」釘宮從上衣內側口袋裡拿出信封。

「既然收件人的姓名是你和我兩個人，是不是代表我也可以看這封信？」

「當然，但裡面並不是信。」

「不是信？那是什麼？」

「你看了之後就知道了。」

釘宮走去前面，把信封遞到武史面前說：「請看。」

武史拿出信封裡的東西。那是折起的紙，打開一看，比信紙大了很多。即使在遠處，真世也知道那是什麼。是稿紙。

「喔，原來是作文。作文的題目是『關於朋友』。原來如此，所以他想要交給你。釘宮，不好意思，可以請你朗讀一下嗎？」

「現在？在這裡嗎？」

「對，你不必害羞，寫這篇作文的並不是你，而是津久見。津久見或許會在那個世界害羞，但只能請他忍耐一下了。來吧，你唸給大家聽。」武史把稿紙交給釘宮。

釘宮轉身面對所有人，清了清嗓子後朗讀起來。

「『關於朋友』，二年二班津久見直也。『如果有人問我有幾個朋友，我會回答說有很多朋友。我從讀小學時開始，身邊就有很多朋友，開心的朋友、有趣的朋友、可靠的朋友，各式各樣的朋友都有。每個人都有長處，所以每當朋友有什麼好事發生，我也希望可以和他們同樂；如果他們遇到困難，我也希望可以助一臂之力。我認為這就是友情，所以如果有人問我，誰是我最好的朋友，我就會很傷腦筋。因為我不想為朋友排名次。』——請問，」釘宮轉頭看向武史，「還要繼續讀下去嗎？」

「再讀一小段。」

釘宮嘆了一口氣，再度轉向前方朗讀起來。

「『但是，進了中學之後，遇到了釘宮克樹，我原本的想法改變了。因為我開始覺得，釘宮才是我真正的好朋友。以前我有各種不同的朋友，從來不曾希望自己像這些朋友一樣。因為我覺得每個人各不相同，每個人不一樣是理所當然的事。但是，遇見釘宮之後，我第一次希望自己可以像他一樣。他想要成為漫畫家的堅強意志、投入漫畫的態度，最重要的是出色的才華，都令我望塵莫及。和釘宮在一起，我就覺得可以稍微吸收到他的這些優點。』——」

「謝謝，到此為止就好。」

釘宮露出鬆了一口氣的表情看向武史，武史從釘宮手上接過作文，小心翼翼地折好，放回了信封，然後把信封遞還給釘宮說：「你要好好保管。」

釘宮把信封放回口袋，坐回原來的座位。

「國文課到此結束。」武史說，「津久見的追悼會也到此結束。」

「太感人了，接下來呢？」柏木問。

「課上完了，當然還要做一件事，那就是開班會。」
「開班會？」柏木驚訝地大聲反問。
「或者可以說是反省會。畢業至今已經十五年，我相信每個人都有需要反省的事，所以要請大家回顧一下。」武史從講台上走了下來，走到柏木的座位旁，「既然機會難得，那就從柏木開始，你沒有意見吧？」
「沒問題啊，聽起來很有意思，只不過有點傷腦筋，我要反省什麼呢？一下子想不到。」柏木斜斜地坐著，伸向走道的腳蹺起了二郎腿。
「你不是有很好的題材嗎？就是振興本地的經濟。聽說你為振興這個城鎮盡心盡力，我也聽到了這些傳聞。」
「那當然啊，因為這裡是我們出生、成長的地方，當然希望為這個地方注入活力啊。」
「你的這種想法令人佩服，但真的完全沒有反省的地方嗎？任何事都不可能一帆風順，更何況是推動這麼大的計畫。我聽說『柏木建設』是『幻迷屋』計畫的核心企業，我不相信完全沒有發生任何意想不到的狀況、準備不足，以及計畫失敗後處理不當的問題。」
柏木皺起眉頭，撇著嘴說：
「這番話說到了我的痛處，我無法辯駁。我並不想把一切都怪罪新冠肺炎疫情，但如果能夠更早做出停建的判斷，也可以稍微減輕關係企業和相關人員的負擔。」
「你的見解很冷靜客觀，問題在於如何讓這些反省對日後有幫助，你如何考慮這個問題。」
「我當然會汲取這次的經驗教訓，也許老師已經知道了，目前正在研究取代『幻迷屋』的新計畫，下一次就不會失敗了。」

「但是無論做任何事，都需要更重要的東西，你有沒有考慮到這些問題？」

真世發現柏木露出嚴肅的表情，然後向右側瞥了一眼。牧原坐在那裡。

「資金沒問題。」柏木抬頭看著武史，露出了笑容，「我考慮得很周全，不會讓老師為錢的事操心。」

「嗯，那就好。和你談錢的事，可能真的找錯對象了。」武史轉身走了幾步，站在牧原面前，「錢的事當然就要找你，因為你是這方面的專家。」

牧原神色緊張，「這是什麼意思？」

「就是字面上的意思。銀行行員是會用各種富有吸引力的話，從他人手上吸收資金的專家，有時候還會添油加醋，花言巧語。」

「我……我承認，我們的工作的確有一部分是這樣。」牧原小聲地說。

「問題在於吸收資金之後。是不是覺得錢已經到手，之後不管怎麼樣都事不關己？即使客戶的存款消失也無所謂。」

牧原抬起頭，露出膽怯的眼神看著武史。

「我聽不懂你在說什麼。」

「是嗎？最近你的客戶中，有沒有人非自願地失去了財產？」

「呃，你是指『幻迷屋』的出資人嗎？」

真世聽了牧原這句話，很想拍大腿說：「原來是這麼一回事。」牧原從「幻迷屋」計畫的開始階段，就參與了資金調度這件事。

「不知道當初是怎麼向出資者說明的？有告訴他們，投入的大筆資金可能會有消失的風險嗎？是不是說得天花亂墜，聽起來好像完全沒有任何風險？」

「我對這番話不能充耳不聞。」說這句話的不是牧原，而是柏木，「我們當然事先說明了投資風險，雖然我剛才說，不願意把所有的一切都歸咎於疫情，但的確是疫情導致了『幻迷屋』計畫的失敗。我相信你也知道這件事，出資者也都能理解，沒有人有怨言。」

「出資者都能理解？投資的錢都打水漂兒了，是怎樣理解？」

柏木露出厭煩的表情抓了抓後腦勺。

「我不知道你是否瞭解，『幻迷屋』已經建了一半了，建造的費用，以及計畫喊停之後的拆除費用，都必須由出資者共同負擔。雖然當初加入了保險，但並不適用因為疫情導致的計畫生變，所以保險完全沒有理賠。我有言在先，我們公司也投入了大筆費用，也虧了很多錢。」

「你們也這樣向出資者說明嗎？」

「對，當初也召開了說明會。」

「所有出資者都參加了說明會嗎？」

「即使無法實際出席的人，也提出了委任狀。因為疫情的關係，也有人用視訊的方式參加。」

「如果出資者當時已經離世了呢？」

柏木聽了武史的問題，眼神突然變得銳利。他瞥了牧原一眼之後，舔了舔嘴脣問：

「你是說森脇先生嗎？」

真世大吃一驚。終於提到了森脇和夫的名字，而且是從他們口中說出來。森脇似乎也是「幻迷屋」計畫的出資者之一。

「森脇先生在得知計畫喊停之前就去世了，當然也無法參加說明會，你們是如何處理這個問題？」武史問。

「那也無可奈何。」柏木好像在趕蒼蠅般揮了揮手。

「但不是有義務向家屬說明嗎？」武史轉頭看向牧原，「森脇和夫先生的女兒來找我，說她父親帳戶中有很大一筆錢消失了，你們為什麼沒有好好向她說明清楚？」

「這、那個……」牧原微微紅了臉，「因為森脇先生說，他不希望他的家人知道他投資『幻迷屋』的事。因為家人一定會反對，所以也不希望他的家人知道他用來投資『幻迷屋』的帳戶。」

「是秘密帳戶嗎？對你們來說，真是太方便了。」武史再度低頭看著柏木，「我知道『幻迷屋』建造到一半和拆除都需要花錢，但並不是所有的資金都用光吧？剩下的錢如何處理？在說明會上，應該也向出資者公布了退錢的方法，但森脇先生並不在場。他當初投資的錢完全落入你們手中也沒有人知道。而且，各種費用的估算正確嗎？建造和拆除工作不是都以『柏木建設』為中心嗎？你們可以自由操作花費的費用，根本就像是自己一個人在下將棋，想怎麼玩都可以。」

「喂！」柏木大喝一聲站了起來，「雖然你是神尾老師的弟弟，但飯可以亂吃，話可不能亂說。原本想聽你說就好，沒想到你越說越離譜。你的意思是說，我們公司在費用上灌水嗎？我告訴你，我們公司當初完全是不計成本投入『幻迷屋』的計畫，如果換成其他公司，要花將近一倍的費用。你根本搞不清楚狀況，還在那裡胡言亂語！」

「我的確搞不清楚狀況，但是，真正的神尾英一呢？神尾英一很瞭解經濟和金融問題，也許會更深入追究這個問題。如果他發現事情的結構並沒有像我剛才說的那麼簡單，而是牽涉到複雜的陰謀呢？那些首謀者發現事跡敗露，難道不會覺得神尾英一的存在很礙眼嗎？」

「你……」牧原的聲音顫抖，「你在懷疑我們嗎？難道你認為我們對神尾老師……」

「既然我剛才說的推理成立，不是就無法完全排除這種可能性嗎？」

「真是夠了，我還以為你要說什麼，」柏木不滿地說，「沒想到竟然是這種胡言亂語。牧原，我們走。一開始還覺得很好玩，但我們可沒這麼閒，有時間陪這個大叔玩這種欺人太甚的鬧劇。大家也都有同感吧？我看還是趁早離開。」

「我可不覺得自己在玩什麼鬧劇。」武史的聲音響徹整個教室，但他沒有再用英一的聲音，而是用自己的聲音說話。

武史走上講台，站在講桌後方，然後一轉身，脫下了上衣。裡面穿了一件黑襯衫。他轉過頭時，原本的白色口罩變成了黑色。當他離開講桌時，發現他的長褲也變成了黑色。他的全身從上到下都是黑色。

「接下來是表演時間的第二幕。」所有人都啞然無語，武史高聲宣布，「真相必須大白，我無論如何都會查明真相，今天、就在這裡，要揪出殺害我哥哥的兇手！」

柏木好像被嚇到似地後退幾步，「這可……非同小可。」

「那當然，事關殺人，當然非同小可。既然你已經瞭解了狀況，可不可以請你坐下？」

柏木也被嚇到了，回到了自己的座位。

「既然這樣，那就再奉陪一下。但是，你既然沒有證據，憑什麼把我們當成兇手？」

「我可沒有把你們當成兇手，我只是說，不能排除這種可能性。我剛才說的推理並不是異想天開，『幻迷屋』相關的資金以億為單位，即便是有什麼非法勾當也不足為奇。」

「事實上並沒有這種事，到底要說幾次你才聽得懂？」柏木無奈地說。

「既然這樣，牧原為什麼不敢正視？」武史指著牧原說，「為什麼在守靈夜時不敢正視遺像？」

牧原拚命眨著眼睛問：「你在說什麼？」

武史走向教室前方的螢幕，打了一個響指。下一剎那，螢幕上出現了影像。真世看到影像，忍不住倒吸了一口氣。因為畫面從正面拍到了正在誦經的住持，而且可以看到棺材。那是守靈夜的會場。

看到接著出現在螢幕上的人，真世更加吃驚了。因為那是一身喪服的柏木。他站在棺材旁瞻仰遺容後，看向正前方上了香。

「喂喂，這是怎麼回事？」柏木臉色大變地問。

「正前方不是掛著我哥哥的遺照嗎？我在眼睛的部分設置了攝影機，也就是從遺照看到你們的情況。」

武史若無其事地說，但就連真世也完全不知道這件事。她思考著武史到底什麼時候裝了攝影機，然後想到守靈夜之前，真世在休息室和野木討論時，武史獨自留在會場。他一定是在那個時候設置的。

真世發現那個攝影機就是之前藏在武史房間內那幅畫中的攝影機。上次回家拿英一的遺物時，武史從二樓走下來，他當時一定是去拿攝影機。

「太奇怪了，我可沒聽說這件事，這不是偷拍嗎？」柏木氣勢洶洶地抗議。

「你沒聽說？偷拍？這根本是在找碴。我們事先就通知所有參加者，會拍攝守靈夜和喪禮會場。」

柏木聽了武史的主張，一時感到語塞。雖然他難以接受，卻無法反駁。

「我必須承認，拍攝的目的不光是為了記錄，也是為了找兇手。當初安排在上香之前面對遺像，也是為了讓兇手大意。」武史環顧所有人說，「如果殺害哥哥的兇手也來參加，得知要瞻仰遺容，一定會很緊張，然後會告訴自己，絕對要看著遺體，否則就會遭到懷疑。但是，對兇手來說，面對遺體時並不會很緊張，一定鬆了一口氣。因為躺在棺材中的遺體閉著眼睛，兇手順利瞻仰完遺容之後去上香，這才發現遺照睜著眼睛，也就是說，正視遺像會對兇手造成更大的心理壓力，所以就不想正視。」

原來是這樣。真世再度為武史周到細心感到佩服不已。瞻仰遺容只是犧牲棋。

螢幕上出現了柏木的特寫鏡頭。他合掌默禱後，露出嚴肅的眼神注視著鏡頭，也就是對著遺像鞠了一躬，然後從螢幕上消失了。

「不愧是一流企業的第二代，表現得落落大方，雙眼正視神尾英一的遺像，沒有絲毫的動搖。」

柏木聽了武史的稱讚似乎有點得意，臉上的表情也稍微柔和了些。

「那當然，我在上香的時候想，神尾老師之前很照顧我，我很希望他能夠長命百歲，發生這樣的事真的很遺憾。」他說話的語氣也變得很客氣。

「原來是這樣。」武史又打了一個響指，影像恢復了原來的大小。接著出現在螢幕上的是沼川。他和柏木的動作幾乎一樣，眼神雖然沒有柏木那麼銳利，但看著遺像的視線也沒有動搖。

下一個是牧原。他看了棺材之後，緩緩走向上香台。上完香之後，合起雙手，閉上了眼睛。

當拍到他的臉部特寫時，他睜開了眼睛，但他的雙眼微微看向下方，顯然沒有看著正前方，然後他也從螢幕上消失了。

武史打了一個響指，影像停止了。

「可不可以請你說明一下，為什麼無法正視遺像？」

「不，我不記得……我有看遺像啊。」

「但是，影像會說話，這是不可動搖的證據。請你回答，為什麼沒有看我哥哥的遺像？是不是有什麼虧心事？」

牧原微張著嘴巴，左右搖著頭。

「沒這回事，請你相信我。」

「當初是不是我哥哥把你介紹給森脇先生？所以森脇敦美才會在發現她爸爸的存款消失之後，找我哥哥商量。我哥哥覺得自己有責任，於是就質問你。你發現侵吞客戶存款的事曝了光，而且得知哥哥在三月六日星期六晚上出門，於是就偷溜進他家裡等候，在我哥哥一回到家時，就殺了他，所以在守靈夜時，你不敢看他的遺像。我說得沒錯吧？」

「當然不是這樣，怎麼可能有這種事？我那天晚上一直在家裡，我說的是實話。」

「那就請你說明一下，森脇先生的存款去了哪裡。」

「這……」牧原露出猶豫的眼神看向柏木。

「唉！」柏木吐了一口氣，「牧原，這也無可奈何，你為什麼偏偏在守靈夜做出這些會讓人起疑的行為？」

「不，我真的不記得……」

「算了，既然被懷疑到這種程度，那就只好全都說出來，我相信森脇先生應該也會諒解。」

「森脇先生？這是怎麼回事？」

「唉！」柏木又吐了一口氣，「牧原，你來解釋。」

牧原低頭猶豫了一下，吐了一口氣說：

「差不多兩年前，神尾老師把森脇先生介紹給我，森脇先生想把放在各家銀行的資產整合，於是我為他辦理了開戶手續。不久之後，他的帳戶就陸續有錢匯進來，金額很快就超過一億圓，我很驚訝，身為銀行行員，當然就詢問他投資的意願。沒想到森脇先生說了令人意想不到的話，他說想捐給慈善團體。雖然他沒有明說，但似乎以前在國外時，曾經藉由洗錢等非法手段賺到了那筆錢，他不想把那筆錢做為遺產留給家人，希望能夠回饋給社會。」

「是喔，真是令人感動啊。」

「但這是事實，森脇先生說，他以前覺得做生意就要鋌而走險，但上了年紀之後，才發現不該做這種事，所以他回到老家，希望對老家有所貢獻。」

真世覺得這些話聽起來不像是說謊，這和武史向森脇和夫的鄰居打聽到的情況一致。

「所以你就要他投資『幻迷屋』嗎？」

牧原聽了武史的問題後點了點頭。

「當我向他提這件事時，他很有興趣，他說如果能夠用於振興家鄉，可以減少內心的罪惡感，只是不希望自己的名字出現在出資者名單上，他希望隱瞞家人。於是我和柏木商量之後，採取了請他購買會員證的方式。只要支付二十萬圓，就可以成為『幻迷屋』的貴賓會員。這個制度推出之後，已經有數百人申請。森脇先生也同意採取這種方式，於是就用了大約五百個人的假名字，把那筆錢全都用來買會員證了。」

「既然是會員證，不是應該有憑證嗎？保管在某個地方嗎？」

「保管在我們公司的保險箱內，這件事不是我杜撰的。」柏木用平靜的語氣說道。

「如此一來，事情就圓滿了，可惜好景不長，發生了意想不到的失算。森脇先生得了新冠肺炎去世了，那個秘密帳戶還來不及解約，所以我們只能祈禱他的家人不會發現有那個帳戶。」

「還有另一個失算，就是因為疫情的關係，導致『幻迷屋』的計畫也中止了。」

「沒錯，購買特別會員證和出資不同，必須將全額歸還給對方，問題在於要如何歸還給森脇先生。如果要歸還，就必須向家屬說明情況。」

「所以我就提議，把這筆錢用於下一次的計畫，」柏木說，「我認為這也符合森脇先生的意願。我要聲明，我絕對沒有想侵吞這筆錢。我並不是會為一億圓這點小錢動歪腦筋的小人物，更不可能有對神尾老師不利的愚蠢想法。」

武史露出警戒的眼神，緩緩點了點頭，在旁邊來回踱步。不一會兒，他停下腳步，再度低頭看著牧原。

「關於這件事，你什麼時候和我哥哥聯絡？」

「三月六日的白天。」

「六日？就是我哥哥遇害的那一天。」

「對，老師打電話給我，但我當時沒接到電話，老師在語音信箱留言，要我打電話給他。於是我就打電話給老師，老師打電話給我時用家裡的電話，所以我就打電話去家裡，電話沒有接通，於是我就打了他的手機。老師好像正在搭車。」

「應該是去東京的路上，哥哥說什麼？」

「他說前一天和森脇先生的女兒見了面，因為森脇先生的女兒為了她父親銀行帳戶的事留言給老師，所以老師就和她聯絡。老師說想和我見面，問我有沒有空。我回答說，星期一晚上有空，老師就說星期一再聯絡，然後就掛了電話。」

真世聽了牧原的話，再度釐清了一件事。那就是牧原的名字會出現在「前田名單」上的理由。警察確認了英一用家裡的電話打電話給他的撥號紀錄，和牧原撥打給英一家裡的電話和手機的來電紀錄。

「我哥哥在那通電話中並沒有多說什麼吧？」

「對，只說想向我瞭解森脇先生帳戶的事。」

「你聽了之後，有什麼感想？」
「我感到有點不安，因為我不知道神尾老師瞭解多少，而且擔心老師懷疑我們。」
「所以你才會在守靈夜時問真世，老師有沒有和她聊到你們。」
「對，因為我不希望老師認為我們做了什麼違法的行為。」
「所以你不敢正視遺像嗎？」
「也許是這樣，但我並沒有意識到。」
「現在可以澄清對我們的嫌疑了吧？」柏木說，「至少我們沒有動機，如果你仍然懷疑我們，可以給你看我們和森脇先生簽的備忘錄。」
「沒這個必要，我相信你們的話，但是，」武史又接著說，「只是澄清了有關森脇先生帳戶的錢消失這件事，並沒有從神尾英一命案的嫌犯名單中除名。」
「你為什麼非要把我們說成是兇手？」柏木搖著頭，顯得很無奈。
「我剛才也說了，兇手知道我哥哥那一天要去東京，據我所知，只有在場的人知道這件事。桃子、沼川和牧原三個人在討論同學會的事時，從杉下口中聽說了哥哥要去東京的事，但可能有其他人從這三個人的口中得知這件事。」
「我不知道這件事，而且我有不在場證明，那天晚上我和朋友一起喝酒。」柏木不耐煩地說。
「那牧原呢？你不是參加了同學會的討論嗎？」
「我的確參加了，但完全忘了杉下說過這件事。星期六打電話給老師時，雖然知道他在搭車，完全沒想到他在去東京的路上。只不過我那天晚上一個人在家，所以沒有不在場證明。」

「輪到我了。」沼川舉起了手，「三月六日星期六晚上，我像平時一樣在店裡工作，只要問店裡的員工就知道了，客人應該也記得。」

「我和朋友一起打麻將。」原口說，「我也對刑警這麼說。」

坐在真世後方的桃子戳著她的背，向她咬耳朵問：

「我沒有不在場證明，該怎麼辦？而且我也知道老師去了東京。」

「妳什麼都不必說，」真世小聲回答，「叔叔並沒有懷疑妳。」

「那就好……」

武史在課桌之間走來走去。

「其他人呢？有不在場證明的人請主動告知。怎麼了？沒有了嗎？」

有人舉起了手。是九重梨梨香。武史停下腳步後，走到她身邊問：「妳有不在場證明嗎？」

「有。」梨梨香沒有看武史的臉，直視著前方回答，「我已經告訴了警方，而且我完全不知道神尾老師在三月六日那天去東京的事。你可以問那些參加同學會討論的人，沒有人告訴我這件事。」

武史注視著梨梨香的側臉問：「三月六日那一天，妳在哪裡？」

「無可奉告，因為關係到個人隱私問題。我只能說，和某個人在某個地方。」

「可以告知對方的名字嗎？」

「很抱歉。」

「只說和某個人在某個地方無法稱為不在場證明。雖然我不知道妳怎麼對警方說明，對我來說，妳仍然是嫌犯，而且是相當可疑的嫌犯。」

九重梨梨香終於轉頭看著武史說：「如果是我殺了神尾老師，動機是什麼？」

「動機？動機不明也完全沒有問題。推理小說的偵探通常都會根據動機找到真正的兇手，但現實生活中的警察根本不理會這種事。只要靠科學辦案逮捕兇手，之後就讓兇手自己好好交代動機。怎麼樣？妳三月六日晚上去了哪裡？或是和誰在一起？可不可以請妳至少回答其中一個問題？」

九重梨梨香陷入了沉默，可能還在猶豫。坐在她旁邊的釘宮克樹突然抬頭看著武史說：「我。」

「什麼？」武史問他。

「和九重見面的人是我，我和她在一起。」

其他人聽到這句話時的反應很複雜。有人和真世昨晚一樣，既沒有太驚訝，但也有點意外。大家都知道釘宮的確深受九重梨梨香的吸引，但之前都以為梨梨香是為了工作接近釘宮。

「是嗎？」武史問九重梨梨香。

梨梨香一臉不甘願，輕輕點了點頭。

「原來是這樣……」

武史小聲嘀咕，用右手遮住了眼睛。他可能在思考，又像是陷入了煩惱。

不一會兒，武史放下了手，抬頭用力深呼吸後看著釘宮。

「我想起了剛才的作文，你似乎繼承了津久見的遺志，很重視友情，但是，袒護犯錯的人這種行為稱不上是友情，有時候甚至需要推開這種朋友。」

釘宮臉上露出了困惑的表情問：「什麼意思？」

武史站在梨梨香面前，探頭看著她的臉說：

「妳果然不是『靜香』。」

「啊？」

「真正的『靜香』不會背叛『大雄』，」武史說完，又邁開步伐，然後在杉下面前停下了腳步，「也不會和『出木杉』外遇。」

杉下好像遭到電擊般瞪大了眼睛，猛然坐直了身體，「你在說什麼？」

「請教一下你的不在場證明。三月六日星期六晚上，你在哪裡？」

「我……我沒有義務回答你的問題。」他的聲音聽起來很緊張。

「但你回答了警方，不是嗎？警察是不是也問了你的不在場證明？你是怎麼回答的？還是無法回答？怎麼了？連這個問題也無法回答嗎？」

杉下低頭不語，他的臉頰在抽搐。

真世再度陷入了混亂。「出木杉」也是《哆啦A夢》中的角色之一，成績優秀，運動能力很強，是讓「大雄」感到自卑的優等生，的確符合杉下的形象。但杉下和九重梨梨香外遇？真世之前和武史聊天時，從來沒有聽他提過這件事。這麼重大的事，他為什麼從來沒有提起？不，在討論這個問題之前，更讓人疑惑的是他怎麼會發現這件事？

武史雙手撐在杉下的桌子上。

「那我來代替你回答。星期六晚上，和九重梨梨香在一起的不是釘宮，而是你。地點在摩鐵，我沒說錯吧？」

這句話比釘宮剛才的話帶給其他人更大的震撼，最好的證明，就是原口猛然站了起來，椅子發出了鏘噹的聲音。

「太可笑了，我還以為你要說什麼，」梨梨香拍桌站了起來，「柏木說得沒錯，我也沒有閒工夫理會這種鬧劇，早知道就不應該留下來。」

「不，我要收回說這是一齣鬧劇的話。」柏木舉起手，「因為突然變有趣了，我想聽到最後。」

「請便，我先告辭了。」梨梨香大步走了出去。

「如果妳現在逃走，就沒辦法證明自己的清白。」武史對著梨梨香的後背說，「這樣也沒問題嗎？」

梨梨香停下腳步，轉頭瞪著武史說：

「我不是說了，我有不在場證明了嗎？」

「妳可能有不在場證明，摩鐵的監視器應該拍到了妳開車的身影，但有沒有拍到他呢？有沒有拍到杉下坐在車上呢？副駕駛座上是不是沒有人？因為你們怕被人看到，所以讓杉下躲在後車座嗎？平時可能會這麼做，但那天的情況不一樣。因為那天車上沒有其他人。」

武史將視線移向杉下。

「杉下比妳晚了將近一個小時才到摩鐵，在此之前，他在哪裡，又做了什麼？我來說說我的推理。杉下去了神尾英一家中，等神尾英一回來，當神尾英一回家時就撲了上去，勒住他脖子殺了他。」

杉下瞪大了眼睛，張大了嘴，「我才沒有！你在說什麼啊？」

「你說在之前那個週六打電話給我哥哥，向他打了招呼，」武史不理會他，繼續說了下去，「當時我哥哥要你介紹東京的飯店，但是不是除此以外，還說了其他的事？不是別的，就是你和九重梨梨香之間的關係。雖然不瞭解哥哥如何得知，但他知道你們的關係，然後希望你們趕快結束這種關係，如果你還是執迷不悟，就要去告訴你太太。你聽了之後，覺得自己會身敗名裂，於是就決定殺了我哥哥。」

真世的心臟快從胸口跳了出來。竟然有這種事──？

「胡說八道！」杉下雙手拍著桌子站了起來，「怎麼可能有這種事！」

「你順利犯案之後，去了九重等待的摩鐵，把整件事告訴了她，她溫柔地安撫了你因為殺人而激動的情緒。」

「夠了沒有！你的腦筋有問題嗎？」

武史無視杉下的咆哮，走向梨梨香。

「因為去摩鐵並不是為了製造不在場證明，杉下不希望別人知道你們的關係，所以並沒有告訴警察，但是，妳認為只要準備一個和妳一起去摩鐵的人，自己就有了不在場證明，而且手機也留下了定位資料。於是就利用了釘宮。」武史轉頭看向後方，「釘宮，對不對？你在九重的要求下說了謊，其實那天你在家裡，對不對？」

釘宮沒有回答，一臉痛苦的表情看了梨梨香之後，低下了頭。

武史再度走回杉下面前，指著他說：

「你殺了我哥哥，殺了神尾英一，你承認嗎？」

「我沒有，我沒有做這種事。」杉下扭著身體，皺著眉頭，「我承認，的確和梨梨香……和九重在一起，但我並沒有殺老師。真的，請你相信我。」

杉下好像隨時快哭出來了，武史露出冷漠的眼神看著他後，連續點了好幾次頭，走去講台。

「杉下的態度可信度很高，如果那是演出來的，演技就太好了，但還是無法完全排除這種可能性，所以只能再來探究一下人的深層心理。」武史轉向螢幕，打了一個響指。

螢幕上開始播放影片。剛才是守靈夜的影片，但現在變成了喪禮。因為僧侶的位置不同，所以真世一眼就看出來了。

杉下出現了。他站在棺材前，接著走向燒香台。

螢幕上出現了他的臉部特寫。杉下抬頭看著遺像，上了香，合起雙手。然後又看了遺像一眼，行了一禮，從螢幕上消失了。真世覺得他剛才直視遺像。

武史停止播放影片，然後環顧所有人。

「要不要聽取一下大家的意見？你們看了剛才的影片，有什麼感覺？桃子，妳覺得呢？」

真世可以感受到身後的桃子突然被點到名，感覺很緊張。

「我覺得杉下有看著遺像。」

「是嗎？那我來聽聽其他人的意見，原口，你認為呢？」

「我也這麼覺得，他並沒有移開視線。」
「我也有同感。」柏木舉起手。
「好。」武史走向杉下，「大家一致認為，你注視遺像時的眼神並沒有愧疚的感覺。」
「那當然啊，因為我什麼都沒做，當然不可能有任何愧疚。」杉下的聲音中帶著怒氣。
「你什麼都沒做……嗎？所以外遇並不會讓你覺得愧對老師。」
杉下尷尬地低下了頭，武史拍了拍他的肩膀說：「你可以坐下了。」然後走去九重梨香面前。
「那冒牌『靜香』呢？喪禮的時候，有沒有正視遺像呢？」
「只要看了就知道。」梨梨香瞪著武史的臉，斬釘截鐵地說。
「就這麼辦。」武史打了一個響指。
影片繼續播放。不一會兒，九重梨梨香就出現了，她像模特兒般落落大方，不疾不徐地走到棺材前，然後走向上香台。她的雙眼已經看著遺像，用恭敬的動作上了香，合起雙手。當她放下雙手後，再度抬頭看著遺像。臉上的悲傷表情雖然有點虛假，但並沒有移開視線。
當影片停止時，梨梨香得意地問：「怎麼樣？」
「無懈可擊，簡直就像是演員。」
梨梨香聽了這句話，皺了一下眉頭，但立刻露出了笑容。
「雖然我不知道你是什麼意思，但我當作是稱讚。」
「為什麼和有家室的男人談戀愛？我覺得不像是妳的作風。」

「他不是我的戀愛對象，我們是工作夥伴。」

「果然是這樣。」武史轉頭看向杉下，「是他公司計畫推出的《幻腦迷宮》的線上遊戲吧。」

梨梨香挑了挑眉毛說：「你的消息真靈通。」

「我從對電腦業界很熟的朋友那裡聽說的，有好幾家IT企業都有意願將《幻迷》遊戲化，杉下的公司也是其中之一。」

「喂喂，我可沒聽說這件事。」柏木插嘴說。

「沒有義務要告訴你，因為和你沒關係。」梨梨香冷冷地說。

坐在真世後方的桃子看著前面，「啊！」了一聲。真世也轉頭一看，發現剛才暫停的影片不知道什麼時候又開始播放。

釘宮出現在螢幕上。他戰戰兢兢地走向棺材，合起雙手，之後微微低著頭，站在上香台前。他低著頭上了香，閉著眼睛合起雙手。然後放下了手，抬起了頭。

真世大吃一驚。坐在後面的桃子也「啊！」了一聲。

釘宮仍然閉著眼睛，他的眼睛始終沒有睜開，鞠了一躬後，把頭轉到一旁，然後從螢幕中消失了。

真世看著釘宮，他一臉茫然地注視著螢幕。其他人的視線也都集中在他身上。

「太荒唐了。」釘宮嘀咕說，「不可能，我才沒有閉眼睛，我看著老師的臉。」

「也許只是你自己這麼認為而已。」

武史走向釘宮，說話的語氣很淡然，顯然事態的發展在他的意料之中。

「雖然你知道不能移開視線，但罪惡感和恐懼讓你無法睜開眼睛，但你認為自己睜著眼睛，也就是自己欺騙了自己。」

「沒這回事，絕對不是這樣。」釘宮站了起來，指著螢幕大叫著，「這是假的。」

武史探頭看著釘宮的臉說：

「你為什麼這麼激動？你只要說『我不記得自己閉眼睛，但既然拍到了，應該就是閉上了眼睛，只是我也不知道為什麼會這樣』，不就好了嗎？」

「但是你剛才說，沒有看遺像的人很可疑……」

「我只是說很可疑，但並沒有斷定就是兇手。牧原就是很好的例子，他雖然移開了視線，但似乎是基於其他原因。你也可能是因為其他理由閉上了眼睛，還是你有什麼擔心別人會懷疑你的原因？」

釘宮拚命搖著頭說：「當然沒有。」

「既然這樣，你為什麼這麼激動？我覺得你這種態度反而啟人疑竇。對了，有一件事讓我很在意，那就是你剛才給我看的信封，收件人是釘宮克樹和神尾英一兩個人，但裡面只有『關於朋友』這篇作文，既然這樣，只寫你一個人的名字不就好了嗎？為什麼也同時寫了我哥哥的名字？」

「我怎麼知道？」

「也許信封裡還有其他想要讓我哥哥看的東西，信封裡真的只有那篇作文而已嗎？」

「就只有作文而已。」

「你把信封拿給我看一下。」

釘宮從內側口袋拿出信封，真世在自己的座位上，也可以看到他的手微微顫抖。
「你打開看一下。」
「你還真是不死心啊。」釘宮從信封中抽出稿紙，這時，有什麼東西飄落在他腳下。看起來像是折起的紙。
「有什麼東西掉了。」
釘宮撿了起來，打開一看，頓時瞪大了眼睛，臉頰抽搐起來。
「看吧，果然還有其他東西。」武史在一旁說，「看起來像是稿紙的影本，好像是作文。讓我也看一下。」
釘宮逃到了教室後方。
「不可能，為什麼……？」
「不可能嗎？因為你已經丟掉了，或是燒掉了嗎？」武史緩緩走了過去，「作文的題目是『未來的夢』。『我有一個夢想，我的夢想是以後想成為漫畫家，但我畫得不好，所以沒有把這個夢想告訴過任何人。尤其不敢告訴我的朋友釘宮，因為太丟臉了。釘宮的目標也是成為漫畫家，但他畫得很好，和我有著天壤之別。』——而且津久見在這篇作文中具體寫了自己想畫怎樣的漫畫。一群天才科學家為地球環境遭到破壞感到不滿，於是創造了一個幻想空間，想要毀滅現實的地球。」
真世倒吸了一口氣。因為太驚訝，無法發出聲音。因為武史所說的內容，不就是《幻腦迷宮》的劇情嗎？
「你從津久見的媽媽那裡拿到這封信之後，來這裡的路上看了信的內容，結果就慌了神，覺得絕對不能讓別人看到，於是就急忙銷毀了，沒想到信封中竟然再度出現了相同的東西，你當然會驚慌失措。」

釘宮皺起眉頭，巡視著周圍。「這都是圈套嗎？所有的一切都是……」

「其他人並不知情，全都是我一個人安排的，你就死心吧。」

釘宮渾身顫抖，轉身跑了起來，他打開教室後方的門，衝了出去。

原口站了起來，但武史制止了他：「不必去追他。」

走廊上很快傳來怪叫聲，尖叫的聲音既像是悲鳴，又像是慘叫。

原口再度跑了起來，但武史沒有再制止他。沼川和柏木也跟著原口跑了出去，真世看到桃子也跑出去後，急忙跟了上去。

來到走廊時，看到了意外的景象。一群男人正在制伏一個男人。遭到眾人制伏的人是釘宮，柿谷也在一旁。

柿谷發現了真世後走了過來。

「他想跑去屋頂，被我們逮住了。他可能想從屋頂跳下來。」

「柿谷先生，你們怎麼會在這裡？」

「妳的叔叔——神尾武史先生通知了我們，他要求我們監視這間教室，如果有人逃走，希望我們可以抓住他，還說那個人就是殺害他哥哥的兇手。」

釘宮被刑警帶走了，在他們離開之前，真世就回到了教室，但武史已經不見了。

真世看向講台，發現講桌上有一副圓框眼鏡。

28

中學一年級時，釘宮克樹和津久見直也同班。一個是樸素、不起眼的少年，另一個是很受同學歡迎、沒有人不認識的少年，照理說，他們兩個人應該不會有交集，但一件意想不到的事，一下子拉近了他們之間的距離。

有一天，釘宮回到家，打開書包，發現裡面有一個陌生的筆盒。他立刻發現拿錯別人的書包了。那天釘宮是值日生，在打掃時把書包放在走廊上，可能也有別人將書包放在附近。

他正不知道該怎麼辦，有人找上了門。不一會兒，媽媽來叫他，說班上的同學來找他。他不知道誰來找自己，走去玄關，發現津久見站在那裡，看到津久見手上拿著書包，立刻知道是怎麼回事。

「對不起，應該是我拿錯了。」津久見把書包遞給他。

釘宮接過書包，打開一看，那果然是他的書包。

他急急忙忙回房間拿了另一個書包，交給津久見。津久見連看也沒看，就點了點頭說：「對，這是我的。」然後露出了有點尷尬的表情開了口，「不好意思，因為我不知道是誰的書包，所以就打開看了一下，因為我想趕快物歸原主……」

「喔，這樣啊，也對。」

書包上並沒有寫名字。

「然後，呃，我看了那個。」津久見抓了抓頭，「就是『另一個我是幽靈』。」

「啊！」釘宮忍不住叫了起來。

那是釘宮那一陣子正在畫的漫畫，他平時不會帶去學校，那天原本打算去圖書館找參考資料，所以剛好放進了書包。

「那是你畫的嗎？」

「是啊……」

釘宮在回答的同時感到不安，他以為津久見會看不起他，或是嘲笑他。

沒想到津久見對他說：「你好厲害，畫得真好，我嚇了一跳，還以為是漫畫家畫的。」

「喔，是喔……」釘宮驚訝不已，也感到不知所措。因為對方的反應完全出乎他的意料。

「而且故事很有趣，我看了之後，就欲罷不能了。」

津久見興奮地說，聽起來不像說謊或是奉承。雖然可能對未經當事人同意就看了整個故事感到有點愧疚，但釘宮覺得他在表達真心的感想。釘宮聽了之後當然很高興，於是對他說「謝謝」。

「還有沒有其他的？」

「啊？其他的……」

「就是你畫的漫畫啊，這應該不是你畫的第一部作品吧？有沒有以前畫的？」

「嗯，是有幾個。」

「我就知道，否則不可能一下子畫出那種故事。」津久見語帶佩服地說完，用指尖抓了抓太陽穴，看著釘宮說：「你畫好的作品都沒有給別人看嗎？」

「是啊，從來沒有給別人看過。」
「是嗎？太可惜了，因為漫畫就是要給別人看，別人看了才有價值啊，難道不是嗎？」
「嗯，雖然是這樣。」釘宮呼吸了一下，抬眼看著津久見說：「你要不要看？」
「可以嗎？」津久見露出興奮的表情。
「我先聲明，我畫得很爛，因為是之前畫的。」
「完全沒問題。」津久見開始脫球鞋。
釘宮帶津久見去自己的房間，然後給他看了自己之前畫的漫畫。這是他第一次給別人看自己的作品，甚至從來沒有同學走進他的房間。中途媽媽送果汁和點心進來時，看起來很高興。
釘宮給津久見看的漫畫都很短，有些甚至沒有畫完，但津久見仍然看得愛不釋手。釘宮看著他嚴肅的表情，知道他真的很專心。
津久見在看的時候不停地說著「好厲害、好厲害」，看完之後，注視著釘宮的臉說：
「釘宮，你是天才，你在讀小學時就開始畫這些了嗎？簡直難以置信。」
「這……沒什麼啦。」釘宮雖然謙虛地表示，但還是很得意。
「你以後想成為漫畫家吧？」
「嗯，希望可以。」
「絕對可以，你現在就已經畫得這麼好了，絕對沒問題。太厲害了，有一個漫畫家的朋友太棒了。」
津久見脫口說的「朋友」兩個字，讓釘宮大吃一驚。他知道自己的臉紅了起來。

但是，津久見並不覺得自己說了什麼特別的話。

「釘宮，我可以告訴別人，你在畫漫畫這件事吧？」津久見輕鬆地問。

「不，這有點……」

「為什麼？」

「因為別人可能會嘲笑我。」

津久見用力搖著手說：

「不可能，如果有人敢笑你，就把這些漫畫拿給他們看，他們絕對會閉嘴。如果還有人亂說話，我就會教訓他們說，如果釘宮以後成為知名的漫畫家，他們就要下跪道歉。」

釘宮聽了他的話，感到很安心，終於知道為什麼大家都對他刮目相看，都很依賴他的原因了。因為他是個格局很大的人。

那天之後，兩個人成為真正的朋友。他們討論的話題幾乎都是釘宮的漫畫，釘宮不會主動說，都是津久見問他各種問題。你是怎麼想到那個故事？怎麼決定角色的外型、服裝——也就是對創作過程很有興趣。

「電影不是有所謂的幕後花絮嗎？比起電影本身，我反而覺得幕後花絮更有趣。」津久見曾經這麼說。

釘宮和津久見成為朋友後，在學校的生活頓時變得舒適愉快，和以前完全無法相比。之前因為他在學校很文靜，所以一些調皮搗蛋的學生都會把一些麻煩的工作推給他，在和津久見成為朋友後，就沒再發生過這種事。

沒想到升上二年級後，津久見因為白血病住了院。津久見看起來很健康，完全不像是病人，所以釘宮聽到這個消息時，還以為搞錯了。

釘宮當然每天都去醫院探視他，津久見每次都要釘宮趕快畫漫畫的續篇，或是新的作品給他看。雖然津久見一天比一天虛弱，但從來沒有叫苦示弱。

沒想到離別的時刻很快就到來。那時候剛升上三年級不久。

兩天後是守靈夜，隔天是葬禮。釘宮和同學一起去參加，送了津久見最後一程。躺在棺材中的好朋友身體縮了水，只剩下健康時的一半，唯一的安慰，就是他長眠的表情很安詳。

葬禮之後，津久見的媽媽對他說，希望他有空時去家裡一趟。

「有東西要給你。直也生前說，如果他死了，要我交給你。那是一個很大的信封，而且黏得很牢，還說這是男生和男生之間的秘密，要我絕對不能看。」

釘宮忍不住感到納悶。到底是什麼秘密？他完全不知道是什麼事。

隔天，他去了津久見家中。津久見的媽媽交給他一個A4大小的信封。他以為是日記之類的東西，雖然之前和津久見相處時都推心置腹，無話不說，但津久見可能還有很多話沒有說，比方說，對疾病和死亡的恐懼，也許他偷偷寫下了內心脆弱的想法，所以不願意給媽媽看到。

釘宮立刻回了家，回到自己房間，打開了信封。裡面是一本大學筆記。一看封面，他倒吸了一口氣。因為封面上寫著「靈感筆記」幾個字。

翻開封面，他更加驚訝。裡面寫了滿滿的文字，看了之後，更加愕然。那並不是日記或是手記，上面寫的全都是故事的概要，而且都是獨創的故事。

筆記本內總共有十個故事，有的是一頁就寫完的小故事，也有的故事寫了好幾頁，有些地方畫了像是故事角色的插圖。

原來是這麼一回事。釘宮終於解開了多年的謎團。

津久見也想成為漫畫家。雖然不知道他是否想成為職業漫畫家，但他也想畫漫畫。這本筆記就是他為了日後畫漫畫所做的準備工作。因為和釘宮有相同的志向，讓他產生了親近感，所以才會在意釘宮，想和釘宮成為朋友。

既然這樣，為什麼沒有說出來？只要說自己也想畫漫畫，即使沒辦法提供什麼建議，至少可以相互討論。

釘宮看了津久見畫的插圖，認為他應該只是單純覺得丟臉而已。

老實說，津久見畫得並不好。既缺乏協調感，線條也不漂亮。他筆下的少年不帥，少女不可愛，釘宮讀小學時，也畫得比他好多了。

津久見應該也發現了這件事，所以會把故事的大綱寫下來，卻沒有著手畫漫畫。或是之前曾經試著畫，但看了釘宮的漫畫後自嘆不如，很受打擊，然後就放棄了。釘宮想起津久見以前曾經說，如果我也有你那樣的才華就好了。

為什麼不早告訴我？釘宮忍不住這麼想。有些職業漫畫家的畫功也未必出色，只要加強練習，每個人都可以畫出一定程度的畫。雖然有些畫風更容易吸引讀者，但故事情節更重要。

在這個問題上——

津久見筆記本上所寫的故事都充滿魅力，有科幻和冒險故事，也有青春和推理，每一個故事都富有獨創性，完全沒有參考任何現有的作品。

最吸引釘宮的就是名為《零一大戰》的長篇作品。故事以近未來為舞台。天才科學家對地球環境遭到破壞感到悲觀，和全世界有志一同之士一起進入冷凍睡眠狀態，他們用電腦連結各自的大腦，生活在廣大的幻想空間，控制電力網，試圖破壞現實的世界。必須有人進入這個幻想空間，停止控制程式，才能夠加以阻止。曾經在世界各地冒險，因為發生意外，手腳都無法動彈的冒險家被挑中執行這項任務，他真的有辦法拯救地球嗎？——《零一大戰》就是一個這麼大格局的故事。

釘宮發自內心為津久見感到可惜。如果把這個故事畫成漫畫，一定可以成為傑作。釘宮把筆記本放回信封，插在書架上。他告訴自己，即使家裡失火，也一定要帶著這個信封逃走。

然而，不久之後，他忙著畫自己的故事，暫時忘記了這麼重要的寶物。

升上高中後，他開始向漫畫雜誌投稿，曾經多次獲選佳作。畢業後，他進入了東京的私立大學，但完全無心讀書，只希望有更多時間畫漫畫。

不久之後，出版社的編輯來找他，讓他的作品有機會刊登在漫畫雜誌上。他拿出自己的習作，編輯很中意《另一個我是幽靈》，於是他重畫之後，成為他踏入漫畫界的出道作品。

之後也刊登了幾部作品，但都是短篇漫畫，遲遲沒有編輯找他連載。

責任編輯對他說：「還差一步，好像還缺了點什麼。之前的作品都很不錯，但不知道該說是整體架構太嚴謹，或者說格局太小了，總覺得缺乏震撼。我們希望可以有一點突破性，只要具備這一點，馬上可以請你在我們雜誌連載。」

釘宮聽了這番話很受傷，但也並不感到意外。因為他也有同感。

「你已經開始創作下一部作品了嗎？」

「不，才準備開始。」

「你已經有構想了嗎？如果有的話，是否願意和我分享一下？」

「目前……有幾個構想。」

釘宮和編輯分享了接下來想要畫的作品構想，但看到編輯臉上的表情，內心感到焦急不已。因為他覺得編輯似乎並沒有太大的興趣。

「你先畫看看，等你畫完之後和我聯絡，到時候我們再來討論。也許畫出來之後的感覺就完全不一樣了。」

也就是說，編輯覺得他說的故事缺乏吸引力。

到底該寫怎樣的故事？

回家之後，他又重溫了和編輯分享的那個故事，覺得的確缺乏震撼。雖然是他很擅長駕馭的題材，但反過來說，作品的世界受到了局限，故事只在自己的知識所及的範圍內展開。《另一個我是幽靈》也完全沒有擺脫日常。

日子一天又一天過去，他始終沒有想到什麼好點子，內心越來越焦躁。如果一直畫不出來，責任編輯可能會對自己失去興趣。對編輯來說，釘宮只是「有可能成功的未來漫畫家」之一。

正當他陷入苦悶，有一天，他想到了津久見的筆記本。筆記本裝在紙箱內，來到東京之後，從來沒有打開過。

他沒有多想，就把那本筆記拿了出來。他無意盜用津久見的點子，雖然第一次看的時候覺得很有趣，但終究只是中學生的想法，現在回頭看，一定會覺得太幼稚，只不過也許可以從中獲得某些靈感——他帶著這樣的心情再度翻開了筆記。

然後，他再度受到了衝擊。

故事的很多設定的確很幼稚潦草，但成為作品基礎的構想富有獨特性，令人驚豔。第一次看這個故事時的驚訝並不是錯覺，這本筆記是無數奇特靈感的寶庫。

雖然津久見說釘宮是天才，但釘宮終於領悟到其實剛好相反，津久見才是天才，他只是缺乏表達這些創意的技巧。

筆記本上記錄的所有靈感都很出色，但最有魅力的還是《零一大戰》。雖然有很多漫畫、遊戲和電影都描寫幻想空間，但結合現實世界環境破壞的題材很新奇，很難想像出自一個中學生之手。

臥床不起的主角可以在幻想空間自由自在地活動，這一點也富有吸引力。也許津久見讓因為生病的自己化身為主角，發揮了想像力。

那天之後，釘宮就一直想著《零一大戰》的故事。雖然他知道必須自己想故事，但回過神時，發現自己開始想像《零一大戰》的角色，然後實際畫了起來。

差不多在這個時候，接到了責任編輯的聯絡，想瞭解他的工作進度。

釘宮回答說，正準備著手。

「太好了，請問是怎樣的作品？」

被編輯這麼一問，他說了起來，他說的當然是關於《零一人戰》的故事。

他簡短地說明之後，編輯的反應明顯和之前不一樣。

「這部作品的格局很大，和之前完全不一樣。我覺得很棒。請你趕快著手畫，即使只有開始的部分也沒問題，不需要急著收尾。」責任編輯的語氣中充滿熱忱。

安心感和罪惡感在釘宮內心交錯，覺得自己終於踏出了一步，同時又有點猶豫，不知道該不該搶走津久見的作品。

然而，津久見已經不在人世。如果自己不畫，《零一大戰》就永遠無法見天日，最重要的是，全天下沒有人知道這是津久見的作品。

畫吧。他下定了決心。現在已經不是猶豫的時候。一旦錯過這個機會，可能永遠都沒有機會在漫畫雜誌上連載了。

他專心一志地畫了起來。大約一個月後，帶著完成的漫畫造訪了出版社。責任編輯當場看了起來，臉上的表情漸漸嚴肅，最後對他說：「你等我一下。」就帶著漫畫不知道走去哪裡了。

過了一會兒，當責編走回來時，身後跟了一個年紀稍長的男人。釘宮接過名片，立刻緊張起來。原來是主編。

之後的發展完全出乎意料。主編問他，是否願意以這次畫的漫畫為基礎連載。首先試著連載十次左右，如果受到好評，希望可以繼續連載下去。

釘宮一時難以相信，在回答「我會努力」時的聲音也發著抖。回到家裡，把主編的名片放回抽屜時，才終於有了真實感。

他和責編討論多次後，將作品的名字從《零一大戰》改成了《幻腦迷宮》，同時也修改了其中的一些角色，但基本的故事都和原來相同。

於是，他開始在漫畫雜誌上畫連載。第一次的內容是世界各地出現了異常氣象，政府相關人員去造訪了因為意外，只能整天躺在床上的主角。在最後一幕時，政府人員對主角說「只有你能夠拯救地球」。

雜誌出版的那一天，他一大早就心神不寧。不知道讀者有什麼感想，即使明知道這麼做毫無意義，仍然忍不住在附近的書店門口打轉。

漫畫的評價取決於針對讀者進行的問卷調查結果。在雜誌出版的幾天後，接到了責編的聯絡，得知在人氣投票中獲得第五名。釘宮不知道這樣的成績是好還是壞，但責編說「還不錯」。

之後有一段時間都維持在第五名和第六名，在主角正式開始在幻想空間冒險之後，名次漸漸上升。責編說，現實生活中臥床不起的主角，和在幻想空間內變成超級英雄，大展身手的落差受到了讀者的好評。

《幻腦迷宮》很快就獲得了第一名，出版社決定延長連載。釘宮對自己產生了自信，覺得可以走漫畫這條路，於是就說服了父母，從大學退了學。

《幻腦迷宮》雖然曾經暫停了幾次，但前後連載了將近十年。原本的架構很容易擴充新的情節，如果願意的話，也許可以繼續連載下去。

在連載結束之後，他接受了幾個採訪，所有記者問的第一個問題都是：「你怎麼想到格局這麼龐大的故事？」

剛出道時，都是從日常生活所發生的事中獲得靈感，但責編希望能夠打破自己的框架，所以就想以整個地球為舞台，後來乾脆豁出去，決定在幻想空間打造另一個地球，也同時做為故事的舞台，沒想到終於獲得了肯定——

在接受採訪時，他當然不可能提到津久見的筆記，但釘宮並不覺得自己在說謊。他整天都在想《幻腦迷宮》的事，久而久之，覺得都是自己創作的故事。

《幻腦迷宮》改編成動畫後也大獲成功，正確地說，是動畫走紅後，更進一步打響了作品的知名度。

周圍人對他的態度也發生了改變，之前總是「高高在上」的編輯開始露骨地對他說一些奉承話，也沒有人敢反對他的意見。

他在老家也變成了英雄，甚至有人推出了「幻迷屋」的建設計畫。因為是由出版社居中協調簽約，所以他很久之後，才得知「柏木建設」是這項計畫的核心企業。「柏木建設」的副董事長柏木廣大在小學時經常欺侮釘宮，但當事人應該不記得了。九重梨梨香最經典。她透過出版社和釘宮取得了聯繫，她對責編說「我是中學時代和他最要好的女生」。

中學時代，釘宮對九重梨梨香的感情不是喜歡，而是一種崇拜，甚至可以說，梨梨香是他敬畏的對象，他覺得自己根本沒資格對梨梨香有好感。他們非但不是好朋友，釘宮甚至不記得曾經和她說過話。當他得知梨梨香主動想要和自己見面，立刻感到興奮不已。

闊別十幾年見到的梨梨香依然美麗，渾身散發出成熟的性感，在雙方打招呼時，釘宮甚至說不出話。

但梨梨香主動叫他「克樹」，以前讀中學時，她從來不曾這麼叫過他。釘宮即使知道梨梨香是為了生意，仍然喜不自勝。當梨梨香問他，他們公司要支持他，希望可以和他共同行動時，釘宮找不到可以拒絕的理由。

接到要舉辦同學會的消息時，他覺得是好機會。「幻迷屋」的計畫雖然失敗了，但故鄉的人應該仍然對《幻迷》很有興趣。只要回到老家，一定會有很多企劃上門。他不想透過出版社，而是希望直接聽到這些聲音，當然也希望老同學能夠看到自己的成功，但他提醒自己，不能驕傲自滿。

回到老家後，一切都符合他的預期，幾乎每天都有人和他聯絡，希望和他洽談和《幻迷》有關的生意。幸好有梨梨香在一旁協助，她向各方宣稱自己是釘宮的經紀人，杜絕了別人直接和釘宮接觸。就連柏木都不敢違抗她，看到他忍著屈辱叫自己「老師」，釘宮感到渾身舒暢。

當初是梨梨香說要去拜訪神尾老師。她認為柏木很可能會請神尾說服釘宮協助，所以必須先下手為強。

見到久違的神尾，發現他雖然老了，但身體很硬朗。他知道釘宮的成功，為釘宮感到驕傲。和他說了柏木等人的事後，他也表示同意說：「我瞭解了。」

隔週三月二日，釘宮接到了神尾的聯絡。神尾說，想和他談一下同學會的事，問他能不能見面。於是他們約在隔天晚上見面。釘宮不知道神尾找自己有什麼事，但神尾在電話中的聲音聽起來很開朗，所以應該不是什麼壞事。

隔天，他去了神尾家，神尾面帶笑容地問他，他打算在追悼會上朗讀津久見的作文，不知道他有沒有意見。

「津久見的作文？」

「不知道你記不記得剛升上三年級時，有一次要求你們寫作文。當時津久見正在住院，但他也交了作業。因為沒有機會發還給他，所以我就和你們畢業文集的稿子放在一起。」

「原來是這樣，不好意思，我不記得了。但為什麼要徵求我的同意？」

「因為我覺得作文的內容和你有關。」

「和我有關？」

「你看了之後就知道了。」神尾遞給他釘在一起的幾張紙，那是B4尺寸的稿紙。

釘宮接過來後，低頭看了起來。用鉛筆寫的字很工整，那是津久見的筆跡，他很熟悉，也感到很懷念。作文的題目是「未來的夢想」。第一句話是「我有一個夢想」。

「我有一個夢想，我的夢想是以後想成為漫畫家，但我畫得不好，所以沒有把這個夢想告訴過任何人。尤其不敢告訴我的朋友釘宮，因為太丟臉了。釘宮的目標也是成為漫畫家，但他畫得很好，和我有著天壤之別。」

釘宮看著看著，手忍不住顫抖起來。

津久見從中途開始寫自己想畫怎樣的漫畫，具體描寫了自己的構想。天才科學家運用幻想空間，執行可怕的毀滅人類計畫——這就是《零一大戰》的故事，而且作文寫的不是大綱而已，還描寫了很多細節。

釘宮看完之後抬起了頭，神尾問他：「你覺得怎麼樣？」

「什麼怎麼樣……？」

「你應該知道津久見也想成為漫畫家，雖然他在作文中說太丟臉，不敢告訴你，但最後還是告訴了你，對不對？」

釘宮無言以對，悶不吭氣。

「第一次看那部作品，」神尾說：「就是你的代表作《幻腦迷宮》時，我就有點驚訝。因為我覺得好像看過相同的故事，但最後想起來了，就是津久見在作文上寫的故事。為什麼你會把津久見的故事畫成漫畫？我想了一下之後，終於恍然大悟。一定是津久見請你這麼做。津久見在去世之前，是不是曾經拜託你以後把這個故事畫出來？說這是他的心願，對不對？」

釘宮說不出話。神尾完全想錯了，但他會這麼想也很自然。神尾看到釘宮沒有反應，似乎更加確定這件事，雙眼發亮地繼續說了下去。

「當我發現這件事之後，內心頓時感到很溫暖。這是多麼牢固的友情和堅定的感情，所以，《幻腦迷宮》是你和英年早逝的好朋友共同創作的成果。很少有這麼感人的故事，雖然我之前從來沒有向任何人提過這篇作文的事，但得知這次同學會要為津久見舉辦追悼會時，覺得是和大家分享這件事的大好機會。」

釘宮聽了神尾這番話，簡直快暈過去了。神尾竟然打算在同學會時朗讀這篇作文。

「你覺得怎麼樣？我認為並沒有什麼問題。」

神尾無憂無慮地說，釘宮很想上前去捂住他的嘴。沒有什麼問題？怎麼可能沒問題？

「不，呃，老師⋯⋯這有點問題。」

「嗯？有什麼問題？」

「因為我和津久見約定，他想成為漫畫家的夢想是永遠的秘密。」

神尾不滿地皺起眉頭問：「為什麼？」

「因為就像他在作文中所寫的，他覺得被大家知道這件事很丟臉。」

「有什麼好丟臉的？這是很出色的夢想，而且從某種意義上來說，他的夢想也實現了，雖然是借助了好朋友的協助。」

「但我還是……覺得不要說出來比較好，就讓《幻腦迷宮》成為我和津久見之間的秘密……拜託了。」釘宮鞠躬說道。

神尾似乎難以理解，偏著頭說：

「我覺得是很感人的故事，如果大家知道這樣的佳話，《幻腦迷宮》一定會引起更多討論，還會帶動另一波銷量。」

「不用了，我不希望因為這個原因引起討論。」

「是嗎？」神尾不悅地點了點頭。「既然你這麼說，那我也就不能勉強了。好，這次就放棄，也許以後還有機會，到時候我會再徵求你的意見。」

「好，謝謝老師。」

「真是太遺憾了，我原本還想朗讀給大家聽。」

神尾露出依依不捨的眼神看了作文後站了起來，走到書架旁，拿出一個文件夾走了回來。

「這就是你們那一屆的畢業文集，其中也有你的。你看，就在這裡，三年一班釘宮克樹。」

釘宮的作文折起後收在那一頁。他完全不記得自己當時寫了什麼。他看了一下，果然了無新意，而且只寫了兩頁。

「那就先放回去。」神尾小心翼翼地把津久見的作文收進文件夾。

釘宮離開神尾家，回到自己家中之後仍然惴惴不安，滿腦子都想著津久見的作文。沒想到竟然有這種東西——

雖然神尾放棄在這次同學會上朗讀這篇作文，但今後可能一有機會，神尾就會來問自己可不可以公布。不，如果事先問自己，問題還不大，他很可能沒有和自己商量就告訴別人。因為神尾認為這是一則「佳話」，所以認為只要事先叮嚀對方不要說出去，就不會有問題，而且可能會告訴不只一、兩個人。

一旦發生這種事，會造成什麼結果？如果聽說這件事的所有人都如約守口如瓶，當然就沒問題，但這種期待並不現實，其中一定會有幾個人寫在社群網站上，也許有人會拍下那篇作文，然後把照片上傳到網路上。在目前這個時代，這種消息會很快傳開。

幾年前，網路上有人認為某一部漫畫作品的構圖抄襲了另一部知名的作品，甚至有網站列舉了該作品和被抄襲作品的幾個場景，比較兩者的相似度。那種狀況很難辯稱是偶然的一致，出版社表示「會進行詳細的調查」，不久之後，作者道歉，宣布退出漫畫界。

釘宮想起那件事，忍不住全身發抖。同樣的事是否會發生在自己身上？

他又想到之前曾經接受多家雜誌的採訪，當時充滿熱情地和記者分享怎麼構思《幻腦迷宮》的故事，不難想像，看過那些報導的讀者都會覺得自己受騙上當了。

業界的反應也很可怕，一定會開始懷疑釘宮的才華，尤其是出版社的那些編輯，一定會很失望。

他也在意九重梨梨香和柏木的反應。他們一定都會離自己而去。如果只是這樣也就罷了，他們可能會對自己說一些充滿侮辱的話，梨梨香甚至可能會要求賠償。

對釘宮來說，那篇作文永遠不可以公諸於世。然而，既然作文還在神尾手上，沒有人知道什麼時候會公開，而且這次的同學會也無法安心。神尾很可能遇到以前的學生太高興，結果就不小心說溜了嘴。

無論如何，都必須解決這個問題。只要那篇作文還在，自己的內心就永無安寧之日。

他最先想到偷走那篇作文。只要溜進神尾家，偷走那個文件夾就好。不，把整個文件夾偷走太明顯，只要抽走那篇作文，神尾應該不會發現家裡遭小偷這件事。

但是，他萬一發現了呢？或是即使沒有發現，但萬一他沒隔多久，就去看那個文件夾呢？一旦發現津久見的作文消失，是不是第一個會懷疑自己？

既然這樣，不如再偷一些值錢的東西。小偷隨便偷竊家中的財物，剛好也偷走了那個文件夾。

釘宮搖了搖頭。他覺得這個方法不可行。

小偷不可能偷中學生的畢業文集，只偷釘宮那一屆的文件夾太不自然。既然要偷，就要偷家裡所有的東西，但這根本不可能。

想到這裡，他突然想到一個好主意。

雖然無法偷走神尾家中所有的東西，但可以讓所有的東西都消失。不，不是消失，而是燒毀。只要發生火災，燒光一切，就不知道縱火者的目的，沒有人會想到是因為津久見的作文。神尾家是老舊的日式房子，只要一點火，應該很快就會燒起來。

只要那篇作文消失，無論神尾說什麼，都不是太大的問題。因為沒有證據，釘宮裝糊塗就好。而且一旦房子燒了，神尾根本無暇理會這些瑣事，日子一久，也就忘記了。

他越想越覺得這是一個好主意，同時也覺得這是唯一的方法。只能放手一搏。

而且，有一個絕佳的機會可以執行這個計畫。

他那天去神尾家後不久，就有人打電話給神尾。神尾接起電話後，從他的談話中知道，他星期六晚上會去東京和誰見面。釘宮也知道神尾的女兒真世在東京上班，雖然不知道神尾去東京有什麼事，但應該會順便和女兒見面，那天晚上應該會住在東京。放火燒沒有人住的房子，報案時間會延誤，最重要的是，他不希望神尾被捲入火災。

三月六日星期六晚上，釘宮準備了一小罐打火機用的煤油、火柴和舊毛巾放在懷裡走出家門。他戴了一頂帽簷很長的帽子，而且把帽子壓得很低，又戴上了口罩，穿上黑色防風衣，以免被監視器拍到，導致自己的身分曝光。這些衣物都是當天新買的，因為是量販品，所以很難查到是誰購買。他打算在犯案後立刻銷毀。

當他走向神尾家，確認周圍沒有人影後，立刻跑向院子門，打開門後，走進了院子。他戴了手套，所以不必擔心會留下指紋。

房子的窗戶都沒有燈光，神尾果然不在家。他沿著圍牆繞到房子後方，那篇作品放在面向後院的客廳書架內，只要客廳燒掉就好，不需要燒毀整棟房子。因為中間隔了院子，也不必擔心會燒到鄰居家。

他蹲了下來，向簷廊內張望，但一片漆黑，什麼都看不到。只要把沾了煤油的毛巾點火丟進去，火應該會隨著地面蔓延。

他決定試一下，從懷裡拿出毛巾和小罐煤油。就在他打開蓋子，小心翼翼地將煤油倒在毛巾上時，落地窗突然打開了。他驚訝地抬起頭，差一點叫出聲音。因為黑暗的屋內站了一個人。

「誰？」神尾厲聲問道，「你在那裡幹什麼？」

釘宮慌忙蓋好蓋子準備逃走，但站起來時不小心絆倒，整個人跌在地上。他慌忙站起來，但左手臂被抓住了。

「你是誰？我要報警。」神尾幾乎快把他的口罩扯下來了。

釘宮不顧一切地掙扎、抵抗，神尾不小心失去平衡，倒在地上。釘宮坐在他的背上。釘宮看到掉在地上的毛巾，立刻拿了起來，繞在神尾的脖子上，用盡渾身的力氣使勁地拉。

他不知道過了多久，當他回過神時，神尾已經一動也不動了，也感受不到他的呼吸。釘宮搖搖晃晃站了起來，低頭看著趴倒在地上的神尾。他沒有勇氣看神尾的臉。

慘了，我殺了人——

為什麼會變成這樣？他根本不想奪走神尾的性命，所以才趁神尾不在的時候下手。只要燒毀那篇作文就好。

但是，已經無法回頭了。神尾死了。現在必須思考如何避免自己遭到逮捕。

釘宮在黑暗中絞盡腦汁，苦思惡想。

29

「陷阱手」位在從惠比壽車站走路大約十分鐘，偏離幹線道路的地方。雖然在馬路旁，但剛好位在加油站和公寓之間，入口很難找，而且也沒有任何大招牌，只有一塊刻了店名的水泥磚隨意放在地上，看起來像是不歡迎生客，但讓人覺得根本是在自抬身價。

推開掛著「準備中」牌子的門，走進昏暗的店內。武史正在吧檯內擦杯子，黑色的襯衫外穿著黑色背心。

「怎麼這麼早就來了，」武史看著手錶，「我們不是約五點嗎？還有將近十分鐘。」

「我原本想更早來。」

「是嗎？這麼想我嗎？」

「才不是這樣。」真世坐在吧檯椅上，「到底是怎麼回事？為什麼不告而別？你不知道之後亂成一團嗎？」

同學會結束後，真世回去「丸美屋」拿寄放的行李時，武史已經退房離開了。之後完全聯絡不到他，直到隔了五天的昨天晚上，才收到他傳來的訊息——有事要和妳談，來「陷阱手」一趟。

「因為我怕木暮和柿谷他們問東問西，會被他們煩死。他們有向妳瞭解情況吧？」

「才不是向我瞭解情況而已，你不知道我花了多少時間向他們說明同學會上發生的事，而且那些影片也不見了。」

「影片？」武史皺起眉頭。

「就是守靈夜和喪禮時，偷拍了弔唁者面對遺像時的影片。因為沒有影片，所以無法清楚說明，害我費盡了口舌。聽說因為你這個外行人搶先破了案，讓警方的高層都很不高興。」

「很好啊，這種經驗千載難逢。」

「你不要說得事不關己，他們一直問我，怎麼會發現真相？但我根本答不上來，因為你什麼也沒告訴我，而且我比任何人更想知道。今天無論如何，你都要告訴我。」

武史皺著眉頭，雙手放在吧檯上，低頭看著她。

「妳又不是狐狸犬，不要一直這樣汪汪。先來喝一杯，不管妳想喝什麼，我都請妳。」

「喔？是嗎？」真世的身體抖了一下，「有什麼推薦的嗎？」

「啤酒。」

「啊？什麼嘛！不是雞尾酒嗎？啤酒根本不稀奇。」

「這可不是普通的啤酒，是飛驒高山本地釀的啤酒。」

武史走去後方，從冰箱裡拿出深藍色的瓶子走了回來。他打開瓶栓，把啤酒倒在杯子中，放在真世面前。

真世喝了一口，倒吸了一口氣。柔和的香氣在鼻腔擴散。

「太好喝了。」

「味道是不是很濃醇？我昨天從當地買回來的，當然是放在行動小冰箱裡帶回來的，因為這種啤酒使用了大量酵母，很不耐熱。」

「當地？你到底去了哪裡？柿谷他們一直找不到你，都很傷腦筋。」

「我的店休息了一個星期，所以就順便放自己一個假，開車在日本繞了一圈。」

「對了，『丸美屋』的老闆娘說，你是開車離開的，你把車子藏在哪裡？」

「我並沒有把車子藏起來，只是停在收費停車場。」

「你之前經常拿出竊聽器之類騙人的道具，該不會都放在車上？還有喪服也是。」

「雖然妳說那是騙人的道具未免太離譜了，但差不多就是這樣。」

「你為什麼不早說？既然你有車子，去哪裡不是都很方便嗎？」

「那可未必，因為完全都不能喝酒。」武史拿出另一個杯子，把啤酒倒了進去，「釘宮克樹全都招供了嗎？」

直世吐了一口氣，點了點頭。

「好像是，柿谷把大致的情況都告訴了我。」

「那就先說來聽聽。」

真世坐直身體問：「要我先說嗎？」

「如果妳有意見，可以走人啊。」

「好啦。」真世喝了一口啤酒潤了潤喉。

柿谷像往常一樣說：「因為是妳，所以我才會特別告訴妳。」才開始向她說明釘宮殺害英一的來龍去脈。從釘宮和津久見的相遇開始，釘宮克服了失去好友的悲痛，終於成為職業漫畫家，卻遲遲無法嶄露鋒芒，最後終於借用了好友生前的靈感筆記。如果沒有因此走紅，一切都平安無事，沒想到作品迅速走紅，所以他也無法實話實說，再也無法回頭了。

真世聽了釘宮的供詞，感到難過不已，也再度陷入了悲傷。

她並非不能理解釘宮的心情。因為終於得手的榮耀太大，所以他也極度害怕失去這一切。

真世覺得釘宮至少可以對英一說實話。因為害怕被讀者指責竊取別人的靈感，所以希望老師為自己保守秘密——英一聽了這個理由，一定能夠接受，也不會告訴別人。

釘宮殺了父親，真世絕對無法原諒他，但至今仍然能夠平靜地稱他為「釘宮」，或許是因為內心並沒有燃起憎惡的怒火。她希望這一切只是不幸的誤會。

「唯一的安慰，就是他潛入家裡並不是為了殺爸爸。」真世說完從柿谷口中聽說的內容後，表達了自己的感想，「只是完全沒想到他竟然要縱火，叔叔，你也發現了這件事嗎？」

「不是我也發現了這件事，而是這件事是所有的起點。」武史單手拿著裝了啤酒的杯子說：「妳還記得我從刑警的談話中推理出哥哥的衣服上應該沾到了打火機的油嗎？」

「嗯，那個推理也中了，聽柿谷說，爸爸襯衫領子上有揮發性的臭味，在調查成分之後，發現是打火機的煤油。」

「真世，妳認為是兇手有打火機，在打鬥時煤油漏了出來，但打火機的油很難會漏出來，所以我認為是兇手帶了煤油。為什麼要帶煤油？在思考這個問題時，就想到了要燒東西，也就是縱火這個答案，這麼一來，就發現了最初的謎團，也就是為什麼使用毛巾做為兇器這個疑問的解答，那條毛巾是用來倒煤油的。」

「這個推理太厲害了，和釘宮的供詞完全一樣。」

「縱火的目的是什麼？為什麼兇手殺了哥哥之後並沒有縱火，而是把家裡弄亂？這兩個疑問的答案也很明確，那就是兇手的目的是為了燒掉屋內的什麼東西，但既然兇手已經進入屋內，只要把那樣東西偷走就好。屋內弄亂的狀態很不自然，是為了讓警方認為這只是兇手偽裝成闖空門所為，但真正的目的並不是為了偷東西的雙重偽裝工作。但是，這又產生了另一個疑問，既然這樣，根本不需要縱火，只要偷溜進屋偷東西就好了。打破後方的落地窗並不是太困難的事，但兇手認為這樣不行。為什麼？因為殺了哥哥之後，偷走那樣東西當然就解決了；如果哥哥還活著，可能就會知道是誰幹的。也就是說，兇手要的並不是每個人都想要的貴重物品，而是很私人的東西，而且可以被火燒掉。我猜想是紙、資料或是書籍之類的東西，沒有留下檔案或是複製品，而是這個世界上獨一無二的東西，像是手寫的信或是文稿。」

真世指著武史的胸口說：「所以你想到了畢業文集的文件夾。」

「文集本身已經印刷成冊，發給了每個學生，但我猜想文件夾內可能還放了沒有印在文集上的文稿，所以叫妳把當初拿到的文集給我看。」

「比較之後的結果呢？」

「文件夾內的文稿全都印在文集上，但這件事本身並沒有任何問題，因為我原本就懷疑被兇手帶走了，問題在於那是什麼文稿。這時，我想起哥哥對桃子說，要在津久見的追悼會上發表一個珍藏多年的秘密。我懷疑是津久見的作文，那篇作文是否和其他學生的畢業文集一起保管在文件夾內？以哥哥的性格，很可能會這麼做。」

真世注視著武史的臉，皺起了眉頭。

「你的推理能力很厲害，但既然已經知道了這麼多，為什麼不早告訴我？」

「因為一旦有雜念和邪念，就可能會寫在臉上。我還需要妳幫忙處理很多事。」

「雖然是這樣……所以，你就想到了那台舊筆電嗎？」

「把筆電的資料找回來之後，發現有一個檔案儲存了所有的作文，最後一篇作文就是『未來的夢想』，我看了之後，確信就是那篇作文，兇手果然就是釘宮克樹。」

「果然……你是從什麼時候開始懷疑釘宮？」

「最初是在整理『前田名單』中所有人的行動的時候，我很納悶為什麼會出現釘宮克樹的名字。他只有和九重梨梨香兩個人一起去拜訪時才見到哥哥，當時是誰和哥哥聯絡？我猜想是扮演經紀人角色的梨梨香，所以，她的名字出現在通話紀錄上也很正常，但釘宮克樹的名字留在名單上就很奇怪。這代表他曾經以某種方式和哥哥聯絡。妳還記得妳第一次去『長笛』和柿谷他們見面時，當妳離席的時候，那兩個刑警對話的內容嗎？我記得前田當時問：『不需要問她被害人在三月二日打電話的那件事嗎？』我認為哥哥那天打電話的對象就是釘宮。如果是這樣，釘宮為什麼隱瞞這件事？在我發現津久見的作文是關鍵後，就更加懷疑他這個人。因為我聽說他們兩個人是好朋友，只不過如果釘宮是兇手，就產生了一個疑問，那就是他什麼時候知道哥哥要去東京這件事。參加同學會討論的人並沒有和他聊過這件事，於是我就猜想，會不會是哥哥自己告訴他的。如果是這樣，那是什麼時候？而且哥哥為什麼特地向他提這件事。」

「所以你就想到也許爸爸和池永聊天時，釘宮剛好就在旁邊，所以你才會和池永演了那齣小把戲。」

「什麼叫小把戲？那叫現場重現。我在思考哥哥給釘宮看津久見作文的時間點，想到可能剛好在同一個時期。池永在三月三日打電話給哥哥，他說是打去家裡的電話。也就是說，哥哥當時在家裡。如果哥哥在二日那天打電話給釘宮，約好要見面的話，釘宮很可能在三日那天晚上去家裡。而且聽到池永說，哥哥不是說『因為我沒有告訴真世』，而是說『因為我沒有告訴那孩子』，我猜想當時和哥哥在一起的人也認識妳。」

「原來是這樣。」

武史放下杯子，舉起雙手說：「推理到此結束。說太多話，累死我了。」

「等一下，我還有很多搞不清楚的地方，比方說，九梨香和杉下外遇又是怎麼回事？因為太突然了，我嚇了一大跳。」

「那也不是什麼了不起的推理，只要稍微想一下，誰都可以猜到。既然釘宮克樹是兇手，他就沒有不在場證明，他起初也說自己在家。但九梨香去摩鐵應該是事實，只不過無法透露對方的名字，最後只好說是和釘宮在一起。」

「事實好像就是這樣，九梨香打電話給釘宮，請他這麼對警方說，聽了之後，也覺得很難過。」

聽柿谷說，釘宮並不知道九重梨梨香和誰一起去摩鐵，只覺得她有男朋友也很正常，所以並沒有太受打擊，而且這麼說也對他有利，所以就答應了。他還覺得一旦掌握了九重梨梨香的把柄，以後可以自己掌握主動權。

「和九梨香約會的對象到底是誰？雖然未必是和這次案子有關的人，但她在東京上班，交往的對象不太可能是住在這裡的人，當然也可能是和老同學久別重逢，逢場作戲。聽柿谷說，有人拒絕提供手機的定位資料。那個人是誰？只有牧原和杉下沒有不在場證明，牧原是單身，如果是他和九梨香交往，根本沒必要隱瞞。」
「這樣啊，這麼一來，就只剩下杉下了。」
「我說了很多次，妳要多動動腦筋。」武史戳著自己的太陽穴。
「冒牌『靜香』和『出木杉』嗎？對了，柿谷還告訴我，釘宮根本不知道《幻腦迷宮》要推出線上遊戲的事，九梨香和杉下兩個人偷偷在進行。」
「是嗎？嗯，我並不意外。」武史為真世的杯子裡倒了啤酒。他今天很大方。
「還有一件重要的事沒問，就是津久見的媽媽給釘宮那個裝了作文的信封，那是怎麼回事？那是你準備的吧？」
「當然。那天早上，我去了『津久見美髮室』，把信封交給了津久見的媽媽，請她聯絡釘宮，把信封交給他。我說在哥哥的東西中發現了這封信，信封的背面寫了津久見直也的名字，所以請她說是在津久見的遺物中找到的。」
「所以那個信封中裝了兩篇作文，一篇是寫在稿紙上的『關於朋友』，另一篇是『未來的夢想』的影本。而且你的推理沒錯，釘宮去參加同學會之前，把那篇作文的影本撕了，丟進了河裡。」
「竟然丟進河裡，這麼不環保！這傢伙真是豈有此理。」
「柿谷要我問你，那篇作文的影本從哪裡找到的？」
「沒有從哪裡找到，那是我寫的。」武史若無其事地輕鬆說道。
「你寫的？」
「當然啊，不然是誰寫的？我看了在筆電上找到的草稿，然後就謄寫在稿紙上，再拿去影印。」
「所以那是假的，釘宮為什麼沒有發現？」
「因為我模仿了津久見的筆跡。我猜想釘宮並沒有仔細看從哥哥那裡偷走的作文就馬上銷毀了，他可能認為津久見在交給學校之前，自己留下了影本。」
「釘宮到現在還以為那是真的，而且警察也這麼以為。柿谷還說要做為證據使用，這下該怎麼辦？」
「不關我的事。」武史喝完了留在杯子裡的啤酒。
「還有我剛才提的影片，就是弔唁者在守靈夜和喪禮看遺像的影片，柿谷說想借用。」
武史搖了搖頭說：「那種東西沒有用。」
「為什麼？」
「因為實際的影片中，釘宮並沒有閉上眼睛。」
「啊？」
「我看了影片，發現他直視著遺像，沒想到他明明是『大雄』，倒是挺有膽識。」
「既然這樣，那個影片是怎麼回事？」
「我動了手腳。」
「啊？」
「但不是因此讓釘宮產生了動搖嗎？我當時也說了，如果他是無辜的，即使被拍到閉上眼睛也不痛不癢，他應該會說不記得自己閉了眼睛，而且也不知道為什麼會閉上眼睛。順便告訴妳，牧原移開視線也是我動的手腳。」

「啊？是這樣嗎？」

「因為需要各種表演啊。」

真世頓時覺得牧原很可憐。原來武史當時指責他只是為了表演需要。

「那我再問最後一個問題。」

「妳還沒問完嗎？這次又是什麼問題？」

「你為什麼打響指？」

「響指？」

「你不是打了響指嗎？在教室播放影片和暫停的時候都打了響指，」真世用右手做了打響指的動作，但她不太會打，所以沒有聲音，「那是表演需要嗎？你另一個手上應該拿著遙控器吧？」

武史不悅地撇著嘴脣說，「表演當然需要有點噱頭。」

「我仔細思考之後，覺得你也沒有必要喬裝成爸爸的樣子。」

武史露出生氣的表情瞪著她，「妳還真囉嗦，問完了嗎？」

「嗯，差不多了。」

「好，那接下來輪到我了。」

「你有事要問我嗎？」

「當然有很多事，所以才把妳找來啊。先來換舞台。」武史指著後方的桌子。

尾聲

圓桌上鋪著白色桌布，真世坐下後，武史把兩個葡萄酒杯放在桌上，倒了紅葡萄酒。

「這是二〇〇〇年的酒，特別請妳喝。」

「是喔。」

雖然武史這麼說，真世其實並不瞭解紅酒的價值，但還是不客氣地喝了起來。她喝了一口之後發現的確香氣宜人。

武史在對面的椅子坐了下來。

「我想說的只有一件事，」他探出身體，把臉湊到真世面前，「如果感到意興闌珊，乾脆別結婚了。」

「呃……」

真世差點把嘴裡的酒吐出來。

「妳臉上的表情似乎在說，我怎麼會知道這件事。」武史露出心滿意足的笑容，把身體靠在椅子上，「那我就告訴妳，我用了我的拿手絕活。」

「拿手絕活是？」

武史指了指真世放在腿上的皮包說：「手機啊。」

「啊？」真世從皮包裡拿出手機問：「你什麼時候偷看的？」

「妳在向我說明《幻腦迷宮》的時候，不是用這個手機搜尋資料，然後讓我看了網路上的百科全書資料嗎？就是那個時候。」

經武史的提醒，真世想起的確曾經有這麼一件事。

「完了，我太大意了。」

「妳太不小心了，所以我就看了那個，事情好像很棘手。」

「你真的很差勁，竟然偷看別人的電子郵件。」

「因為我希望可愛的姪女得到幸福啊，所以妳現在有什麼打算？妳打算一直拖延下去，不面對這個問題嗎？這樣結了婚，妳有自信不會後悔嗎？」

「你真是哪壺不開提哪壺，」真世喪氣地抬眼看著武史說：「你覺得我該怎麼辦？」

「如果妳還在猶豫，就最好別結了，結婚是一輩子的事。」

「果然是這樣……」

「即使是誤會，也只有認定這個人是自己唯一的伴侶時，才能夠踏入婚姻。如果還在三心二意，就絕對不該結。」

「啊？」

「嗯，反正這也是常有的事。」武史點了點頭，好像在炫耀自己的人生經驗，然後又接著說了下去，「在結婚之前，出現了更理想的對象，然後覺得那個人才是自己的真命天子。這並不稀奇，妳沒必要自責，人類就是這樣的動物。姑且不論妳會不會和那個人結婚，和健太的事還是先退回原點，這樣也沒問題啊。我可以陪妳一起去道歉，也可以去向健太的父母道歉。」

「等一下。」真世伸出右手，「你在說什麼？」

「我在說妳的新戀情啊，有其他人用電子郵件向妳告白，妳對那個男人也有好感，所以心情無法平靜，不是嗎？」

武史完全搞錯狀況，真世陷入了混亂，但看到武史嘻皮笑臉，終於恍然大悟。

「我上了你的當，你說看了我的手機，根本是在騙我的吧？」

「哈哈哈，」武史笑了起來，喝了一口葡萄酒，「妳終於發現了嗎？沒錯，我根本沒有看妳的手機，但妳和健太之間似乎有什麼疙瘩，所以就試探妳一下。我猜想妳的手機中應該有什麼和這件事有關的內容。」

真世嘆了一口氣問：「你果然發現了嗎？」

「不發現才有問題，雖然會因為疫情或是父親的死延後婚禮，但沒有理由連註冊結婚也延期。妳完全沒有提這件事，而且妳和健太聯絡的頻率也太低了，完全不像是已經訂婚的人。」

「原來是這樣。」

「如果妳不希望我干涉，我就不再多說了，但如果妳想和我討論，今天就在這裡好好談一談。我很忙，下次不知道什麼時候還有空和妳聊這件事。」

「好。」真世操作手機，找出一封電子郵件，「這就是造成我煩惱的原因。」

「讓我看一下。」武史接過手機。

真世在一個月前接到這封電子郵件。那天真世下班，搭電車回家時，收到了這封郵件。她不認識寄件者，但主旨寫著「神尾真世小姐敬啟」，看起來不像是垃圾郵件。

郵件內容的第一句話就是「恭喜妳訂婚了」。只有一小部分人知道她和健太要結婚的事，顯然是聽說了這件事的人寄的郵件。

真世在看了內容之後，發現並非單純的祝福郵件，還有以下的內容。

決定和心愛的人結婚，相信妳內心一定充滿幸福，雖然我不想在這種時候給妳潑冷水，但還是覺得有必要讓妳知道這件事，所以才寫了這封電子郵件。

雖然我無法告訴妳我的名字，但我以前曾經和中條健太交往。我們並不只是玩玩而已，而是以結婚為前提的認真交往。至少我這麼認為。

在交往期間，我的身體發生了變化。我的月經沒有來。去醫院檢查之後，醫生說我已經懷孕五週。

我同時感到驚訝和喜悅。因為我覺得「奉子成婚」也沒有問題。我認識好幾個朋友在結婚之後，為遲遲無法生孩子感到煩惱。我覺得和她們相比，自己簡直太幸運了。

我立刻約健太見面，告訴了他這件事。我相信他也一定會為此感到高興，我想像著他滿面笑容的樣子。

現實並非如此。健太一臉凝重的表情對我說：「現在生孩子不太好。」

我覺得好像被潑了冷水。我問他，為什麼不好？

他回答說：「我暫時還不打算結婚成家和生兒育女。」

我深受打擊，覺得天旋地轉。他並不打算和我結婚。既然這樣，為什麼不避孕？我質問他，他一個勁地道歉，然後對我說：「我給妳錢，妳去把孩子拿掉。」

我難過得流下了眼淚，健太對我說：「真的很對不起，希望妳再等我一陣子。下次再懷孕時，妳就可以把孩子生下來。」

雖然我並沒有接受，但只能相信他。因為我不可能一個人把孩子生下來。

我哭著拿掉了孩子。

但是，我之後沒有再懷孕。這也是理所當然的事。因為健太徹底做好避孕，絕對不讓我再懷孕。他之前的話完全是謊言。

我對他失望不已，對他的感情也越來越淡。不久之後，我們就很自然地分開了。

神尾小姐，很抱歉，我相信妳看了這些一定很不舒服。

但是，我認為妳應該瞭解未來的終身伴侶不為人知的部分。中條健太這個人也有這樣的一面。

如果妳在瞭解他這一切的基礎上，仍然決定和他結婚，我當然也就無話可說，只能祝你們幸福。

如果健太已經告訴妳這件事，我為浪費妳寶貴的時間誠懇道歉。

真世知道自己在看這封電子郵件時臉色越來越白，心跳加速，幾乎有點呼吸困難。她完全不知道自己什麼時候下了電車，也不知道自己走去了哪裡，當她回過神時，發現已經倒在家中的床上。

「原來是這樣，這的確不是能夠一笑置之的內容。」武史把手機還給了真世。

「那天之後，這封電子郵件就在腦海中揮之不去，但又不知道該怎麼辦，所以很傷腦筋。」

「妳具體的煩惱是什麼？不知道誰寄了這封電子郵件？還是健太曾經有這樣的過去？」

「兩者都是。」真世回答說，「我當然很在意寄件人是誰，知道我和健太要結婚的人有限，也就是說，他的前女友就在我們身邊。我之前完全不知道這件事，怎麼可能不在意？」

「那倒是。」

「他讓前女友懷孕，而且要求對方拿掉孩子也讓我很受打擊。正如電子郵件中所寫的，我做夢都沒有想到健太竟然會這樣。我的確開始猶豫，和這樣的人結婚，未來真的沒有問題嗎？」

「我非常能夠瞭解妳的心情，但是，妳忘了一件重要的事。那就是妳根本沒有確認這上面所寫的內容是不是事實。可能是有人看到你們打算結婚，心生嫉妒，寫了這封電子郵件呢？」

「不，」真世搖了搖頭，「我認為不可能。」

「妳憑什麼這樣斷言？」

「是真是假，只要我想知道，不是馬上就可以確認嗎？我只要問健太就好了，如果在別人面前亂造謠或許還能夠理解，傳假消息給我根本沒有意義。」

「雖然有道理，但還是必須確認。妳剛才說，只要妳想知道，馬上就確認，但為什麼沒有確認呢？」

「因為我不想和健太談這件事。」

「為什麼？」

「當然因為這是不愉快的話題啊。」真世提高了音量，「他當然不希望我知道這件事，但我已經知道了，他不可能保持平靜，我不希望因為這件事影響我和他之間的關係。」

「哼，」武史用鼻子冷笑一聲，「這未免太奇怪了。」

「有什麼好奇怪的？」

「妳不希望因為這件事影響你們之間的關係？我怎麼可能不笑？你們之間的關係不是早就受到了影響嗎？妳已經在猶豫了，不知道該不該結婚。」

「雖然是這樣……」真世越說越小聲。

「妳不妨想像一下寄這封電子郵件的人的心理，她一定對你們還沒有分手感到心浮氣躁，八成之後又傳了不安好心的郵件給妳。」

因為事實就是如此，所以真世說不出話，默默噘著嘴。

「寄這封郵件的人應該也傳了什麼給健太，所以他的態度才會變得奇怪。我和他聊了之後，知道他有所隱瞞。」

「是嗎？但我並不想和他分手。」

「即使妳自我欺騙結了婚，妳仍然會為這件事悶悶不樂，當妳放在心裡的這些想法爆發時，你們之間的關係就會更加難以收拾。假設這裡有一棟搖搖欲墜的破房子，只要用力開門、關門，整棟房子就會倒塌，所以妳想要輕輕開門走進去，除了走進去，妳還想住在裡面，妳認為有辦法在這棟房子內過正常的生活嗎？總有一天會用力開門和關門，與其到時候房子倒塌，被壓在底下，還不如在走進去之前拆掉房子。」

「你不要把我和健太的關係比喻成搖搖欲墜的破房子！」真世在胸前握緊雙拳。

「那比喻成爛掉的橋嗎？還是用泥巴做的隧道？趕快拆掉這種東西，重新造一個新的就好。」

武史說完後站了起來，抓著桌子的兩端，雙手用力向後一扯。兩個裝了紅酒的杯子仍然留在桌上，純白色的桌布不見了。

武史走到椅子旁，雙手拿著被他抽出來的桌布，然後在自己的身體前拉開。

「很厲害……雖然我這麼覺得，但你到底想幹什麼？」

「我不是說了嗎？趕快拆掉破房子。」

武史用拉開的桌布蓋在自己剛才坐的椅子上。

「接下來是你們的表演時間。」說完，他拿掉了桌子。

「啊！」真世忍不住叫了起來。

健太坐在椅子上。

「健太，你怎麼會在這裡？」

「不，那個，呃……」健太縮著身體，尷尬地抓著頭。

「他聽到了我們剛才的對話，接下來你們好好談一談，也就是拆掉破房子，然後再一起決定，要不要建造新的房子。」武史俐落地折起桌布，放在桌子上，轉身走向門口，但他中途停下腳步，轉頭對他們說：

「兩位慢聊。健太，你不可以說出剛才那個魔術的機關。」黑色魔術師說完，打開門，精神抖擻地走了出去。

國家圖書館出版品預行編目資料

迷宮裡的魔術師 / 東野圭吾著；王蘊潔譯. -- 初版. -- 臺北市：皇冠，2021.02　面；公分. --（皇冠叢書；第 4912 種）(東野圭吾作品集 ;37)
譯自：ブラック・ショーマンと名もなき町の殺人

ISBN 978-957-33-3661-7（平裝）

861.57　　109021915

皇冠叢書第 4912 種
東野圭吾作品集 37

迷宮裡的魔術師

ブラック・ショーマンと名もなき町の殺人

作　者—東野圭吾
譯　者—王蘊潔
發 行 人—平雲
出版發行—皇冠文化出版有限公司
台北市敦化北路 120 巷 50 號
電話◎ 02-27168888
郵撥帳號◎ 15261516 號
皇冠出版社（香港）有限公司
香港銅鑼灣道 180 號百樂商業中心
19 字樓 1903 室
電話◎ 2529-1778 傳真◎ 2527-0904
總 編 輯—許婷婷
責任編輯—蔡維鋼
美術設計—嚴昱琳
著作完成日期— 2020 年
初版一刷日期— 2021 年 2 月
初版三刷日期— 2021 年 12 月
法律顧問—王惠光律師

讀者服務傳真專線◎ 02-27150507
電腦編號◎ 527035
ISBN ◎ 978-957-33-3661-7
Printed in Taiwan
本書定價◎新台幣 520 元 / 港幣 173 元